물북소리

물북소리

김주욱 장편 소설

북치는소년

그때였다. 숲의 정적을 뚫고 개구리가 울기 시작했다. 온몸에 소름이 돋았다. 한 마리, 두 마리, 수십 마리, 수백 마리의 개구리 울음소리였다. 귀청이 찢어질 듯했다. 개구리들이 무리를 지어 다른 음량으로 울어 대는 것 같았다.

차례

제1부

분노의 퍼포먼스

제임스가 혜원의 작업실에 도착하자 서늘한 바람이 불었다. 오래된 주택을 개조한 작업실 앞마당엔 나무가 많았다. 나뭇잎이 흔들리고 새가 지저귀었다. 나뭇잎 필터를 통과한 알록달록한 연녹색 햇살이 넘실거리는 아름다운 정원이었다. 작업실엔 유난히 참새가 많이 날아와서 지저귀었다.

"참새들이 당신을 반기네요. 이 동네에는 참새가 거의 없는데 제주의 참새가 전부 이리 온 모양이에요."

제임스는 나무를 바라보며 웃었다.

"한 사람을 위해 마련된 공연이지만 작품의 메시지는 당신을 둘러싼 수많은 사람에게 전달되었으면 좋겠어요."

혜원은 두리번거리는 제임스를 하얀 리넨이 깔린 정원 테이블로 안내했다. 테이블에 놓인 유리잔들이 반짝거렸다. 차가운 물컵에 맺힌 물방울이 흘러내렸다. 그는 검은 야구 모자를 쓰고 왔다. 챙이 만든 그늘 때문에 갸름한 얼굴이 창백해 보였다. 햇살을 받은 얇은 입술은 보랏빛이었다.

"오늘, 무척 수척해 보여요."

제임스는 차가운 생수를 한 컵 들이키고 샐러드 접시를 바라봤다. 오늘의 점심 메뉴인 스테이크가 아무리 맛있어도 샐러드가 받쳐 주지 못하면 곤란하다. 물기가 맺힌 야채를 그릇에 수북이 담아 놓았다. 신선한 야채는 씹는 소리부터 다를 것이다. 혜원은 어려서부터 고기를 잘 구웠다. 주로 숯불에 굽는 고기에 자신이 있었다. 조금만 방심하면 가장자리가 타 버리는 양념돼지갈비가 전문이었다. 그녀는 주방에서 그가 들을 수 있도록 큰 소리로 말했다.

"이사장님과 만난 지 얼마 되지 않았을 때 레스토랑에 갔어요. 그가 나를 바라보며 고기를 썰었을 때 나이프가 접시에 부딪히는 소리가 너무 좋았어요. 그가 고기를 오물쪼물 씹는 소리, 샐러드를 경쾌하게 씹는 소리가 나를 자극했어요."

제임스가 혜원을 바라보며 웃었다.

"내가 만든 스테이크 맛있게 먹어야 해요."

냉장고에 종이 타월로 감싸 두었던 고기를 꺼냈다. 숙성시킨 고기가 맛있다. 도축된 지 얼마 되지 않은 포장육은 질기고 피

비린내가 난다. 종이 타월을 벗기니 고기의 표면이 살짝 말라 있었다. 바삭한 크러스트가 잘 나올 것 같았다.

혜원은 뜨겁게 달군 팬에 기름을 둘렀다. 팬에 고기를 내려놓았다. 고기가 닿으면서 연기를 살짝 피웠다. 다른 팬에는 얇게 썬 양파를 볶았다. 토마토를 썰어서 팬에 구웠다. 불을 조금 줄이고 소금기가 없는 버터를 떨어뜨렸다. 그녀의 스마트폰이 울렸다. 화면을 보니 정명지였다. 한 손으로 거품으로 변한 버터와 육즙을 고기에 끼얹으며 전화를 받으려다 끊고 문자 메시지를 보냈다.

'인터뷰는 잘 끝나셨어요?'

'인터뷰는 잘했고 잡혀있던 일정이 취소돼서 비행기 표가 있으면 넘어갈게.'

'점심 먹고 공연을 시작할 거예요. 도착하면 공연이 끝났을지도 몰라요.'

'너 보러 가는 거야. 작업실 구경도 하고.'

'빨리 오세요.'

혜원은 작업실 주소를 문자로 보내고 팬에 마늘과 허브를 넣었다. 잠시 후 익은 고기를 따뜻하게 데워 놓은 접시에 담았다. 고기를 굽고 난 팬에 레드와인을 붓고 졸여 소스를 만들었다. 양파와 토마토를 고기 접시에 담고 소스를 고기에 얹었다.

제임스는 스테이크를 아주 작게 잘라 한입에 넣었다. 혜원은 오물쪼물 씹는 그의 입을 바라보니 가슴이 움찔거렸다.

"어때요?"

제임스가 고개를 끄덕였다.

"맛있다는 거죠?"

제임스는 고개를 끄덕이고 홍당무를 천천히 입에 넣었다. 어금니에 홍당무가 으깨지는 소리가 맑았다.

"청정 채소도 많이 드세요."

제임스는 스테이크는 몇 점 먹지 않고 쉬지 않고 야채를 입에 넣었다. 신선한 야채가 씹히는 소리가 정원에 울렸다. 저마다 다른 야채가 잘게 부서지는 소리가 조화롭고 야채가 목구멍으로 넘어가는 소리 또한 감미로웠다. 그와 그녀가 정원에서 웃고 떠드는 동안 해가 기울고 있었다. 나무의 그림자가 길게 풀밭에 드리워졌다.

식사를 마친 두 사람은 와인 잔을 들고 거실로 들어갔다. 혜원은 샐러드와 와인을 들고 따라 들어갈 때 긴장되기 시작했다. 제임스는 모자를 벗고 소파에 앉았다. 혜원은 거실의 모든 문을 닫고 커튼을 치고 거실 뒤쪽의 미닫이문을 열었다. 뒤뜰이 퍼포먼스 무대였다.

"제임스, 무대 앞으로 소파를 옮겨요."

제임스와 일인용 소파를 미닫이문 앞으로 옮겼다. 혜원은 제임스를 앉히고 무릎을 꿇고 그의 이마에 달라붙은 머리칼을 옆으로 넘기고 바라봤다. 당황한 그가 그녀를 살짝 밀어내고 몸을 돌렸다. 그녀는 일어나서 소파의 팔걸이에 걸터앉아 말했다.

"오늘도 그 약 가지고 왔나요. 환상의 세계로 넘어가는 비타민 말이에요."

그는 그녀를 경계하듯 잠시 바라봤다.

"오늘은 우리 둘뿐이잖아요. 당신을 위해 모든 걸 보여줄게요. 멋진 공연을 위해 그 약이 필요해요."

그는 가방을 가져와 약통을 꺼내 그녀에게 건넸다. 그녀는 그가 들고 있던 약통을 받아 한 알을 꺼내 그에게 건넸다.

"같이 먹고 환상의 세계에서 만나요."

그녀는 알약을 혀 밑에 넣은 다음 와인을 삼켰다. 그러자 그도 알약을 입에 넣고 남은 와인을 전부 잔에 따라 마셨다.

"우리 건배를 안 했어요."

혜원은 새 와인을 가지러 가면서 고개를 숙여 알약을 가슴에 뱉었다. 알약은 그녀의 가슴골로 들어갔다. 와인을 가져와서 제임스의 잔과 자신의 잔에 채우고 잔을 들어 부딪쳤다. 맑은 소리가 경쾌했다. 그녀가 단숨에 잔을 비우자 그도 따라 잔을 비웠다. 둘은 밤하늘에 별이 보일 때까지 와인을 마셨다.

별은 반짝였다. 그녀는 오랫동안 별을 살펴보았다. 별빛이 쏟아져 내렸다. 별빛은 안으로 들어와 다른 모든 것을 밀쳐 내고 그녀의 몸을 달구었다. 그녀는 일어나서 컴퓨터를 켜고 개구리 울음소리와 총소리가 계속 반복되게끔 설정했다. 프로젝트를 켰다. 빛을 받은 철제 캐비닛이 밝아졌다. 빛 속에서 먼지 알갱이들이 반짝거리며 춤을 췄다. 그는 가방에서 카메라를 꺼내 촬영을 시작했다. 그녀는 조명을 켰다. 좌우로 정렬한 스피커가 홀로그램 조명을 받아 신비로워 보였다. 그녀는 준비해 둔 인디언 물북을 들고 캐비닛 앞으로 갔다. 멀리서 개구리가 울기 시작했다. 스피커에서 총소리가 났다. 캐비닛 안과 밖에 설치한 마이크를 통해 전달되는 소리는 음파의 파동 이미지로 변환되어 캐비닛에 비쳤다. 그녀는 캐비닛 문을 열고 그에게 말했다.

"이곳에 들어가 물북을 두드리면 환상의 세계로 날아가요. 물북소리가 멈추면 문을 열어 보세요. 나는 날아가고 없을 거예요."

제임스는 묵묵하게 카메라를 들고 파인더만 바라봤다. 혜원은 철제 캐비닛 안으로 들어가 문을 닫고 물북을 두드렸다. 물북소리가 점점 커졌다. 물북의 울림과 캐비닛의 울림 그리고 마이크를 통해 스피커로 나오는 물북소리는 웅장했다. 수십 명이 그녀와 물북을 두드리고 있는 것 같았다. 물북을 세게 두드리다가 약하게 두드려도 물북의 울림은 거침없이 증폭되었다. 그녀는 울림에 결박되었다. 울림이 온몸을 때리는 것 같았다. 고통이 사라지고 몸이 가벼워지기 시작했다. 그때 문이 열리고 불빛이 들이닥쳤다. 뭉뚝한 덩어리의 형상과 뾰족한 형상이 그녀를 때리고 찔러 댔다. 제임스가 재빠르게 알몸으로 캐비닛 안으로 들어와 문을 닫았다. 그녀는 몸이 접히고 쪼그라들어도 북채를 놓지 않았다. 물북소리가 더 커졌다. 심장이 터질 듯 울렸다. 울림이 연기처럼 날아올랐다. 그녀는 울림을 타고 날아갔다. 그녀는 어렸을 적 외할머니에게 자주 혼이 났다. 얹혀살기 때문에 외할머니가 구박하는 것 같았다. 외할머니와 엄마는 시장에 가고 없었다. 그녀는 서러웠다. 캐비닛 안에 들어가 울었다. 숨죽여 울고 있을 때 문이 열렸다. 햇빛에 눈이 부셨다. 누군가 순식간에 안으로 들어왔다. 문이 닫히고 누군가가 그녀를 안았다. 땀 냄새가 코를 찔렀다. 다시 어둠에 적응하자 자신을 안은 사람이 선명해졌다. 외삼촌이 괜찮아, 괜찮아 하면서 원피스 자락을 잡아 끌어올렸다. 어둠 속에서도 속살이 드러난 것이 창피했다. 제임스가 발부터 핥을 때 물북을 놓쳤다. 그녀는 몸부림쳤다. 물북을 치고 싶었다. 외삼촌은 주머니에서 콘돔을 꺼내서 흔들었다. 이게 뭔 줄 알아? 그녀는 작은 비닐 포장에 든 것이 사탕인 줄 알았다. 싫어 안 먹어. 외삼촌은 자기 성기에 콘돔을 끼우고 그녀에게 달라붙었다. 외삼촌은 그녀의 반항으로 옷을 벗기진 못했는데 지금 옆에 바짝 붙어 있는 제임스는 달랐다. 제임스는 그녀를 힘으로 누른 다음 그녀의 옷을 잡아 뜯었다. 그녀는 알몸이 되어 제임스를 밀쳐 내며 캐비닛 철판을 세게 두드려 댔다. 그녀는 발버둥 쳤다. 캐비닛 문이 열렸다. 제임스는 캐비닛 앞에서 그녀를 서랍장 턱 위로 밀어붙였다. 제임스가 꿈틀거릴 때마다 프로젝터를 통해 전달되는 뾰족한 형상이 그녀를 찔러 댔다. 개구리 울음소리가 점점 커졌다. 총소리가 길게 이어졌다. 개구리 울음소리가 아니라 웃음소리로 변했다. 그녀는 넋이 나간 사람처럼 그 뾰족한 소리의 형상을 바라보다 울었다. 겁먹은 외삼촌이 철제 캐비닛에서 나갔을 때 그녀는 다시 그가 들어올까 봐 문을 잡고 울었다. 외삼촌이 나오라고 했을 때 그녀는 안에서 문고리를 잡고 버텼다. 그녀가 자세를 바꿨을 때 미끌미끌한 것이 발에 채였다. 그녀는 콘돔의 느낌이 자신을 파고드는 벌레 같았다. 미끌미끌한 벌레들이 기어와 온몸에 달라붙은 기분이었다. 그녀는 계속 비명을 질렀다. 외삼촌은 캐비닛을 주먹으로 두드렸다. 외삼촌은 문을 잡아당기다가 캐비닛의 잠금장치인 다이얼을 돌려 버렸다. 외삼촌이 밖에서 경고했다.

"어떤 얘기도 하면 안 돼. 죽을 때까지 오늘 있었던 일을 말하면 안 돼!"

철제 캐비닛에서 있었던 일을 발설하면 외할머니 집에서 쫓겨날 거라고 했다. 그녀는 다이얼 번호를 아는 외할머니가 시장에서 돌아올 때까지 캐비닛에 갇혀 있어야 했다. 욕구를 해소한 제임스가 캐비닛 문을 열고 빠져나가자 그녀는 중심을 잃고 발가벗겨진 채로 바닥으로 꼬꾸라졌다. 스피커에서 수만 마리의 개구리가 동시에 웃어 댔다. 바닥에 주저앉아 숨을 헐떡거리던 제임스가 일어나서 비틀거리며 거실로 들어갔다.

　나른해진 제임스는 소파에 앉아 혜원을 바라보며 히죽거렸다. 그녀는 끓어오르는 분노를 누르고 정신을 가다듬은 다음 진짜 퍼포먼스를 준비했다. 잔에 와인을 채우는데 팔이 부들부들 떨렸다. 그녀는 그와 건배하고 그의 무릎에 걸터앉아 몸을 비비며 와인을 마셨다.

　"당신은 내 기억을 바로잡아 주었어요."

　그는 와인을 마시며 흐뭇하게 웃었다.

　"저 안에 들어가 물북을 두드려 보세요. 환상이 펼쳐질 거예요."

　제임스가 비틀거리며 철제 캐비닛으로 갔다. 혜원은 그를 부축해서 캐비닛 안에 앉히고 물북을 다리 사이에 놓고 손에 북채를 쥐어 줬다.

　"천천히 물북을 두드리고 있으면 귀신이 나타나 당신을 조종할 거예요. 몸에 힘을 빼고 귀신에게 모든 걸 맡겨요. 그러면 환상이 펼쳐질 거예요."

　혜원은 철제 캐비닛 문을 닫고 준비해 두었던 쇠사슬을 가져와 손잡이에 휘감아 자물쇠를 채웠다. 주먹으로 캐비닛을 통통 치고 말했다.

　"자 시작해. 지금부터가 진짜 퍼포먼스야!"

　제임스가 물북을 두드리기 시작했다. 혜원은 뒤뜰에 감춰 놓왔던 야구 배트 두 개를 가져왔다. 나무와 알루미늄 배트였다. 먼저 나무 배트를 잡고 철제 캐비닛 둘레를 한 바퀴 돌면서 짧고 강하게 철판을 때렸다. 어느 면의 울림이 좋은지 들어보니 뒷면의 울림이 컸다. 그는 캐비닛 안에서 신이 났는지 물북을 힘차게 두들기기 시작했다. 그녀는 스피커의 볼륨을 올리고 신나게 연주를 시작했다. 캐비닛 앞에 서서 타격 자세를 잡고 배트를 휘둘렀다. 펑, 속이 텅 빈 소리가 났다. 그녀는 울어 대는 개구리들에게 속이 꽉 찬 소리를 들려주기로 했다. 스피커에서 총소리가 났다. 캐비닛 옆에 서서 총소리가 끝날 무렵 배트를 휘둘렀다. 캐비닛 모서리를 때렸다. 손이 아팠다. 다시 자세를 잡고 배트를 휘둘렀다. 텅, 소리가 좋았다. 그는 물북을 두드리다 말고 철제 캐비닛을 두드리며 소리를 질렀다.

"메이데이, 메이데이."

"조용히 해, 울림을 감상하란 말이야!"

무슨 말을 하든지 듣고 싶지 않았다. 혜원은 철제 캐비닛 뒷면으로 가서 손에 힘을 주어 내리쳤다. 터엉, 울림이 길어서 좋았다. 몇 바퀴 돌지도 않았는데 나무 배트가 부러졌다. 이번에는 알루미늄 배트로 캐비닛을 때렸다. 이마에 비 오듯 흐르는 땀을 손으로 훔쳐 가며 캐비닛을 때렸다. 개구리들이 소리 높여 응원했다. 울림이 자신의 두개골까지 뻗쳤다. 그녀는 컥컥 숨을 토하며 캐비닛을 때렸다. 누군가가 어깨에 올라 앉아 자신을 조종하는 것 같았다. 몸이 무거웠다. 분노를 살살 풀어내야 연주를 오래 할 수 있는데 조절이 잘 안 되었다. 숨이 차서 배트를 내려놓고 헉헉거렸다. 프로젝터에서 나오는 음파의 파동 이미지가 미러볼처럼 점멸했다. 흥을 잘 살려 연주를 길게 하고 싶었다. 그녀는 잠시 쉬며 헐떡거릴 때마다 분노가 치밀었다.

"오늘 퍼포먼스에 관해 아무한테도 얘기하지 마!"

철제 캐비닛 뒤로 가서 분노에 몸을 떨다가 달려가서 캐비닛을 들이받았다. 캐비닛이 앞으로 넘어지면서 땅이 울렸다. 속이 후련했다. 어깨에서 팔에서 피가 났다. 그제야 알몸으로 퍼포먼스를 하고 있다는 것을 알았다. 그녀는 캐비닛에 올라서서 캐비닛을 배트로 내리쳤다. 발바닥을 통해 울림이 온몸으로 퍼졌다. 더는 배트를 휘두를 힘이 없었다. 거실로 가서 냉장고를 열고 생수를 꺼내 병째 들이켰다. 그때 대문이 부서져라 두드리는 소리가 났다. 그녀가 대문을 열자 정명지가 서 있었고 뒤로 마을 사람들이 서 있었다. 정명지는 겉옷을 벗어 그녀의 몸에 걸쳤다.

"뭐 하는 거야. 동네 사람들이 하도 시끄러워서 경찰에 신고했대."

동네 사람들이 야구 배트를 들고 서 있는 그녀를 보고 수군거렸다. 그녀는 정명지의 겉옷을 벗어던지고 뒤뜰로 갔다. 정명지와 동네 사람들이 따라 들어왔다. 정명지가 뒤돌아서서 동네 사람들을 몰아냈다.

"조용히 하겠습니다. 모두 나가 주십시오."

동네 사람들이 웅성거릴 때 그녀는 철제 캐비닛 위에 올라가 다시 캐비닛을 때렸다. 정명지가 소리쳤다.

"그만두지 못해!"

"네가 늦게 와서 공연을 망쳤어."

그녀는 정명지를 향해 한번 웃어 주고 다시 배트를 휘둘렀다. 철제 캐비닛이 찌그러진 맥주 캔처럼 변했다. 정명지가 달려와서 겉옷으로 그녀를 감싸고 넘어뜨렸다.

"미친년, 제임스는 어디 갔어?"

"고향으로 보냈어."

정명지는 그녀를 깔고 앉았다. 그녀는 웃음이 나오는데 정명지의 무게 때문에 웃을 수 없었다. 개구리들이 대신 웃어 주었다.

정명지는 컴퓨터의 전원을 뽑아 버렸다. 개구리들이 사라졌다. 몇 초간의 정적이 찾아왔다. 경찰차 사이렌이 울렸다. 동네 사람들이 웅성거렸다. 정명지가 대문을 열었다. 경찰은 집 안으로 따라 들어온 동네 사람들에게 얘기를 들었다. 경찰 두 명이 뒤뜰로 와서 퍼포먼스 무대를 살펴봤다. 정명지가 나서서 수습하려고 했다.

"잠깐 소동이 있었지만 다 끝났습니다."

경찰이 그녀를 보고 물었다.

"이 스피커들은 다 뭡니까? 캐비닛을 왜 두들겨 팬 겁니까?"

그녀는 배꼽이 터져라 웃고 나서 말했다.

"귀신을 잡았어. 여기에 귀신을 잡아넣었어!"

그때 철제 캐비닛이 희미하게 울렸다. 사람들이 달려가서 캐비닛에 귀를 기울였다. 다시 캐비닛이 울렸다. 제임스가 암흑 속에서 한 가닥 희망을 인지하고 사력을 다해 캐비닛을 두드렸다는 것을 알 수 있었다. 사람들이 힘을 합쳐 캐비닛을 일으켜 세웠다. 야구 배트를 쇠사슬 사이에 끼워 넣고 지렛대처럼 잡아당겼다. 문손잡이가 떨어져 나가면서 캐비닛 문이 열렸다. 알몸으로 웅크리고 있었던 제임스가 고개를 들었다. 황금색 머리가 피로 뒤범벅되었고 코피가 흘러내렸다. 사람들이 비명을 지르자 그녀는 큰소리로 말했다.

"변태 새끼 손 좀 봤어."

경찰은 구급차를 부르고 그녀의 손에 수갑을 채우고 미란다 원칙을 읊었다. 그녀는 자꾸 웃음이 나왔다. 경찰차 뒷좌석으로 들어가려고 몸을 구부릴 때 경찰이 손으로 그녀의 머리를 눌렀다. 그녀는 뒷좌석에 앉아 제임스를 바라보며 소리쳤다.

"이건 작품이야. 예술가의 퍼포먼스야!"

정명지가 다가와서 말했다.

"내일 변호사랑 같이 갈 테니까 그때까지 아무 소리하지 마."

"이때까지 사람들은 아무 소리 못하고 살았지."

그녀는 경찰차를 타고 경찰서로 가는데 눈이 자꾸 감겼다. 잠이 들면 아주 이상한 곳으로 자신을 데려갈 것 같았다. 물에 빠져 죽지 않으려고 발버둥 치듯이 무전 소리에 귀를 기울이고 차창 밖을 바라봤다. 말을 하면 잠에 들지 않을 것 같았다.

"경찰 아저씨. 옛날에요. 외삼촌이 나를 아주 예뻐했어요. 내가 너무 예뻐 참을 수 없었나 봐요."

"조용히 하시고 서에 가서 진술하세요."

"옛날에요. 나쁜 경찰이 사람들을 모아 놓고 서로 죽이게 했대요. 친척끼리 죽이고 이웃끼리 죽여서 그렇게 얽히고설켜 아무 말도 못하고 살았대요."

경찰차는 어둠을 뚫고 달렸다. 날벌레들이 전조등 불빛으로 달려들어 몸을 터뜨렸다. 해안 도로 너머로 빛을 받은 수면이 출렁거렸다. 차 안이 밀폐 공간처럼 답답했다.

"차창 좀 내려 주세요."

울음소리가 들렸다. 개구리 울음소리가 점점 커졌다. 그녀는 차창 밖으로 비명을 질러 댔다. 누가 자신의 온몸을 바늘로 찔러 대는 것 같았다. 순간 찌지직거리는 이명이 들리더니 아무 소리도 들리지 않았다. 그녀에게 정적이 찾아왔다. 아주 편안했다. 그녀는 계속 아무 소리도 들리지 않길 바랐다.

제2부

추억의 소리

혜원은 구 개월 전 제주 공항을 빠져나와 렌터카를 인수했다. 선글라스 너머 바다는 짙은 비취빛이었다. 궤살메 오름 줄기가 햇빛을 받아 선명하게 다가왔다. 김녕 해안 도로를 달리면서 차창을 내렸다. 하늘 빛깔이 낯설어 선글라스를 벗고 하늘을 올려다봤다. 맑은 하늘에도 파도가 일고 있었다. 길게 이어진 얇은 구름이 바다의 너울 위에 흩뿌려진 물거품 같았다. 햇빛은 찬란한데 으스스한 그늘이 드리운 느낌이었다. 그녀는 오랜만에 찾아온 제주의 낯섦에 혼돈스러웠다.

외할머니 집 앞 공터에 도착하여 차창을 모두 내리고 주변을 둘러보았다. 마을 입구에 한쪽으로 휘어진 팽나무가 서있다. 그녀는 팽나무를 통해 바람을 관찰했다. 이마를 드러낼 정도의 바람이 불었다. 현무암 돌담 밑에 달라붙어 있던 생기 없는 잡풀이 흔들렸다. 골목 풍경은 시간이 멈춘 것 같았다. 그녀는 차에서 내려 스마트폰을 꺼내 음성 메모를 했다.

"이곳 소리는 바람을 타고 더 멀리 퍼진다. 바람이 골목을 가로지르자 돌담에서 단단한 소리가 들린다. 어렸을 때 들었던 구멍 뚫린 현무암 돌덩이 사이를 빠져나오는 소리다. 단단한 소리가 한차례 지나가자 풀잎 스치는 소리, 개미 떼가 흙 알갱이를 밀쳐 내며 지나가는 소리, 나뭇잎이 땅에 흩어지는 소리가 들린다. 추억의 소리가 생생하게 살아난다. 구멍이 숭숭 뚫린 돌담길은 소리가 지나가다 머무는 쉼터다. 헐렁하고 느슨한 돌담을 통과하는 제주의 바람은 단단한 소리의 층을 만들어 낸다. 그 층은 소리의 파동이다."

그녀는 음성 메모를 하고 가만히 서서 눈을 감았다. 소리의 파동이 변주되면서 추억이 아련하게 다가왔다. 그녀는 골목을 서성이다 소리가 지나가는 길목에 앉아 트렁크에서 마이크 MKH416와 레코더 664를 꺼냈다. 하루나 이틀 머무를 생각으로 간편하게 H6 핸디 레코더만 들고 오려다가 챙겨온 장비였다. 그녀는 사운드 아트 작업을 하면서부터 항상 장비를 가방에 넣어 다니며 소리를 채집했다. 헤드폰을 끼고 천천히 걸으면서 소리의 숨결과 호흡했다. 바람을 타고 지나가는 소리는 텅 빈 가슴을 꽉 채워 주었다. 바람과 더불어 소리의 결을 느꼈다. 소리의 촉감이었다. 거머쥔 모래가 손가락 사이로 빠져나가는 부드럽지만 깔깔한 여운이 남는 그런 느낌이었다. 그녀는 추억의 골목길 스케치를 끝내고 외할머니 집으로 향했다.

외할머니 집 대문 옆에 칠이 벗겨진 철제 캐비닛이 나와 있었다. 외삼촌이 처분하려고 내놓은 모양이었다. 안혜원은 캐비닛에 갇혔던 어린 시절 좋지 않은 기억이 떠올랐다. 캐비닛에 갇히기 전까지 마루에 있었던 장롱 형태의 캐비닛은 외부와 철저하게 차단된 그녀만의 공간이었다. 아버지를 일찍 여읜 그녀는 캐비닛 안에 들어가면 보호받는 것처럼 든든했다. 문짝이 양쪽으로 열리는 공간에는 이불과 옷을 넣을 수 있는 칸 밑에 서랍이 있고 나머지 한쪽 문짝을 열면 옷을 걸 수 있는 공간이었다. 외할머니한테 혼나거나 울적한 날에는 걸려 있는 옷을 한쪽으로 밀어붙이고 안에 들어가서 문을 닫았다. 안에서 문을 열 수 있는 방법이 있었다. 안에서 문을 열라고 만든 고리는 아니었지만 그것을 당기면 밖의 손잡이와 연결되어 문이 열렸다. 과자와 물을 가지고 들어가서 한나절 숨어 있던 적도 있었다. 그녀는 밖에서 자신을 찾는 소리를 들으며 철판에 기대 있으면 물속에 들어온 것처럼 고요해지면서 잠이 왔다.

철재로 꽤 튼튼하게 만들어진 캐비닛은 외할아버지가 살아

있을 땐 집 안의 모든 귀중품을 품고 마루 한구석을 차지하고 있었다. 그녀가 외할머니 집에 와서 그것을 처음 봤을 땐 뒤뜰로 옮겨져 잡동사니를 보관하는 창고로 전락했다. 그녀는 캐비닛과 숨바꼭질에 얽힌 어렴풋한 기억이 스쳐지나갔다. 외할머니 집에서 친구들과 숨바꼭질을 하다가 친구와 캐비닛 한쪽 문짝 안으로 들어갔다. 술래는 그녀와 친구를 찾을 수 없었다. 술래가 지쳐 나오라고 소리칠 때 그녀는 캐비닛 안에서 깔깔거리며 철판을 두드렸다. 그 소리를 듣고 반칙이라며 화가 난 술래가 달려와서 캐비닛을 열려 했고 그녀는 키득거리며 문고리를 잡고 저항했다. 술래는 문을 연다는 게 캐비닛의 잠금장치인 다이얼을 돌려 버렸다. 다이얼이 돌아가면 안에서 문을 열 수 없었다. 그녀와 친구는 실패한 은행털이처럼 외할머니가 시장에서 돌아올 때까지 그 안에 갇혀 있어야 했다. 좁은 암흑의 공간에 뒤엉켜 친구와 자세를 바꿀 때마다 잡동사니가 굴러 떨어졌고 차츰 호흡이 곤란해졌다. 혼자 들어와 있으면 아늑하던 곳이 공포의 공간으로 변했다. 얼마 후 철판이 차가워지면서 머리가 쭈뼛해지고 몸이 굳었다. 손으로 철판을 짚고 일어나 앉아보려 했지만 잘되지 않았다. 순간 냉기가 느껴지면서 온몸에 소름이 돋았다. 친구는 철판을 발로 차고 주먹으로 두드렸다. 그때 캐비닛 밖에서 울음소리가 들렸다. 친구의 울음소리는 아니었다. 처음엔 어떤 동물의 울음소리 같았는데 그녀의 귀에만 들리는 소리였다. 그 소리는 환청의 시작이었다. 그 안에 갇힌 그녀와 친구는 끝내 울음을 터트렸다. 누가 먼저랄 것 없이 암흑 속에서 서럽게 울었다. 외할머니가 돌아와서 문을 열었을 때 그녀와 친구는 온통 땀에 뒤범벅되어 젤리같이 굳어 있었다.

그날 밤부터 며칠 동안 앓아누웠다. 그녀가 헛소리를 하자 엄마는 귀신에 씌었다며 철제 캐비닛을 당장 처분하자고 했다. 외할머니는 외할아버지가 아끼던 가구였다며 팔지 못하게 했다. 앓아누운 그녀는 의식이 몽롱해서 누가 옆에 있는지도 분간할 수 없었다. 몸에 열을 내리기 위해 누군가 물수건으로 자신의 몸을 계속 닦았던 것은 기억했다. 앓아누웠을 때 무엇이 자신의 몸에 쏟아지는 것 같았다. 그것은 소리였다. 쏟아지는 소리가 요란하여 세상의 다른 소리가 하나도 들리지 않았다. 오한이 나서 몸이 벌벌 떨리는데 누군가 자신을 폭포 속으로 끌고 들어온 느낌이었다. 바늘로 찌르는 것 같은 통증과 소리가 어지러이 떠돌아다니며 울부짖기 시작했다.

그녀는 외할머니 집 앞에서 칠이 벗겨지고 녹이 나 이제는 고철 덩어리가 된 캐비닛을 한참 바라보다 문을 열었다. 뒤판 귀퉁이가 녹이 슬어 손바닥만 한 구멍이 나 있었다. 자세히 보니 숨구멍 같아서 두려움이 조금 사라졌다. 캐비닛 내부도 전체적으로 칠이 벗겨져 녹이 슬었고 선반은 찌그러져 내려앉아 있었다. 찌그러진 부분을 만져 보았다. 어렸을 적 문을 열어 달라고 철판을 두드리는 소리가 들리는 것 같았다. 캐비닛은 그동안 상처를 감추어 두었던 컴컴한 창고 같았다.

　외할머니 집 대문은 열려 있었다. 대문 안으로 들어서자 외삼촌이 현관 앞에서 재활용품을 분리해 놓고 종이 상자를 접고 있었다. 그의 굽은 등과 나이 들어 머리숱이 거의 사라진 정수리 윤곽이 보였다. 그녀가 인기척을 내자 그가 뒤를 돌아보더니 일어났다.

　"예뻐졌구나."

　그녀는 그를 찬찬히 살폈다. 젊었을 때의 핸섬한 모습은 사라지고 추레한 노인이었다.

　"예뻐지긴. 낼모레 마흔이야."

　그녀는 자신의 머리카락을 쓸어내리다가 가지런히 모아 고무줄을 꺼내서 묶었다. 살짝 홍조가 오른 통통한 뺨이 드러났다. 그녀는 촉촉한 눈망울로 집 안을 둘러보았다. 외삼촌은 그녀에게서 눈을 떼지 못하고 훑어보다가 말했다.

　"넌 나이 들수록 예뻐지는구나. 요즘 여자들은 겉만 봐선 나이를 알 수가 없어."

　"그런 소리 함부로 하지 마. 사람이 능글능글해 보여."

　"넌 어른한테 말버릇이 그게 뭐냐."

"어른은 무슨 어른이라고."

외삼촌이 종이 상자를 가지고 대문 밖으로 나갔다. 그녀는 마당을 천천히 둘러보았다. 고요하던 동네가 꿈틀거렸다. 새들의 울음소리. 개 짖는 소리, 누군가 멀리 있는 사람을 보고 외치는 소리가 들렸다. 잠시 후 사람을 부르는 듯한 애절한 목소리가 들렸다. 그 목소리가 적막한 집을 둘러쌌다. 섬뜩한 기운이 몸을 훑고 지나갔다. 그러고는 다시 조용해졌다. 집 안 전체가 그늘진 것처럼 컴컴했다. 마치 누군가 자신의 모습을 몰래 훔쳐보는 느낌이었다. 그녀는 구석구석 스민 어린 시절 추억을 따라 갔다. 다시 또 누군가 외치는 소리가 들렸다. 주위를 둘러보았지만 아무도 없었다.

끊임없이 그녀를 맴도는 소리가 있다. 귓전을 떠나지 않는 소리는 동물의 울음 같다. 어느 때는 수십만 마리의 벌레 소리 같아서 한여름 밤 들판에 와 있는 듯한 착각을 불러일으킬 정도다. 스트레스가 쌓였을 때는 둘둘 말은 천을 막대기로 매섭게 내리치는 소리가 들리기도 했다. 그녀는 어렸을 적 자신이 기억하지 못하는 트라우마가 있어 환청이 생긴 거라고 생각했다.

집 안을 둘러보다가 부엌으로 갔다. 찬장 안쪽에서 잔의 테두리와 손잡이가 금색인 찻잔을 발견했다. 엄마는 이 잔을 아꼈다. 잔에 실금이 갔다고 냄비에 잔을 넣고 우유를 붓고 풀 같은 막이 생길 때까지 끓였다. 잔을 꺼내서 금이 잘 붙었는지 살펴보았다. 먼지가 잔뜩 껴서 잘 보이지 않았다. 잔으로 귀를 덮어 보았다. 시간이 머물러 있는 소리가 났다. 엄마가 식탁에 앉아 뜨거운 차를 조금씩 마시는 소리가 들렸다. 후르륵거리는 소리가 천천히 말로 바뀌었다. 엄마가 무슨 말을 하는데 알아들을 수 없었다.

엄마에게 자신을 맴도는 소리에 대해 물어보고 싶지만 돌아가셨다. 엄마를 생각하는 순간 멀리서 애절하게 자신을 부르는 듯한 소리가 들렸다. 잠시 후 비명은 사라지고 돌연 찬장에 세워둔 유리잔이 부딪치는 소리가 났다. 그녀가 몸을 돌리다 찬장에 부딪힌 모양이었다. 그녀는 어깨에 힘을 실어 찬장을 툭툭 건드려 보았다. 속된 티가 없이 맑은 소리가 났다. 어린 시절부터 그냥 지나쳤던 집 안의 소리가 낯설게 다가왔다. 늘 들리는 소리에 이질적인 소리를 삽입해 낯설게 했던 작품이 떠올랐다. 요즘은 작품에 메시지를 강하게 집어넣으려고 색다른 소리를 채집하고 있는 중이다. 이곳에 오기 전 제출한 사운드 아트 전시 기획서에 제시한 작품을 위해 추억의 소리를 발굴해 보기로 했다.

그녀는 다랑쉬 문화 재단의 '파장, 보이지 않는 흐름'이라는 프로젝트에 지원했다. 단순한 공모 형태의 지원이 아니라 기획 전시를 통해 사운드 아트 예술가를 집중적으로 소개하고 지원하는 프로그램이다. 이번 기획 전시 작가로 선정된다면 비용 정산이 필요 없는 창작 지원금을 많이 받는다. 또한 선정 작가 중 대상을 뽑아 일 년 동안 영국에서 작품 활동을 할 수 있도록 지원한다. 사운드 아트의 세계적인 무대로 나갈 수 있는 기회가 주어지는 것이다. 그녀가 처음에 생각한 작품의 메시지는 삶의 터전이 무너질 때 사람들이 어떤 소리를 내는지 귀 기울여 보자는 것이었다. 기획 전시 작품을 위해 재개발 구역 공사장의 소리 등을 주로 포착해 왔다. 일상에선 소음을 찾고 파괴 현장에서는 안락한 리듬을 찾았다. 그런 신선한 소리에 엉뚱한 영상을 입혀 보기도 했다. 소리와 영상이 자아내는 불협화음을 통해 메시지를 전달하고자 하는 의도인데, 얼핏 들으면 앓는 소리뿐인 것 같지만 영상과 같이 감상하면 추상적 판타지를 느낄 수 있었다. 그녀는 소리를 이미지로 재해석해서 보여주려고 노력했다. 그녀가 포착하는 소리는 일상의 어떤 균열에서 태어나서 숨 쉬다 소멸하는 음이기에 가공해서 여운이 남게 작업했다.

그녀는 설치 미술에서 사운드 아트로 영역을 넓혔을 때 소리와 이미지의 관계에 대해 고민했다. 시각 예술과 협업할 때 메시지를 전달하는 측면에서 시각을 넘어설 수 없다는 생각을 했었다. 그래서 오히려 시각을 더 강조하기도 했다. 관객들은 시각적으로 어떤 영감을 받으면 소리가 잘 들리지 않는다고 했다. 요즘은 생각이 달라졌다. 소리와 이미지의 관계를 계속 탐구하다 보니 소리가 이미지보다 강한 것 같았다. 눈을 감으면 이미지가 사라지고 코를 막으면 냄새를 맡을 수 없지만 소리는 귀를 막아도 파동을 통해 뇌에 파고든다. 눈을 감고 소리를 들어 보면 상상의 폭도 넓어진다. 소리는 메시지를 효과적으로 전달한다.

기획 전시 작품을 구상하며 제주를 떠올렸다. 그녀는 여수에서 태어났지만 어린 시절부터 고등학교까지 외할머니 집에서 살아서 그런지 애월읍이 고향 같다. 끊임없이 개발되는 섬의 소리들을 모아 엮으면 독특한 불협화음을 내지 않을까. 사람들은 숲이 사라지고 채워진 소리에 너무 길들여 있는 것 같았다. 잃어버린 소리를 상기시키는 작품을 구상할 즈음 외삼촌으로부터 연락을 받았다. 삼 년 전 엄마가 돌아가시고 나서 바로 집을 내놓았는데 드디어 나갔다고 했다. 제주에서 호텔을 운영하는 사람이 외할머니 집과 뒷집까지 계약한 모양이었다. 집이 헐리기 전에 추억을 더듬어 보면서 외할머니 집 주변의 소리를 담고 싶었다.

외삼촌과 집 안을 둘러보면서 버릴 것과 챙길 것을 구분했다. 혜원이 챙길 것은 없었다. 서울에 있는 대학에 진학할 때, 엄마가 돌아가셨을 때 두 번에 걸쳐 모든 걸 정리했다. 그녀는 대문 앞에서 외삼촌과 저녁을 어디서 먹을 것인지 정하고 나서 오랜 세월 집을 지킨 철제 캐비닛을 손으로 쓰다듬어 보았다. 칠이 벗겨지고 녹슨 부분은 흉터 같았다. 그 안에 갇혔던 좋지 않은 기억이 떠올랐지만 버리기에는 아까웠다. 그것은 조금만 더 버틴다면 박물관에 갈 수 있을 정도로 희귀한 가구였다. 그녀는 캐비닛의 문을 열고 안을 훑어본 다음 외삼촌에게 말했다.

"이 안에 잠깐 들어가 볼게."

"저녁 먹으러 가자더니 거긴 뭐 하러 들어가?"

"안에 들어가서 느껴 볼 게 있어."

외삼촌이 버럭 소리를 지르듯이 말했다.

"느끼긴 뭘 느껴!"

"깜짝이야."

"내일 고물상에 넘길 거다."

"떠오르는 아이디어가 있어서 그래."

"흉물스러워서 오늘이라도 당장 처분하고 싶구나."

"지금 구상하는 작품에 딱 맞는 오브제야."

외삼촌이 다가와서 고개를 숙이고 말했다.

"보기만 해도 귀신이 나올 것 같은데……."

그녀는 땅을 내려다보며 작은 돌을 발로 찼다. 돌이 굴러가 철제 캐비닛을 때리자 텅 빈 울림에 자극받은 외삼촌은 난데없이 주먹을 쥐고 캐비닛을 쳤다. 철판의 울림이 길게 이어졌다. 그녀는 마이크와 레코더를 들고 몸을 접어 캐비닛 안으로 들어가며 말했다.

"문이 잠기진 않겠지?"

"고장 나서 잠기지 않을 거다."

그녀는 철제 캐비닛에 들어가 쪼그려 앉은 다음 문을 닫았다. 뒤판에 난 구멍으로는 뿌연 빛이, 벌어진 문틈으로는 날카로운 햇살이 비집고 들어왔다. 물에 빠진 기분이었다. 물이 차올라 숨이 막힐 것 같았는데 눈을 감고 숨을 천천히 들이마시고 내쉬자 안정이 되었다. 그녀는 이 안에 들어온 이유를 되새기며 귀를 열었다. 어린 시절 환청이 시작된 이곳에서 그 소리의 정체를 파악하려고 집중했지만 아무 소리도 들리지 않았다. 아늑함이 온몸에 퍼졌고 어디론가 빨려 들어가는 느낌이 드는 순간 쿵쿵 캐비닛이 울려 깜짝 놀라고 말았다. 외삼촌이었다.

"저녁 먹으러 가자."

아늑함은 산산이 조각나고 심장 박동이 빨라졌다. 캐비닛 문을 열어젖히고 밖으로 나왔다.

"이거 고물상에 넘기지 마."

"그럼 네가 서울에 가지고 갈 거냐?"

"일단, 친구 작업실에 맡겨 놓을게."

"꼴 보기 싫으니 빨리 옮기든지 해라."

옆집으로 사람들이 몰려들기 시작했다. 오늘 저녁 옆집에선 귀양풀이가 열린다고 했다. 그녀는 어렸을 때 봤던 무속 의례를 생각하면 지금도 귀신이 나올 것 같아서 무섭다.

외삼촌과 해수욕장 근처에 있는 횟집에 가서 점심을 먹었다. 외삼촌은 회덮밥 이인분과 소주를 주문했다. 이곳의 소주병은 투명해서 보드카를 마시는 기분이었다. 외삼촌이 잔에 소주를 따르며 말했다.

"운전해야 하니까, 너는 딱 반 잔만 마셔라."

"뭘 걱정이야, 차 두고 택시 타면 되지."

그녀는 건배하고 소주를 단숨에 비웠다. 오랜만에 마셔서 그런지 소주는 일순간 핏속으로 퍼졌다. 반찬을 집어 먹었다. 물미역 비린내가 났다.

"딱 한 잔만 더."

그녀는 소주 한 잔을 더 마셨다. 밖을 내다보니 먼 바다가 성큼 다가왔다. 외삼촌이 자신의 빈 잔에 소주를 따르면서 말했다.

"그 사람 아직도 만나냐?"

"뭘 그런 걸 물어보고 그래."

"이런 말 하긴 그런데, 서로 어울리지 않아."

"안 만난다니까. 그 사람 재혼했어."

그녀는 외삼촌이 어떤 이유로 어울리지 않는다고 하는지 감이 왔다. 자신이 생각해도 어울리는 사이는 아니었다. 그래도 남의 눈에 그렇게 보였던 게 싫었다. 그녀는 소주가 절반 정도 남은 소주잔을 각도를 바꿔가며 잠시 바라보다 말했다.

"뭐가 안 어울려?"

"그 집안의 내력을 알았을 때 너무 황당해서 말이 안 나왔다."

"또, 그 얘기."

그녀는 외삼촌을 노려보았다. 잠시 침묵이 이어졌다. 침묵을 깬 건 입이 근질근질한 외삼촌이었다.

"그 집 할아버지는 우리 집안의 원수다."

"역사의 소용돌이 속에서는 누구나 희생자고, 가해자야."

"그놈은 우리 집 아니 우리 마을의 원수였다."

외삼촌이 그의 할아버지가 저지른 만행을 직접 본 것처럼 이야기하는데 영화의 한 장면이 떠올랐다. 잠시 후 가까이서 전폭기가 급강하하며 바람을 가르는 소리 같은 사이렌이 울렸다. 그녀가 느끼기에 스피커를 통해 나오는 소리 중 가장 자극적인 소리였다.

"공습경보 사이렌 오랜만에 들어보는구나. 훈련 때마다 소리가 났겠지만 오늘처럼 인식한 건 처음이다."

"올해부터는 제주 4·3 희생자 추념일에 묵념 사이렌이 울린대."

"여기 사는 나보다 상황을 잘 아는구나?"

"사이렌에 관심이 많거든."

외삼촌은 소주 두 잔을 연거푸 마셨다.

"천천히 마셔."

"집이 팔리고 나서부터 싱숭생숭해서 소주 없인 못 산다."

그녀는 소주 반 잔을 들이켰다. 입안에 소주를 머금고 혀를 굴렸다. 쓰고 달았다. 소주를 삼켰다. 해물뚝배기 국물을 떠먹었다. 소주는 차고 따뜻하고, 국물은 뜨겁고 시원했다.

"그만 마셔라."

"요것만."

"요즘은 뭐 먹고 사냐?"

"아무 생각 않고 작업만 열심히 하기로 했어."

"네가 어떤 작업을 하는지 잘은 모르지만, 오늘 옆집에서 귀양풀이가 열리는데 그런 걸 기록해서 작품으로 만드는 건 어떠냐?"

"난 푸닥거리 같은 거에 관심이 없어."

"네가 생각하는 그런 게 아니야. 그놈 때문에 무고하게 희생당한 분들을 기리는 위령제다."

"그런 거 말고, 삶의 근거지가 변화하면서 어떤 소리를 내는지 들려주려고 하는데 이곳을 배경으로 해 볼 생각이야."

"그럼 잘됐구나. 다들 돌아가시고 생존하신 분은 이제 얼마 남지 않았다. 참변을 겪었던 망자의 귀양풀이를 기록해 두면 나중에 써먹을 때가 있을 거야."

"과거사에 관심 있었다면 친할아버지 얘기가 더 극적이지."

"하긴, 네 할아버지도 억울하게 총살당하셨지."

그녀는 손가락으로 아랫입술을 당겨 거스러미를 뜯었다.

"난 다큐멘터리 같은 영상 작업이 아니라 소리 자체가 지닌 아름다움을 발굴하는 작업이라 과거사가 맞지 않아."

"잘 모르지만 뭐든 상관없다. 네가 작품으로 이곳 사람들 한을 조금이라도 풀어 드려라."

외삼촌은 밥은 먹지 않고 술만 마시더니 소주를 한 병 더 주문했다. 식당 주인이 서비스로 작은 해물뚝배기를 하나 더 내왔다.

"형편이 안 좋아서 집을 팔았지만, 마음이 편치 않아."

외삼촌이 자신의 소주잔에 술을 따르더니 잠시 바다를 바라봤다.

"외할머니 제사 때 내려와라."

"외할머니 묘는 없애 버리고 제사는 잘 챙기네."

"너 같으면 어떻게 했겠냐? 땅 문제로 이장해야 했는데 생각해 보니 나중에 누가 관리를 하겠어. 그래서 정리한 거 아니냐."

"하긴 그래, 나도 엄마 추모 공원에 모셔 놓고 안 간 지 오래 됐어."

외삼촌이 뚝배기 국물을 맛있게 떠먹었다. 그녀는 가방에서 레코더를 꺼낸 후 소리를 적극적으로 채집할 때 쓰는 청진기처럼 생긴 마이크를 연결했다. 음식을 맛있게 먹은 그릇에선 어떤 소리가 나는지 궁금했다. 이어폰을 한쪽 귀에만 꽂고 마이크의 진동판을 그릇에 댔다. 수저로 그릇을 휘졌다가 긁어 보았다. 칠판에 글씨 쓰는 소리가 났다. 외삼촌은 그녀의 행동에 아랑곳하지 않고 이야기를 계속했다.

"어머니가 돌아가시기 전에 아버지가 어떻게 돌아가셨는지 말하더구나."

"그런 얘긴 듣고 싶지 않아."

"나도 몰랐던 사실이다."

그녀는 소주병을 들고 외삼촌이 소주잔을 비우길 기다렸다.

"나 어렸을 때 무슨 사고 당한 적 있어?"

외삼촌은 놀란 것처럼 뭉툭한 코로 숨을 몰아쉬느라 콧구멍이 벌렁거렸다.

"아니, 모르겠는데."

"내가 기억하지 못하는 트라우마가 있는 것 같아."

"집터가 안 좋은 모양이다. 나는 요즘 아버지가 자꾸 꿈에 나타나서 괴롭다. 아버지가 총살당하는 장면이야. 당시 조작된 군법 회의에 회부되어 집단 총살당했다. 나중에 시신 수습을 허락받았지만 어머니는 아버지의 시신을 찾을 수 없었어."

"갓난아기였는데 외할아버지가 기억나?"

"어머니한테 얘기 듣고 나서부터 아버지가 꿈에 나오기 시작했다."

"푸닥거리는 외삼촌이 해야겠네."

"아버지야 그렇다 치고 그 원수는 토벌대를 따라다니며 마을 사람들이 어디에 숨었는지 밀고했던 놈이라고 하더라."

"따지고 보면 직접적인 원수가 아니잖아?"

"그놈은 밀정이었고 우리 집안과 관계가 있다."

외삼촌은 그 사람의 만행에 대해 이야기를 계속 늘어놓았다. 그녀가 바다를 바라보며 일어나도 외삼촌은 계속 주절거렸다.

"그것뿐만이 아니다. 그놈은 우리 마을을 통째로 집어삼킨 놈이다. 자유당 시절 면 의원 할 적에 우리 마을에 집 짓고 살면서부터 땅 소유자들이나 그 후손들이 학살 과정에서 죽거나 대가 끊겨서 땅임자가 없다는 사실을 이용했던 거야."

그녀는 실눈을 뜨고 먼 풍경을 바라보듯 외삼촌을 빤히 바라보며 말했다.

"땅 얘긴 처음 듣네. 역시나 돈 냄새를 맡으셨군요."

"얼마 안 되지만 우리 땅이었다. 지금은 짙푸른 대나무 숲과 빽빽이 자란 삼나무로 뒤덮인 곳이지만 아름다운 마을이었다."

"대단한 건수를 잡은 모양이야."

외삼촌은 그녀가 잡고 있는 소주병을 낚아채 자신의 잔에 소주를 넘치도록 따르더니 단숨에 마셨다.

"그만 마셔 대낮부터."

"속이 타서 그런다. 그곳이 다 친척들 땅이다. 그 땅을 찾으면 억울하게 죽어간 마을 사람들을 위해서 추모비라도 세워야겠다. 몇 년 전에 고소했고 그 땅에 관계된 후손들이 대책 위원회를 구성했는데 아주 오래된 사건이라 민사로 다룰 수밖에 없어 재판도 어렵다."

"그래도 가능성이 있으니까 달려든 거잖아?"

"땅을 찾는 것은 우리 집안의 명예가 걸린 일이다."

"술 좀 깨야겠어. 바람 좀 쐬고 올게."

그녀는 해변으로 내려갔다. 파도가 겹쳐지면서 천천히 밀려왔다. 소금기 있는 바람에 머리가 헝클어졌다. 파도 소리를 들으며 작품 내용을 점검해 보았다. 끊임없이 개발되는 섬의 소리 속에 귀양풀이가 들어가면 재미있지 않을까, 무속 의례에 등장하는 소리로 독특한 불협화음을 만들 수 있을 것 같았다. 그녀가 알아낸 심사 위원의 성향을 볼 때 제주의 토속적인 요소가 심사에 긍정적으로 작용할 수도 있을 거란 생각이 들었다.

외삼촌이 말하는 원수의 손자 정명지. 그와 안혜원 사이에 존재하는 불협화음이 있다. 두 사람의 관계를 위해서는 제거해야 하는 요소였다. 그것은 그와 그녀가 만들어 낸 소음 같은 것이다. 소음은 어떻게 듣는가 하는 문제와 인식의 문제이다. 그녀는 그와의 관계에서 문제를 일으킬만한 소음을 안으로 끌고 와 매력적인 사운드로 바꾸려고 했으나 실패했다.

그녀가 정명지를 처음 본 것은 미술관 파티에서였다. 미술의 개념이 진화하여 이해하기 힘든 작품들이 미술관에 연출되기 시작하자 관람객의 입장에서 미술관은 부담스러운 공간이 되었다. 미술관에서는 관람객과 소통하기 위해 전시 작가가 작품과 관련 있는 점심을 준비해 관람객과 나눠 먹고 밤이면 음악가를 불러 흥겨운 파티를 열기도 한다. 그녀는 그런 프로그램의 분위기가 궁금하여 파티 참가를 신청했다. 그는 체크무늬가 들어간 회색 양복에 검정 나비넥타이를 매고 파티에 왔다. 찢어진 청바지에 슬리퍼를 신은 젊은이들과 대비되어 자꾸 눈길이 갔다. 그는 칵테일 잔을 들고 벽에 걸린 작품을 감상하고 있었다. 붉게 달아오른 뺨, 무테안경 속에서 빛나는 정직해 보이는 눈이 인상적이었다. 파티가 열리는 전시실 벽면에 걸린 캔버스에는 여러 종류의 오디오테이프가 가득했다. 파티장의 재즈 음악이 갈색의 오디오 테이프로 채워진 캔버스에서 나오는 것 같았다. 캔버스 위에 오디오테이프를 붙이고 잘라낸 흔적들이 악보처럼 보였다. 광택이 나는 갈색 오디오테이프는 자석처럼 달라붙어 시선을 끌어당겼다. 소재가 주는 이미지 때문에 캔버스에 엄청난 음악이 저장된 느낌이었다. 그녀는 작품을 감상하는 그에게 말을 걸었다.

"테이프가 방금 바른 물감 같아요."

그가 고개를 돌려 그녀를 쳐다봤다. 파티장에서 그녀가 학교 다닐 때 유행하던 가요가 흘러나왔다.

"카세트테이프에 녹음된 음악을 듣는 것 같지 않나요?"

정명지와 전시실에서 잠깐 이야기 나눈 것을 계기로 명함을 주고받았다. 그는 컬렉터였고 문화 재단 이사장이었다. 얼마 후 그녀는 사운드 아트 그룹전에 그를 초대했다. 설치 미술에서 사운드 아트로 영역을 넓힌 첫 전시였다. 전시의 모티브는 벽이 소리를 흡수한다는 이야기에서 출발했다. 오랜 시간 헤비메탈 록 밴드의 연습실로 사용한 벽을 재현하고 소리도 벽에 긴 때처럼 밸 수 있다는 메시지를 던졌다. 소리는 파동이고 물질의 특성을 깰 만큼 충격이 있다면 가능하다는 생각이었다. 전시장에 소리의 파동이 벽을 때리는 이미지 영상과 그에 걸맞은 소리를 함께 연출했다. 그녀의 사운드 아트 작품을 처음 접한 그는 보이는 소리에 흔들렸다고 너스레를 떨었다.

정명지는 그녀의 그룹전을 보고 간 다음 남한강 변 별장으로 그녀와 몇몇 작가를 초대했다. 모두 평면 미술 회화 작가고 그녀만 다원 예술가였다. 일 층부터 이 층까지 그리고 정원까지 모두 작품으로 들어차 있어서 별장이라기보다는 작은 미술관이었다. 별장을 설계할 때 의뢰받은 미국 건축가는 한옥에서 영감을 받아 설계했다고 했다. 한옥의 마루와 뜰을 연상하게 하는 중정이 있는 구조가 특색이 있었다. 별장에는 먼저 도착해 있는 손님이 있었다.

그는 미국인 제임스 데이블이었다. 정명지 옆에 앉아 있었는데 오히려 그가 별장의 주인 같았다. 그의 황금색 머리는 너무 가늘어서 가르마가 두드러져 보였고 얼굴은 핏기가 넘쳐 도도한 표정이었다. 앵글로·색슨족의 전형적인 귀족의 이미지였고 겉으로 드러난 그의 매력은 모든 것을 집어 삼킬 듯한 강렬한 눈빛이었는데 정명지와 눈빛을 주고받을 때는 행복한 미소를 지었다. 둘은 사랑에 빠진 연인 같았다.

제임스는 사람들과 간단히 인사를 나누고 골이 파인 선명한 턱을 올리고 그녀를 노려봤다. 그녀도 질세라 그를 노려봤다. 속 눈썹이 길어서 그런지 눈빛이 생동감이 있었다. 그는 영어와 한국어를 섞어가며 대화했다. 정명지가 미국 유학 시절 알게 된 제임스는 미국에서 뮤지엄을 운영했는데 오래전부터 정명지의 브레인 역할을 하는 것 같았다. 그는 디에스엘알DSLR 카메라를 들고 사람들을 촬영했다. 정명지의 뒤에서 정명지의 시점으로 사람들과 얘기하는 장면을 주로 찍었다. 혜원은 그의 행동이 특이해서 눈을 떼지 않았다. 그의 관심사는 여자였다. 사람들은 그의 마법에 걸린 듯 웃으면서 카메라를 향해 포즈를 다시 잡곤 했다. 술을 마시면서 제임스의 마법이 어디에서 나오는지 관찰했다. 그는 정명지를 마음대로 조종할 수 있는 힘을 가진 것 같았다.

그녀는 사람들과 새벽의 대나무 숲처럼 꾸며진 지하 바에서 술을 마시다 칵테일을 들고 일 층으로 나갔다. 남한강을 향해 펼쳐진 수영장 앞에서 바람을 쐬고 있을 때 제임스가 아무 소리도 없이 카메라를 들고 나타났다. 그가 이곳으로 걸어올 때 그녀가 듣지 못하도록 조심했을 것이다. 제임스와 간단히 인사하고 멋쩍게 서 있는데 정명지가 나타났다. 정명지는 그녀와 제임스를 번갈아 보고 웃더니 제임스를 정식으로 소개했다.

"이 별장은 예술 그 자체로 예술을 보여주는 공간이야. 제임스가 별장을 구상할 때부터 컨설팅해 줬어."

"이사장님은 좋은 친구가 많아서 좋으시겠어요."

제임스가 그녀의 작품에 관심이 있다고 하면서 개인적인 질문을 했다. 지하 바에서 술을 마실 때는 한국말을 곧잘 하는 것 같았는데 그녀에게는 영어로 말했다. 대충 알아들었지만 영어를 전혀 못하는 척했다. 그러자 정명지가 통역을 해 줬다.

"설치 미술에서 사운드 아트로 영역을 넓힌 계기가 뭐냐는데?"

"기존의 것을 답습하는 것이 아닌 저만의 것을 찾다 보니 결과적으로 영역이 넓어지게 되었어요."

제임스는 그녀에게 담배를 권했다. 그가 그녀에게 불을 붙여주고 자신도 불을 붙였다. 그의 콧구멍에서 두 가닥의 연기가 가느다랗게 새어 나왔다.

"특별히 추구하는 게 있냐는데? 그리고……."

정명지는 미소 짓더니 적절한 말을 고르느라 잠시 멈추었다.

"대중에게 어떤 색깔의 작가로 인식되길 바라냐고 하는데?"

"추구하는 것은 아름답고 정교한 것이에요. 이건 최근에 바뀐 것인데, 이전에는 실험과 재미만으로도 스스로 만족했다면 이 제는 관객에게 내가 표현할 수 있는 가장 최선의 것을 줄 수 있도록 완성도를 높이려고 해요. 그리고 나는 대중에게 어떤 색깔로 인식되지 않기를 바라요."

그녀는 제임스의 눈을 깊이 들여다보며 이야기를 나누었다. 정말 작품에 관심이 있는 건지 속내를 꿰뚫어 보려 했다. 그는 첫인상처럼 도도하지 않았다. 차분하게 얘기를 듣고 건네는 사람이었다.

정명지의 별장을 채우고 있는 작품들이 어디에서도 보지 못했던 작품들이어서 더 가치 있어 보였다. 그는 작품을 설명하면서 돈 때문에 작품을 구매하지 않는다고 했다. 자신의 취향에 따라 작품을 선택하고 그 작가가 발전하는 모습을 보는 것을 좋아한다고 했다. 초대받은 신인 미술 작가들의 눈빛은 어미 새가 벌레를 물고 둥지로 날아왔을 때 입을 크게 벌린 새끼 새들의 눈빛이었다. 아마 그날 그녀의 눈빛이 제일 빛났을 것이다.

그녀는 정명지를 만나고 나서 본격적으로 사운드 아트에 빠져들었다. 그는 그녀를 칭찬하며 자신과 좋은 관계를 유지하면

많은 도움을 받을 거라고 했다. 그녀는 소리를 구현할 때 공감각을 만들고 싶은 경우 색다른 공간과 컴퓨터 프로그램이 필요했다. 그는 색다른 공간에 해당되는 배경이었다. 소리를 공간에서 원하는 방향으로 움직이고 싶었다. 소리를 제어하고 연출하는 작업을 하는 동안 그가 힘이 되어 주길 바란 것이다.

얼마 전 정명지는 식탁 의자가 뒤로 끌리는 소리 그리고 현관문이 닫히는 소리를 남기고 떠났다. 혜원은 그를 위해 밥상을 준비하면서 후회했다. 괜히 번거롭게 밥을 해 준다고 했을까, 그러나 한번은 밥상을 차려 주고 싶었다. 그가 그녀의 집에 왔을 때 그녀는 생선을 굽고 있었다. 그는 다가와 뒤에서 그녀를 안았다. 메케하게 퍼지는 생선 비린내가 역겨웠다. 그의 손을 잡고 몸을 빼려고 했지만 그는 더 달라붙었다. 그녀는 그를 밀쳐 내며 말했다.

"저리 가, 생선 타잖아."

"비린내 나게 생선을 굽고 그래."

"저번에 먹고 싶다고 했잖아."

그가 서두를 때는 뭔가 할 말이 있다는 거였다. 그녀는 이를 악물고 숨소리조차 내지 않으려 했는데 자신도 모르게 교성이 삐져나왔다. 교성은 그가 원하는 것이었고 그가 느끼는 그녀의 매력 중에 한 가지였다. 그녀는 마음을 바꿔 교성을 크게, 더 크게 실감나게 연출했다.

음악을 틀어 놓았다면 다른 소리가 조금이라도 섞였으면 그녀의 자지러지는 교성이 자연스러웠을 것이다. 음악을 들으면 음악이 정보로 들린다. 교성이 나오는 상황에 어울리는 음악은 선율이 좋지 않고 복잡해야 될 것 같다. 그런 노래를 들으며 한 곡이 끝나길 기다리면 될 것이다.

그녀는 싱크대를 손으로 짚으며 옆으로 미끄러졌다. 생선 굽는 냄새를 빼려고 열어 놓은 창문으로 찬바람이 들어왔다. 엉덩이를 뒤로 빼고 그의 뜨거운 입김을 받아 냈다. 목덜미에 닿는 그의 입술, 그 안에 감춰진 위협에 몸이 경직되었다. 그릇과 그릇이 부딪치는 소리가 요란했다. 그러나 그는 그녀의 차가운 반응에 풀이 죽었다. 그때 찰싹거리는 비둘기 날갯짓 소리가 들렸다. 그녀는 귀를 기울였다. 이번엔 비둘기 여러 마리가 날아올랐다. 그녀는 태연하게 옷을 여미며 말했다.

"씻고 밥 먹어."

그가 샤워하는 동안 그녀는 화장실 앞에 벗어 놓은 그의 옷을 바라보며 귀를 기울였다. 그의 손놀림 때문에 물소리가 부드럽게 철썩거렸다. 물이 샤워 커튼을 타고 흘러내리는 소리가 났다. 물줄기가 타일 벽에 부딪혀 사방으로 흩어지는 소리가 났다. 화장실이 작아서 그런지 그는 화장실 문 앞에 옷을 벗어 놓았다.

그의 옷은 그냥 보기에도 고급스러웠다. 귀티가 흐르는 오십 대 초반의 몸은 나이보다 젊어 보였다. 그와 십 년 터울은 그의 몸을 감싸는 고급스러움이 만회해 주었다. 그런 옷이 바닥에 널려 있는 것이 어색해서 소파에 올려놓으려는데 재킷에 달라붙은 핑크빛 보푸라기 몇 개가 눈에 띄었다. 화사한 니트를 입은 여자가 떠올랐다. 그의 별장에서 인사를 나누었던 화가였다. 그녀는 떼어 낸 보푸라기를 다시 붙여 놓고 화장실에서 물소리가 들리지 않았을 때 국을 데우고 반찬을 꺼냈다.

그가 샤워하고 나오자 그녀는 그의 재킷을 가져와 보푸라기를 가리키며 말했다.

"요즘 이것 때문에 피곤한 거야?"

"이게 뭔데?"

"그 여자 그림값이 많이 올랐다던데."

"도대체 무슨 말을 하는 건지……."

"밥이나 먹자."

정명지와 저녁을 먹으려는데 확성기 때문에 분위기를 망쳤다. 그가 막 식탁에 앉았을 때 거리에서 트럭에 달린 확성기 소리가 들렸다. 싱싱한 갈치를 싸게 판다는 소리였다. 곧 화려한 은빛을 잃고 썩어갈 갈치를 처분하고 집으로 가야 하는 생선 장수의 목소리는 절박했다. 정명지가 숟가락을 들려다 말고 말했다.

"시끄러워 죽겠네."

그녀는 창문을 닫았다. 한 꺼풀 차단된 소리는 애절하게 변했다. 순간 작품의 소재로 연구하는 대북 확성기가 떠올랐다. 지금 철거했지만 비무장 지대에서 저녁밥 먹을 시간에 집중적으로 틀어 댔다는 수백 개의 스피커를 모아 놓은 확성기는 접촉의 흔적을 남기지 않는 음향 무기다. 작품의 소재로 쓰기 위해 조사한 바로는 고성능 확성기를 정치적 사안에 따라 많은 예산을 써 가며 뗐다 붙였다 하면서 남한 체제 선전, 남한의 사랑 노래를 방송했다. 반면 북한의 대남 확성기는 남한을 향한 심리전 차원의 방송이라기보다는 대북 확성기를 방어하는 방송이어서 어떤 내용인지 잘 들리지 않고 윙윙거리는 소음만 전달되었다고 한다. 북한의 경제 사정은 낡은 방송 장비를 교체해서 남한만큼 출력을 높일 수 없었을 것이다. 북한처럼 그녀의 경제 사정도 좋지 않았다. 많은 스피커를 모아 만든 확성기를 소재로 한 작품 아이디어가 계속 떠올랐지만 그것을 실현하려면 비용이 만만치 않았다.

생선 장수의 목소리를 죽이려고 라디오를 틀었다. 에프엠FM 방송에서 트로트가 흘러나왔다. 라디오 채널을 바꿨다. 피아노 연주가 흘러나왔다. 정명지가 고개를 저으면서 말했다.

"그냥 꺼."

그녀는 반찬 그릇을 그 앞으로 밀며 말했다.

"저러다 떠나겠지."

그는 한쪽 귀퉁이가 시커멓게 그슬린 멜라민 접시를 만졌다. 그에게 맞춘 밥상에 어울리지 않는 그릇이었다. 삼겹살을 구워 먹을 때 기름을 받던 접시였다. 반찬 가짓수가 늘어나는 바람에 그릇이 모자랐다.

"왜, 오늘은 접시가 거슬리세요?"

그는 접시를 옆으로 밀며 말했다.

"네 주위에는 항상 소음이 떠돌아."

"이런 게 다 사람 사는 소리야. 살아있다고 느낄 수 있는 소리. 어떤 소리가 소음인지 아닌지는 인식의 틀이 결정하는 거야."

"하긴, 소음으로 작품을 만드는 사람이니."

"요즘 나는 소음 같은 그런 존재인가?"

"간혹, 그럴 때가 있지."

그는 말을 잘못 뱉었다고 느꼈는지 잠시 침묵했다.

"내가 요즘 스트레스 때문에 예민한가 봐."

"말하는 걸 들어 보면 지금까지 내 작품에 제대로 관심 가진 적이 없는 것 같아."

"왜 관심이 없겠어. 아름답지만 돈이 안 되는 예술이지, 예술."

"작품 좋다고 한 것 다 거짓말이지?"

"밥맛이 없네. 점심을 늦게 먹었어. 맥주나 한잔 줘."

그녀는 냉장고에서 꺼낸 맥주 캔을 손을 뻗어 식탁에 올려놓았다. 유리와 맞닿는 알루미늄 캔의 소리가 자극적이었다. 그가 안전핀을 뽑듯 캔을 땄다. 그는 말없이 맥주를 천천히 마시고 나서 입을 열었다.

"이번 프로젝트는 걱정하지 마. 내가 적극 추천했으니까."

"요즘 지원 심사 모니터, 고발 제도가 활성화되고 있는데 큰일 나려고 그래?"

"그건 공공 기관이나 그렇지. 다랑쉬 문화 재단은 내 거라고. 그 정도는 할 수 있어."

"밥 안 먹을 거야?"

"맥주 하나 더 줘."

그가 즐겨 마시는 수입 맥주는 다 떨어지고 국산 맥주밖에 없었다. 그녀는 그의 앞에 다가가 맥주 캔을 식탁에 내려놓았다. 유리가 짤막하게 진동했다. 그가 맥주 캔을 따서 한 모금 마시더니 말했다.

"심사 위원하고 점심 먹었어. 그런 얘기하기 쉬운 줄 알아?"

"내가 언제 그런 얘기해 달라고 했어?"

"꼭 선정되고 싶다고 몇 번 얘기했잖아."

"그냥 얘기한 거야. 누구나 욕심내는 프로젝트이니까.

"넌 고마워할 줄 몰라!"

그녀는 라디오를 다시 틀었다. 떠나간 연인을 그리워하는 애절한 가요가 흘러나왔다. 볼륨을 높였다. 먼 거리에서도 들릴 것 같은 주파수가 느껴졌다. 그래프로 그린다면 진한 덩어리나 뾰족한 가시처럼 삐져나와 보이는 부분이 떠올랐다. 대북 확성기에서 주로 이런 가요를 틀었다고 한다. 그는 맥주 캔을 찌그러뜨리고 말했다.

"맥주 하나 더."

"꺼내 먹어."

"됐어, 그만 마실게."

정명지가 벌떡 일어날 때 식탁 의자가 마룻바닥에 미끄러지는 소리가 요란했다. 그는 냉장고로 향하지 않고 등을 돌리고 현관을 향해 성큼성큼 걸어갔다. 그는 어느새 가방을 들고 있었다. 들어올 때부터 금방 나가려고 작정이라도 한 듯 식탁 옆자리에 서류 가방을 놓아두었다. 그는 현관문을 열고 나가더니 뒤도 돌아보지 않고 문을 거세게 닫았다. 그녀는 바로 뒤에서 그 소리를 온전히 덮어썼다.

그녀에게 불만이 쌓여 있다 폭발한 듯했다. 고마워할 줄 모르는 도도한 그녀의 성격도 항상 불만이었을 것이다. 그는 인사도 없이 탈출하듯 집을 빠져나갔다. 그가 나가자 집 안에선 아무 소리도 들리지 않았다. 그의 밥은 그대로 덩어리 져 있었고 엎어진 수저가 식탁 끝에 아슬아슬하게 놓여 있었다.

혼자 밥 먹기 전에 설치해 두었던 마이크와 레코더를 치우고 녹음을 들어 보았다. 맛있게 먹는 소리를 담고 싶었는데 마침표를 찍는 것처럼 현관문 닫히는 소리뿐이었다. 현관문 닫히는 소리는 감정이 실려 총소리 같았다. 나중에 써먹을 때가 있을 것 같아 따로 저장했다. 제 마음에 들지 않으면 자리를 박차고 나가는 것은 그의 나쁜 버릇이었다. 가슴을 때리는 그런 소리는 일종의 폭력이었다. 그런 폭력에 자주 노출되다 보면 무력감에 빠진다. 그녀는 그동안 그에게서 받은 폭력의 상처를 위로하기 위해 폭식했다. 그를 위해 준비한 생선구이의 흰 살점이 입안에서 녹았다. 그녀는 무슨 일이 닥쳐도 밥을 잘 먹었다. 우울한 날도 슬픈 날도 밥을 잘 챙겨 먹었다. 고등학교 졸업 후 서울에 와서 자취하면서 생긴, 있을 때 먹어둬야 한다는 생존 본능 같은 거였다.

혜원은 해변을 거닐면서 정명지를 떠올리다 다시 식당으로 갔다. 외삼촌은 식당에서 나와 하늘과 땅이 붉게 물들고 검게 변한 나무 아래서 그녀를 기다리며 담배를 피우고 있었다. 그녀는 외삼촌과 다시 외할머니 집으로 갔다. 마을 입구에 차를 세우고 걸어가다 보니 마을 사람들이 공터에 나와 있었다. 외삼촌이 마을 노인과 이야기를 나누었다. 억울하게 죽은 사람들의 영혼을 달래는 굿이라고 했다. 의례가 시작되기 전 늙은 팽나무가 쓰러질 듯 서 있는 마을 공터에서 사내들이 검은 마고자를 입고 얼굴에는 하얀 천으로 만든 가면을 쓰고 나타났다. 가면은 눈, 코와 입을 오려 냈고 아랫부분은 수염처럼 잘게 잘라 붙였다. 사내들이 검은 마고자에 하얀 가면을 쓰니 섬뜩했고 영락없는 귀신이었다. 그녀는 레코더를 어깨에 메고 스마트폰으로 촬영하면서 한 손으로는 마이크로 소리를 담았다.

사내들은 옷을 여민 다음 횃불을 들었다. 드디어 가무 악극을 동반한 의례가 시작되었다. 장구재비와 징재비가 연주를 시작했다. 북소리에 쓰러질 듯한 팽나무가 일어나려고 꿈틀거리는 것 같았다. 사내들이 횃불을 들고 움직이자 어지러웠다. 팽나무는 빗으로 가지를 전부 한쪽으로 빗어 넘긴 것 같은 모습이었다. 북소리에 팽나무가 사람처럼 벌떡 일어나 산발하고 춤을 출 것 같았다. 모든 것이 유령 같아서 무서워 보였다. 사내들은 횃불을 움직이며 곡소리 비슷한 소리를 냈다.

"어워, 허허허허허 워이." "워어, 허허허허 워이."

징소리와 사내들이 외치는 소리가 울려 퍼졌다. 잡귀를 쫓아내는 소리 같기도 했고 떠도는 혼을 불러 모으는 소리 같기도 했다. 날이 저물기 시작하자 사내들이 흔드는 횃불이 타오르면서 주황색이던 불빛이 점점 빨개졌다.

사내들의 횃불 의식이 끝날 때까지 꼼짝 할 수 없었다. 그녀는 마법에 걸린 듯 몸이 빳빳하게 굳어 있었다. 의례가 끝나고 난 뒤 잠시 앉아서 정신을 차린 다음 외할머니 집으로 걸어가는데 어디선가 벌레 울음소리 같은 것이 애처롭게 들렸다. 걸음을 멈추고 가만히 들어보니 짝짓는 두꺼비 울음소리 같기도 했다. 외삼촌이 그녀를 돌아보며 말했다.

"왜 그래? 갑자기."

"쉿, 조용히."

녹음을 시작하자 세상이 갑자기 고요해졌다. 함부로 담아 가서는 안 되는 소리였을까. 잠시 기다려도 아무 소리도 들리지 않았다.

외할머니 집 앞에 도착하자 옆집에선 벌써 북소리가 울려 퍼지고 있었다. 한 손에는 마이크를 또 한 손에는 스마트폰을 들고 골목길부터 촬영하면서 귀양풀이가 벌어지는 옆집으로 들어갔다. 영혼들은 식사 중이었다. 어느 아낙이 물에 밥을 말아 부옇게 변한 물을 수저로 떠서 큰 그릇에 옮기고 있었다. 작은 밥그릇이 세 개인 걸 보아 세 분을 모시는 의례인 듯했다. 평범한 한복을 입고 붉은 머리띠를 하고 몸에 노랑, 빨강, 연두색 띠를 한 심방은 눈물을 훔치며 곡을 했다. 방 안에 둘러앉은 노인들도 지난 일을 떠올리며 눈물을 훔쳤다. 심방이 곡을 시작했다. 심방은 고생만 하다 떠나는 자의 영매가 되어 이승에 남은 사람들에게 잘 있으라고 인사했다. 남은 사람들도 떠나는 자와 마찬가지로 고생만 했을 것이다. 남은 인생 얼마 남지 않은 사람들과 떠나는 자가 마음 편하게 위로하는 자리였다.

　심방이 하얀 천 가닥 묶음과 딸랑이를 흔들며 방 안을 한 바퀴 도는 동안 간간이 북소리와 징소리가 울렸다. 밥상엔 소주와 밥그릇에 꽂힌 만 원짜리 지폐 그리고 향이 연기를 내며 사그라지고 있었다. 바닥에는 스티로폼 판에 여러 개의 철사를 둥글게 휘어서 꼽아 비닐하우스 기둥처럼 만든 상징물이 있었다. 그녀는 외삼촌에게 마이크를 들고 있으라 하고 스마트폰으로 영혼을 떠나보내는 장면을 촬영했다. 철사에는 하얀 리본이 가득 묶여 있었는데 영혼이 저승으로 가기 전에 채비하는 의식 같았다. 리본을 묶은 철사 위에 한지를 덮었다. 여러 겹의 한지에는 부적 문양이 찍혀 있고 죽은 자의 사주가 적혀 있었다. 한지 위에 천 원짜리 지폐를 가득 올려놓았다. 심방은 하얀 천 가닥 묶음으로 철사 기둥 사이사이를 다독이며 다시 곡을 시작했다. 그녀는 심방이 구슬픈 곡을 작은 소리로 이어 나갈 때 울음소리를 들었다. 주위를 둘러보니 우는 사람은 없었다. 그녀의 귀에만 들리는 소리였다. 삼베옷을 입은 사람들은 곡이 진행되는 동안 절을 했다. 북소리 징소리도 작아서 아득히 먼 곳에서 들려오는 듯했다. 천 원짜리 지폐를 걷어 내고 한지도 걷어 냈다. 심방이 종을 흔들어 댔다. 철사에서 걷어낸 한지를 마당에서 불을 붙였다. 심방이 불길을 향해 종을 흔들자 한지는 불똥을 튀기며 순식간에 타올랐다. 마이크를 들고 가까이 가서 타오르는 소리를 집중적으로 담았다. 불이 붙어 오그라드는 한지 다발이 고통스러워 보였다. 오그라들어 타오르는 한지 다발은 검은 재로 변하기 직전 붉은 꽃송이로 피어났다. 얇은 종이 몇 겹이 한 줌의 재로 변하기 전에 꽃을 피우는 장면에 사로잡혔다. 순식간에 꽃망울을 터뜨렸다가 바로 시들어 버리는 붉은 꽃이 죽은 자의 한 맺힌 인생처럼 덧없어 보였다. 귀양풀이의 요소를 잘 활용하면 색다른 작품이 나올 것 같았다.

혜원은 자정이 넘어서야 집에 들어왔다. 외할머니 집 안방에 누워 눈을 감았지만 잠이 오지 않았다. 저녁에 봤던 하얀 가면을 쓰고 횃불을 들었던 사내들이 떠올랐다. 귀양풀이에서 봤던 불길에 오그라들며 붉은 꽃송이로 피어났던 한지의 잔상은 사리지지 않았다. 한지가 타들어 갈 때 귀신이 불 속에서 손을 뻗어 자신을 잡아끄는 느낌이었다. 그녀는 일어나서 부엌으로 갔다. 외삼촌이 사다 놓은 소주가 있었다. 잔을 찾기 귀찮아서 병째 마셨다. 마시다 보니 거의 남지 않았다. 아예 한 병을 다 비워 버렸다. 온몸이 순식간에 달아올랐다. 편하게 잘 수 있을 것 같았다. 눈을 감고 있는데 어디선가 벌레 우는 소리 같기도 하고 동물 울음 같기도 한 소리가 점점 커졌다. 애달픈 울음소리는 창가 바로 앞에서 나는 것처럼 가깝게 들리다가 점점 멀어졌지만 끊어지지 않았다. 무엇인가 자신의 귓속으로 들어와 쉬지 않고 울어 대는 듯했다.

그녀가 어렸을 적, 여름밤이었다. 빗방울이 나뭇잎에 가볍게 떨어지는 소리를 들으면서 잠이 들었다. 개구리 울음소리에 잠에서 깼을 땐 개구리 떼가 집을 둘러싼 것 같이 울어 대서 무서웠다. 그녀는 베개를 들고 안방으로 가서 외할머니와 엄마 사이에 누웠다. 엄마는 피곤해서 그녀의 인기척에도 끄떡없이 잠을 잤다. 외할머니는 삼베 이불을 끌어당겨 그녀의 배를 덮어 주며 말했다.

"우리 공주. 무서워서 왔구나."

"아니야, 외할머니 지켜 주러 왔어."

그녀는 외할머니가 개구리를 무서워한다는 것을 알고 있었다. 어렸을 때 외삼촌은 마을 친구들과 개구리를 잡아서 뒷다리를 모닥불에 구워 맛있게 먹곤 했다. 그는 어느 여름날 잠자리채로 개구리를 잔뜩 잡아 오더니 뒷마당 빨랫줄에 개구리 앞다리를 실로 묶어서 말렸다. 그는 개구리가 잘 마르고 있는지 손질하다가 그녀가 낸 인기척에 뒤를 돌아다보았다. 연쇄 살인마의 정체가 드러난 공포 영화의 한 장면 같았다. 그가 입꼬리를 올렸을 때 섬뜩함과 역겨움이 밀려와 살갗이 오그라들었다. 개구리는 허연 배를 드러내고 축 늘어져 있었다. 외할머니는 빨래를 널러 나왔다가 빨랫줄에 묶여 있는 개구리를 보더니 털썩 주저앉아 몸을 심하게 떨었다. 외할머니는 다짜고짜 손바닥으로 외삼촌을 사정없이 때리고 나서 개구리를 집 안에 들이면 안 좋은 일이 생긴다며 외삼촌을 큰소리로 혼냈다. 외삼촌은 바가지에 개구리 사체를 담아 개울로 가서 모두 쏟아 부었다. 개구리는 허연 배를 드러내고 물살을 타더니 이내 물속으로 가라앉았다. 그녀는 그날 애절했던 개울 물소리를 떠올렸다. 물은 그냥 흐르지 않는다. 소용돌이도 있고 빠르기도 하고 느리기도 하다. 개울 물소리에도 의미 있게 메시지를 담을 수 있을 것 같았다. 내일은 그 개울을 찾아가서 녹음하는 일정을 잡아야겠다고 생각하는데 개구리가 다시 떠올랐다. 빨랫줄에 매달린 채 죽어가던 개구리, 허연 배를 드러내고 개울 속으로 가라앉던 개구리의 모습은 한동안 그녀를 괴롭혔다. 그날 이후로 외삼촌은 개구리를 잡지 않았지만 외삼촌을 보면 그 모습이 자꾸만 떠올라서 그날 이후로 외삼촌을 멀리했다.

외할머니는 밤에 개구리 울음소리가 나면 넋을 잃거나 듣기 싫다며 치를 떨었다. 개구리가 싫어 여름이면 물가에 가는 것도 꺼렸다. 어느 여름밤 외할머니는 한숨을 쉬고 말했다.

"저놈들이 어미가 떠내려갈까 봐 저래 울어 댄다."

"거짓말, 비도 안 오는데?"

그녀는 아버지의 벌건 봉분이 떠올랐다. 그날 비가 많이 내렸다. 배수로를 타고 내려가는 빗물이 붉었다. 아버지 장례 때 차

64

가운 흙 속에 아버지가 누워 있다는 사실이 믿기지 않았고 비가 오는 날이면 봉분의 흙이 씻겨 내려가서 시체가 드러날까 봐 무서웠다. 아버지는 여수 바닷가 리조트 공사장에서 날품 노동자로 일하다 추락사했다. 나중에 알고 보니 그 리조트의 땅 주인은 대대로 경찰 간부를 배출한 집안이었다. 여수 경찰은 일제 강점기가 끝나고서부터 대공 부서가 큰 세력을 형성해 오고 있다.

혜원은 어렸을 때부터 변변한 직업이 없었던 아버지를 좋아하지 않았다. 엄마는 아버지가 머리가 좋아서 할아버지 때문에 연좌제에 걸리지 않았다면 큰 인물이 되었을 거라고 했다. 할아버지는 칠십여 년 전 여수에서 일어난 사건의 적극 가담자로 분류되어 억울하게 희생당했다고 했다. 아버지가 돌아가시고 엄마와 그녀는 외할머니 집으로 갔다. 여수를 떠나기 전에 엄마는 모든 걸 지우고 새 출발 하려는 사람처럼 아버지의 유품도 정리했다. 아버지의 유품 중에는 그림도 여러 점 있었다. 다락방엔 작은 창문이 있었다. 아버지는 그 작은 창으로 들어오는 빛에 의지해 그림을 그려서 어둡고 무서운 그림이 나오는 것 같았다. 다락방의 높이 때문에 큰 그림은 그리지 못했다. 사인용 밥상 크기가 제일 큰 그림이었다. 군인과 학생들이 총을 들고 싸우는 장면, 총에 맞은 시체들이 가득한 장면, 아버지는 할아버지 이야기를 그림으로 그렸다. 그런 사실적인 그림들은 역사 박물관에 가면 볼 수 있는 기록화 같았다. 아버지가 그림을 그리면 엄마는 또 그런 그림을 그렸다고 화를 냈다. 그림이 그렇게 좋으면 집 안에 걸어 놓을 만한 그림을 그리라고 했다. 아버지는 공사장에서 날품 노동자로 일하면서 술, 담배를 하지 않고 용돈을 아껴 물감과 캔버스를 샀다. 아버지는 가정 형편 때문에 미술 대학에 가지 못했지만 고등학교 선배 화가로부터 그림지도를 받고 유화를 그렸다. 유화만 고집한 것은 아마 작품이 오래 보존되길 바라는 마음이었을 것이다. 다락방 구석에서 나온 아버지 유작 중에는 자신의 어린 시절 모습을 그린 그림이 있었다. 한 아이가 지친 표정으로 운동장에 주저앉아 있다. 아이의 뒤쪽으로는 군화를 신은 사람들이 맨발로 서 있는 사람들을 향해 총을 겨누고 있다. 한 사람이 군화를 신은 사람들 앞에 서서 맨발로 서 있는 사람들을 향해 손가락질하고 있다. 좌익과 좌익을 도운 사람들을 가려내 사형장으로 끌고 가는 손가락 재판이 운동장에서 진행되는 줄도 모르는 아이는 그저 땅바닥에 짓눌린 잡초를 나뭇가지로 세우고 있는 장면이다. 엄마는 아버지의 그림들을 모두 뜯어서 마을 공터에서 태웠다.

아버지의 유작 중에는 캔버스에 무명천 저고리를 붙여 작업 중이던 것이 몇 점 있었다. 그림을 붓으로만 그리는 것이 아니라 다양한 재료를 캔버스에 붙여서 효과를 내는 기법이 당시 유행이었는지는 모르지만 그런 시도를 했다는 점이 놀라웠다. 오브제로 활용된 무명천 저고리에는 파란색 물감을 쏟은 것처럼 번져 있었다. 무명천 저고리에 염색 공예를 한 것 같이 번진 파란색을 선명하게 기억하고 있다. 그 파란색은 불길 속에서 붉게 타올랐다. 아버지는 그 파란색으로 무엇을 표현하려고 했을까. 엄마에게 물어봤는데 아버지 그림은 쳐다보기도 싫다고 했다.

엄마는 이웃 감귤 농장에 나가 돈을 벌었고 그녀는 외할머니와 많은 시간을 보냈다. 사춘기가 되자 외가가 싫어졌다. 아무도 모르는 곳에서 혼자 살고 싶었다. 외가를 탈출하는 길은 공부밖에 없었다. 서울에 있는 대학에 무조건 들어가려고 유아 교육과에 들어갔다가 한 학기를 다니고 자퇴했다. 다시 미술 대학에 간다고 했을 때 엄마는 더는 용돈을 보내주지 않겠다고 했다. 그때 외삼촌은 형편이 여유롭지 않았는데 한 해 동안 용돈을 보냈다. 그녀는 외삼촌이 왜 그러는지 알 수 없어 받기 싫었지만 어쩔 수 없었다. 엄마는 그녀가 미대에 어렵게 합격하자 피는 못 속이는 모양이라고 하면서 돈이 될 만한 그림을 그리라고 했다. 졸업할 때까지 쉬지 않고 입시 미술 학원 아르바이트를 하느라 시간이 없어 마음을 터놓을 수 있는 대학 친구를 만들지 못했다. 그림도 빨리 작업할 수 있는 아크릴 물감을 주로 사용했다. 그녀는 대학 이 학년까지 숲에서 하늘을 바라보는 풍경화를 많이 그렸다. 그녀의 첫 그룹전에 발표했던 작품도 풍경화였다.

하늘을 봤을 때 나뭇잎에 가려진 하늘빛을 표현한 작품 같았다. 전시장의 한쪽 벽면에 가득 찰 만큼 거대한 작품은 수많은 수채화의 붓 터치로 완성되었다. 물방울같이 투명한 붓 터치 하나하나가 빛을 상징하는 듯했다. 파란 하늘 아래 물방울 같은 수많은 붓 터치가 모여 나무를 만들고 숲을 이루었다. 그녀는 대학 삼 학년부터 그림에 빨간색을 많이 넣었다. 처음엔 빨강에서 마그마와 같은 강한 에너지가 느껴졌지만, 차츰 빨강을 보면 독한 몸살 치료약을 먹은 듯 몽롱해졌다. 그래도 빨강이 좋았다. 새빨간 저녁 해가 지평선 너머로 떨어지는 풍경화를 시작으로 한동안 빨강이 주조를 이루는 그림만 그렸다. 빨간 옷은 입은 적이 거의 없는데 그림에서는 자신도 모르게 사용하는 게 신기했다. 미친 듯이 빨강을 칠하다 보면 생명 탄생에 대해 수수께끼를 푸는 기분이었다. 그녀의 그림을 본 엄마는 빨강이 들어간 그림을 싫어했다. 할아버지 때문에 빨갱이로 낙인 찍혔는데 빨간색이 넘치는 그림을 그리면 어떻게 하냐며 걱정했다. 그녀는 졸업하자 회화에서 매력을 찾지 못하고 오브제를 활용한 설치 미술에 빠져들었다. 학교 다닐 때 아르바이트 하느라 작업을 열심히 하지 못해 동기들과 작품의 격차가 많이 벌어진 이유도 있었다.

어렸을 적, 여름밤 외할머니는 옆으로 돌아누워 그녀의 배를 천천히 두드렸지만 개구리 울음소리가 떠나지 않아서 잠을 잘 수가 없었다. 그녀는 밤을 지새우면서 외할머니는 왜 개구리를 그토록 싫어할까 생각해 보았지만 알 수 없었다. 집을 둘러싸고 울어 대던 개구리들은 날이 밝을 때까지 물러가지 않았다.

외할머니가 무서워한 것은 개구리와 어둠이었다. 어둠이 무서워 밤에 잘 때 항상 작은 등을 약하게 켜 두어야만 잠이 들었다. 어둠이 무서운 것은 동굴 때문일 것이다. 외할머니가 소주를 홀짝거리며 한라산을 바라보는 날에는 옛날이야기를 해 달라고 졸랐다. 하지만 외할머니는 한사코 손을 내저었다. 그런 이야기를 함부로 했다간 어떤 화를 당할지 모른다고 했다. 그녀는 그냥 재미있는 얘기를 해 달라는 거였는데 외할머니는 흥분했다. 외할머니는 소주 반병을 걸치고 나면 어김없이 죽음의 문턱에 서 있던 기억을 떠올리며 "살암시민 살아진다."고 중얼거렸다. 외할머니는 취하면 그때부터 말문이 트여 토벌대를 피해 컴컴한 동굴에 숨어 목숨을 건졌던 기억을 끄집어냈다.

외할머니가 동굴에서 혼자 살아남았던 이야기였다. 토벌대가 동굴에 피신한 사람들을 끌어내기 위해 불을 지른다. 연기를 피해 더 깊숙이 기어가다 빛이 들어오는 작은 구멍을 발견한다. 구멍 밖으로는 핏빛으로 물든 바다가 보인다. 주민들이 한꺼번에 처형당했던 겨울의 붉은 바다. 외할머니는 그곳에서 죽은 듯이 있다가 다음 날 동굴에서 나온다.

혜원은 일어나서 늦은 점심을 먹고 지도를 검색했다. 열쇠를 매수인에게 넘겨줄 때까지 외할머니 집에 머물기로 했다. 어제 귀양풀이에서 만난 이웃에 사는 할머니, 할아버지에게 작품관련 인터뷰 요청을 했는데 그런 얘기는 일절 하기 싫다고 했다. 다큐멘터리에 나오는 증언 같은 인터뷰가 아니고 사건이 일어났던 역사의 현장에서 소리를 채집하려고 하는데 도움을 달라고 해도 한사코 손을 내저었다. 그때의 생존자들은 그녀의 작업에 대해 설명을 해도 다큐멘터리를 찍는 감독으로 인식했다. 그녀에게도 문제는 있었다. 생존자의 증언을 작품에 써먹을 수 있는 구체적인 아이디어는 없었다. 그들의 탄식이나 넋두리 같은 것을 사운드의 요소로 가공하여 쓸 수는 있겠지만 기술적인 대안이 없었다. 막연하게 생생한 목소리와 유적지가 되어 버린 현장의 소리를 담아내려고 했는데 그것조차 추상적인 접근이었고, 생존자의 증언에 자꾸만 감정이 이입되었다. 어떡하든 생존자의 이야기를 양념으로 집어넣기로 했다. 그런 양념으로 만들어진 불협화음 같은 요소가 작품에 생동감을 줄 수 있을 듯했다. 그녀가 외삼촌에게 전화해서 계획을 얘기하자 외삼촌은 반색하며 물었다.

"어제 귀양풀이를 보고 나서 생각이 바뀐 거냐?"

"끊임없이 개발되는 이곳에 숲이 사라지고 채워진 소리에 덧붙이기 위해 양념이 필요해."

"천천히 둘러보면서 머리도 식히고 그 원수 놈에 대해 더 자세히 알고 싶으면 언제든지 얘기해라."

"나를 맴도는 소리를 찾아가는 여정일 뿐이야."

"소리? 무슨 소리?"

"귀신 소리!"

"너 보약 좀 먹어야겠구나."

"진짜 들린다니까."

외삼촌은 친구를 통해 조천읍에 사는 당시 무장대를 따라 다녔다는 노인을 연결해 주었다. 그녀는 인터뷰를 위해 조천읍으로 가는 길에 잠시 차를 길가에 대고 철제 캐비닛을 부탁할 생각으로 강경국에게 전화를 걸었다. 그가 제주에 터를 잡은 지는 삼 년 정도 되었다. 그에게 제주도의 매력이 뭐냐고 물었었다. 그는 작품을 위해 소리를 채집하다가 관광 경제 때문에 거대 자본이 제주를 갉아먹는 것을 목격하고 제주의 아름다움을 지키려 정착했다고 말했다. 그녀는 그때 그의 말투가 진지하지 않아서 자신에게 멋지게 보이려는 빈말인 줄 알았다.

강경국은 그녀를 보면 언제나 일등을 위해 사다리에 매달려 있다고 놀려 댔다. 하지만 일등을 하는 것은 그녀의 욕망이 아니다. 일등을 해서 유명해지는 것을 바라지 않는다. 일등을 해야 먹고 살 수 있었다. 창작 이외에 달리 밥벌이를 할 재주가 없는 그녀는 이삼 년에 한 번씩은 공모전에서 상을 받아야 했다. 상금으로 작품 제작비를 대고 나머지는 생활비로 들어갔다. 매번 공모전에 당선될 수는 없기 때문에 프로젝트를 기획해서 문화재단의 지원금을 받아야 했다. 그것을 위해 발버둥 치는 자신의 모습이 일등을 위해 발버둥 치는 것처럼 보였을 것이다.

그동안 제주에서는 예술가를 지원하는 프로그램이 없었다. 그래서 더욱 이곳에서 멀어져 있었다. 그녀는 제주에서 어린 시절을 보냈지만 제주에 애정이 없었다. 거친 바람과 습도가 높은 섬이라는 사실이 답답하기만 했다. 반면 강경국은 제주를 향한 애정이 남달랐다. 답답한 섬이 아니라 자연을 온몸으로 느낄 수 있는 대륙으로 생각했다. 그는 경제적인 이유가 아니라 문화적인 이유로 제주의 삶을 선택했고 제주의 삶 자체가 예술이다.

강경국의 목소리는 맑고 건강했다. 전화를 기다리고 있었다는 것을 짐작할 수 있었다.

"지금 도착한 거야?"

"어제 왔어. 집 정리하느라 정신없었어."

"바로 연락하지 그랬어. 오늘 만날까?"

"아니 며칠 작업할 게 있어."

"항상 바쁜 척……. 며칠이나 걸리는데?"

강경국의 목소리가 차분하게 가라앉으면서 거리감이 느껴졌다. 그녀는 잠시 생각하는 척 뜸을 들이다가 말했다.

"음……, 해 봐야 알겠어."

"이번에 다랑쉬 문화 재단 프로젝트 지원했지?"

"어떻게 알았어?"

"나도 지원했거든, 접수자 명단 보고 알았어."

"넌 될 거야. 제주도에서 오래 활동했잖아."

"같이 됐으면 좋겠다."

그녀는 경쟁 관계가 되었다는 사실이 아무래도 껄끄러웠다.

"오늘 작업해 보고 다시 연락할게."

"나 보고 싶지 않은가 보지?"

"참, 부탁이 있는데, 작업실에다 내 캐비닛 좀 보관해 줘."

"캐비닛, 얼마만 한 건데?"

"좀 커, 장롱만 해."

"나랑 같이 살려고?"

"외할머니 집에 있던 건데 오브제로 사용하려고."

"알았어, 어떻게 생긴 건지 궁금하네."

"외삼촌에게 전화해서 보내라고 할게. 용달 요금은 네가 좀 내 줘 만나서 줄게."

그녀가 강경국를 만난 건 몇 년 전 파리 시내가 훤히 내려다보이는 몽마르트르 언덕에서였다. 그땐 설치 미술가로 활동하면서 공연 예술에서 벗어나고자 다른 장르를 엿보던 시절이었다. 긴 시간 관객과 참여할 수 있는 작품 발표 형태를 기획하다가 생각이 정리되지 않았다. 한 달 일정으로 유럽 배낭여행을 떠났다. 파리에 도착한 날은 주말이었다. 사크레쾨르 대성당 앞 계단에 앉아 바게트 대회서 우승했다는 빵집에서 산 바게트 샌드위치를 막 먹으려고 할 때였다. 헤드폰을 끼고 마이크와 레코더를 든 동양인 청년이 계단을 올라오다 멈춰 섰다. 그의 등장과 함께 햇살이 쏟아지며 세상이 환해졌다. 아침엔 소나기가 내렸고 정오까지 구름이 빛을 잔뜩 머금고 있었는데 그가 구름을 날려 보낸 듯했다. 그는 성당으로 올라오는 사람들과 성당을 구경하고 내려가는 사람들을 교통정리 하듯이 계단 중앙에서 마이크를 들고 사진을 찍듯이 사람들을 스케치했다. 그는 머리를 빡빡 깎아서 억세 보였다. 그가 입술은 굳게 다물고 한쪽 입꼬리를 약간 올리고 그녀를 바라봤다. 그가 무엇을 녹음하는지 보다 뭐 하는 사람인지 궁금했다. 그녀는 시선을 돌리지 않았다. 그는 다시 그녀를 바라보며 미소 지었다. 팔뚝만한 샌드위치를 먹으면서 무엇인가를 녹음하는 그를 관찰했다. 샌드위치를 다 먹고 성당 뒤쪽으로 내려갔다. 파리 뒷골목을 구석구석 살펴보고 싶었다. 골목길에는 화가들이 그림을 그리면서 작품을 팔고 있었다. 골목을 벗어나자 분수가 있는 작은 공원이 나왔다. 분수 앞 작은 동상 앞에선 어쿠스틱 밴드가 공연하고 있었다. 음악을 듣다가 오렌지색 차양이 예쁜 카페에 들어가 카페 알롱제를 주문했다. 파리에선 어딜 가나 끝없는 라이브 연주가 이어졌다. 연주자들은 자기 순서를 기다렸다. 연주의 질서가 자연스럽게 유지되어 거리의 울림이 듣기에 편안했다. 파리 노천카페의 좌석은 대부분 밖을 내다보게 배치되어 있었다. 연주가 끊이지 않기 때문에 카페에서는 음악을 틀 필요가 없을 것 같았다. 광장이든 골목이든 소리의 조화로운 정서가 생성되었다. 그녀는 여기서 아무것도 안하고 딱 일 년만 살고 싶었다. 분수대 앞에서 어쿠스틱 밴드의 연주가 끝나고 다른 밴드가 공연 준비를 하는데 사크레쾨르 대성당 앞에서 봤던 녹음기 청년이 다시 눈앞에 나타났다.

"여기 앉아도 되죠?"

"내가 한국 사람인 줄 어떻게 알았죠?

"등산복 브랜드 보고 알았어요. 잠깐 앉을게요."

그는 자리에 앉아 맥주를 주문하고 녹음기를 만지작거렸다.

"지금 녹음하고 있는 건가요?"

그는 멋쩍게 웃으며 녹음기를 껐다.

"왜 날 따라온 거죠?"

그는 벌겋게 달아오른 귓불을 잡아당기더니 말했다.

"당신이 발산하는 아름다움에 데었습니다."

"나는 열이 적은 소음인인데요."

그가 웃었다. 그의 부드러운 귓불에 뚫린 구멍이 보였다. 작은 링이 어울릴 것 같았다.

"아까 성당 앞에서 뭘 녹음한 거예요?"

"들리지 않는 소리를 채집했어요."

"뭐 하는 사람인지 물어봐도 돼요?"

"사운드 아트요."

"재미있는 작업을 하시네요."

"원래는 소리를 내뿜는 것을 연출하는 공연 음향 기사였어요. 그러다 우연히 사운드 디자인하는 선배 작업 도와주다가 창작으로 빠졌어요."

"들리지 않는 소리로 어떤 작품을 만들 건데요?"

"유명 관광지의 소리를 채집해서 진동을 비교 분석한 다음 이미지화해서 전시할 겁니다."

"어디에서 나는 소리가 제일 활기차게 들리나요?"

"그건 아직 잘 모르겠고 유명 관광지인데 슬픈 소리가 들리는 곳이 있습니다."

"전쟁의 상처가 깊게 팬 그런 곳인가요?"

"그런 곳은 그냥 유적이죠. 사람들이 경관에 취한 감탄사와 웃고 떠드는 소리 사이로 귀신이 울부짖는 소리가 들리는 곳이 있습니다."

"귀신의 소리를 추적하는 분이시군요."

그는 생각에 잠겨 까칠한 수염이 돋은 턱을 긁적거리며 말했다.

"표현이 좀 섬뜩했나요?"

"그런 소리를 어떻게 담아내죠?"

"그런 기계를 만들었어요."

그는 아무렇지 않게 농담을 했다. 그녀는 가볍게 웃어 주고 나서 그에게 물었다.

"타임머신도 만들 수 있어요?"

"가능해요. 아, 그리고 귀신이 울부짖는 소리는 내가 느끼는 것이고요. 명확히 설명할 수는 없지만 그곳의 소리나 파동을 음파 분석기를 통해 이미지로 전환해서 보면 웅어리지거나 날카롭게 나타나거든요."

"그곳이 어딘데요?"

"제주도요."

그가 말한 귀신의 소리가 얼핏 들리는 것 같았다. 최면에 걸린 듯 고개를 숙이고 발을 내려다봤다. 푸른 정맥이 도드라져 보였다.

"어디 안 좋으세요?"

"오늘 많이 걸어 피곤해서요."

하늘이 흐릿해지는가 싶더니 어두워지기 시작했다. 그림자가 배경에 빨려 들어가고 거리의 윤곽이 희미해졌다. 그녀와 그는 점점 밝아지는 가로등을 바라보면서 맥주를 마셨다. 맥주의 빛깔만큼은 선명했다.

"호텔에 가서 쉬어야겠어요."

그는 명함을 꺼내서 그녀에게 건넸다. 그녀는 명함을 받은 다음 펜을 꺼내서 냅킨에 이메일 주소만 적어서 건네고 일어났다. 그는 손을 흔들며 말했다.

"연락주세요. 언제든지."

둘은 다음 날 저녁에 만났다. 생제르맹데프레 지역의 레스토랑에서 프랑스 가정식을 먹었다. 한 주 만의 제대로 된 식사였다. 치즈의 고소함과 양파의 달콤함이 어우러진 수프, 짭짤한 소스 때문에 느끼하지 않은 럼 스테이크, 차가운 커스터드 크림에 캐러멜 토핑을 얹은 디저트 크렘 브륄레가 지금도 생각난다. 저녁을 먹고 바에 가서 술을 마셨다. 그는 술을 마시며 계속 제주도의 자연환경에 관해 얘기했다. 그가 많이 취했다고 생각했는데 하나도 취하지 않았다. 취한 건 그녀였다. 그녀는 그를 의지한 채 호텔 방으로 왔다. 그는 무릎을 꿇고 식탁에 접시를 하나씩 올리듯이 그녀의 옷을 벗겨 가지런히 접어놓고 그녀를 오래 애무했다. 그녀는 그의 머리를 계속 쓰다듬었다. 모든 것이 무게를 잃고 가벼워졌을 때 그는 자기 바지 주머니에서 콘돔을 꺼냈다. 그녀가 콘돔을 신기한 듯 바라보자 그가 말했다.

"메이드 인 프랑스."

"헐렁하지 않을까?"

"아주 잘 맞아."

"항상 가지고 다니나 봐?"

"아니 오늘 특별히 준비했어."

그가 콘돔을 만지작거렸다. 그녀는 몸이 뻣뻣해졌다. 콘돔을 미리 준비했다는 점이 음흉하다고 느끼는 순간 그녀 자신도 알 수 없는 감정이 밀려왔다. 마치 갈라진 틈을 삐져나온 벌레를 발견한 것 같은 기분이었다. 그가 자신의 성기에 콘돔을 끼우고 그녀에게 다가가자 그녀는 상체를 일으켰다.

"잠깐만."

"왜 그래?"

그녀는 시트를 끌어당겨 몸을 가리면서 말했다.

"안되겠어, 오늘은 여기까지만."

그는 콘돔에서 성기를 빼서 식혔다. 그는 옆에 누워 그녀를 안았다. 시트를 두른 그녀의 몸은 차갑게 식어 있었다. 잠시 후 먼지처럼 방 안을 부유하던 그녀의 감정이 가라앉았다. 그가 옆에 누웠을 때 그녀는 억지로 잠을 청했다. 아침에 일어났을 때 그는 없었고 약속이 있어 나간다는 쪽지가 있었다. 그리고 나서 나중에 제주에서 한번 보자는 메시지를 주고받았을 뿐이었다.

집으로 돌아와서 파리에서 만난 강경국을 생각하면 제주도에 떠돈다는 귀신소리가 떠올랐다. 관광지에서 들리는 사람들 소리 사이로 귀신의 울부짖음이 들린다는 그의 표현 때문이었다. 유럽 배낭여행을 다녀와서 외삼촌으로부터 안부 전화를 받을 때마다 추억이 떠올랐고 생각하다 보면 다시 파리 사크레쾨르 대성당 앞에서 마이크를 들고 있던 강경국이 떠올랐다. 그가 말한 소리가 어떤 것인지 궁금해서 그를 만나 그 소리를 한번 들어 보고 싶었다. 그에게 만나자고 이메일을 보냈다.

그녀는 기존 전시 형태에서 벗어나 관객과 참여할 수 있는 작품 발표 형태를 고민하던 중 강경국의 답장을 받았다. 그가 제주에 정착하기 전이었으니까 한 오 년 전쯤이었을 것이다. 그녀가 궁금해 하는 귀신 관련 내용은 없고 자신이 진행하는 청각의 발견이라는 워크숍에 초대한다는 내용이었다. 세상을 그저 바라보는 것에서 벗어나자는 취지로 기획한 워크숍에 참가하면 직접 소리를 채집할 수 있는 마이크를 제작해 일상의 보물 같은 소리들을 발굴하는 작업을 할 수 있다고 했다. 소리를 다루는 예술가와 일반 시민이 만나 주변 환경의 소리에 귀를 기울이는 자리였다. 워크숍에 참여한 사람들이 수집한 소리는 그날 진행되는 판소리 공연 배경 음악으로 활용한다고 해서 관심이 갔다.

워크숍을 시작하기 전에 강경국은 자신을 사운드 예술가로 소개했다. 공연 예술 분야에서 사운드 디자이너로 활동하다가 청각으로 세계를 인식하며 사람과 환경 사이에 소리의 관계성을 탐구한다고 했다. 워크숍에 참가한 사람들은 각자 참여 동기를 말했다. 보기를 강요하는 세상을 다른 감각으로 느껴 보고 싶다는 중년의 남성, 느리게 사는 방법을 연구하다 소리를 매체로 살아가면 효과적일 것 같아서 참여했다는 삼십 대 여성, 청각은 태아에게 제일 먼저 생기는 감각이고 심장이 멈춘 다음에 가장 늦게 닫히는 감각이라 청각을 더 발달시키고 싶어서 참가했다는 대학생, 그녀는 그가 작업하는 사운드 아트에 관심이 있어 참가했다고 했다. 그는 자신의 최근 작품을 소개했다. 전철역 출구의 소리는 재미있었다. 출근 시간대를 녹음한 소리에는 분주하지만 사람들의 대화가 거의 없었다. 퇴근 시간대는 사람들의 발걸음 소리가 또렷하게 났고 말소리가 들렸다. 어디 가서 한잔하려는 사람들의 활기찬 대화였다. 제일 기억에 남은 부산 영도구 대평동 깡깡이 마을의 망치질 소리는 삶의 현장에서 발생하는 소음이었다. 지금은 배에 붙은 따개비를 떼려는 망치질 소리는 거의 사라지고 기계 소리와 철을 다루는 소리가 조금 남아 있지만 그가 채집하러 갔을 때는 망치질이 한창이었다고 했다. 참가자 중 누군가 수십 년 이어져 온 망치질 소리는 소음이 아니라 계속되어야 하는 삶의 소리라고 하니까 그는 소리의 원형질에 대해 많은 생각을 해야 한다고 말했다.

"깡깡이 소리는 작품 소재로는 매력적이었지만 거기서 배에 달라붙어 망치질 하는 사람들에겐 구역질나는 소음입니다. 깡깡이 소리로 경쾌한 분위기의 작품을 만들려다가 그만뒀습니다."

워크숍은 마이크를 만드는 것부터 시작했다. 전선을 벗기고 진동판과 커넥터에 납땜으로 연결해서 청진기 같은 마이크 두 개를 만들었다. 참가자들은 각자 휴대용으로 널리 쓰이는 핸디6

레코더에 스테레오 녹음을 위해 제작한 마이크를 두 개를 연결하고 소리 채집을 위해 밖으로 나갔다. 청진기 형태의 마이크를 제작한 이유는 소리에 적극적으로 개입하기 위해서였다. 그냥 들리는 소리를 채집하는 것이 아니라 소리가 나는 곳에 직접 마이크를 가져다 대고 소리를 관찰하는 것이다. 강경국은 마이크를 들고 소음을 포함한 다양한 소리에 적극적으로 개입하는 것은 능동적 듣기 훈련의 첫 단계라고 했다. 참가자들은 두 시간 동안 주변을 돌아다니며 다양한 소리를 채집한 다음 자기가 그 소리를 채집한 이유를 발표하기로 했다. 그녀는 버스 정류장에서 버스가 도착하고 출발하는 소리를 채집하려고 보도블록, 아스팔트 바닥, 난간의 쇠 파이프에 청진기 형태의 마이크를 갖다 대고 녹음했는데 생각보다 마이크의 성능이 좋지 않았다. 거리를 돌아다니다 들어간 곳은 냉면집이었다. 집게로 냉면 그릇 양쪽에 마이크를 고정하고 비빔냉면 먹는 소리를 녹음했다. 일부러 젓가락을 휘휘 돌려 양념을 섞으며 먹었다.

참가자들이 채집해 온 소리는 소음에 가까웠다. 쓰레기를 밟는 소리, 유리가 산산이 조각나는 소리, 쇠붙이로 벽을 긁는 소리가 그랬다. 청각적으로 불쾌감을 주거나 공격적인 소리는 폭력적이었다. 강경국은 참가자들이 채집해 온 소음을 컴퓨터 프로그램으로 약간 손을 봐서 그날 판소리 공연 배경 음악으로 올렸다. 그는 음악가가 아니므로 소음으로 어떤 멜로디를 만든 것은 아니었다. 그런데 이상하게도 음악의 질서를 방해하는 요소가 음악의 질서 안으로 녹아 들어갔다. 그녀가 녹음한 젓가락이 스테인리스 그릇을 긁는 소리는 얼핏 들으면 타악기의 연주로 들렸다. 화성이나 선율 개념에 갇혀 있던 그녀는 워크숍을 통해 소음도 가공하면 음악이 될 수 있다는 것을 알았다. 소음도 귀 기울여 보면 매력적일 수 있었다. 그는 공연이 끝나고 다른 약속이 있다고 했다. 그녀는 다음 기약도 없이 자신에게 관심을 보이지 않는 그가 섭섭했으나 표현하지 않았다. 그녀는 워크숍 이후로 제주에 정착한 그에게 연락을 계속했다. 사운드 아트 작업을 본격적으로 시작하게 되면서 그의 조언이 필요했기 때문이었다.

제3부

소리의 파란

혜원은 마이크와 레코더를 들고 인터뷰에 응하겠다는 할아버지를 만나러 조천읍으로 갔다. 운전 중에 생존자의 이야기를 작품에 어떻게 접목할지 그려 보았지만 잘 떠오르지 않았다. 사건이 일어났던 현장의 소리와 생존자의 음성을 듣다 보면 무슨 수가 생길 것 같았다.

조천읍 밭에는 허수아비가 많았다. 허수아비는 펄럭이는 소리를 냈다. 껍질만 남은 시체처럼 바람에 나부끼며 참새를 쫓아대는 모습이 애처로워 보였다. 조천읍에 도착하자 해가 지기 시작했고 바람이 몹시 불었다. 하늘을 보니 구름이 청회색으로 물들고 있었다. 골목길에서 동네 누렁이들이 짖어 댔다. 쫑긋 섰던 누렁이들의 귀가 뒤로 젖혀질 정도로 바람이 세차게 불었다. 길

바닥에는 멍이 든 감귤이 발에 챘다. 가지에 달린 몇 안 되는 감귤도 위태로웠다. 마이크와 레코더를 꺼내 들고 마을의 바람소리를 담았다. 헤드폰을 끼고 도시의 바람 소리와 비교해 보았다. 조천읍의 바람 소리는 얼핏 들으면 같은 소리로 들렸는데 계속 듣고 있으니 같은 소리들이 어떤 화음을 만들어 내고 있었다.

조천읍 교래리 사려니 숲에서 만나기로 한 팔순을 갓 넘긴 노인과는 일부러 늦게 만났다. 그녀가 밤에 숲을 걸어가면서 인터뷰하고 싶다고 했다. 숲의 입구에서 어둠이 발효되길 기다렸다. 바람이 불었다. 구름이 밀려가며 하늘이 열리자 눈송이 같은 달이 드러났다. 달과 가깝고 먼 숲속의 생물들이 응답하는 것 같았다. 나지막하게 들리는 동물의 울음소리, 나뭇가지를 스쳐지나가는 소리, 힘겹게 날아오르는 날갯짓소리 그리고 눈동자를 이리저리 굴리는 경계의 소리가 들렸다.

노인은 랜턴을 들고 앞장서 걸으며 그때를 이야기했다. 그녀는 모자에 등산용 랜턴을 끼우고 레코더를 메고 마이크를 들고 노인을 따라갔다. 한쪽 귀에만 이어폰을 꽂고 마이크를 통해 들어오는 소리를 확인하면서 걸었다. 랜턴 불빛에 의지해 숲을 걷다 보니 당시 토벌대에 쫓기던 주민이 된 기분이었다. 그녀는 계속 숨을 헐떡거렸다. 노인은 말을 하며 걷다 그녀를 돌아보았다.

"괜찮겠어? 무거워 보이는데?"

"걱정 마세요. 등산을 자주 다니거든요."

노인도 숨이 찬 모양이었다. 노인은 점점 걸음이 느려지더니 걸어가다 멈추고 숨을 돌렸다. 말소리와 발소리를 같이 담으려고 했는데 자신의 숨소리 때문에 그냥 따로 녹음하기로 했다.

"힘드신 것 같은데 여기 앉아서 얘기하고 갈까요."

"그러지."

노인이 어렸을 때 겪었던 기억은 칠흑 같은 어둠 속 랜턴 불빛처럼 선명했다. 당시 산으로 피신했던 사람들은 숨어 살다 보니까 양식이 다 떨어졌다. 양식을 얻기 위해 밤에 민가로 내려갔다가 토벌대한테 걸리기도 하고 토벌대가 심어 놓은 첩자한테 들통 나는 경우도 있었다. 사람들이 밤에 양식을 구하러 마을에 내려왔을 때 총격전이 났다. 밤에 총격전을 벌이다 보니 무장대에게 마을 사람들이 희생당하기도 했다. 무장대에 합류했던 마을 사람들은 거의 다 노인의 친척이었다. 마을 사람 중 총 쏠 수 있는 사람들은 얼마 되지 않았다. 사람들은 그저 살기 위해 등짐을 지고 어린이를 업고 토벌대를 피해 다녔다. 폭설이 내린 한라산 중턱에서 도망치다가 길을 잃고 굶어 죽은 사람들도 많았다고 했다.

숲속으로 계속 들어갔다. 노인은 앞장서서 걷다가 주춤거렸다. 길을 알고 가는 것인지 그냥 내키는 대로 가는 것인지 불안했다. 요즘도 자주 산을 탄다고는 했지만 팔순을 넘긴 노인이 갑자기 넘어지거나 길을 잃어버릴지도 몰라 불안했다. 계곡으로 이어지는 길로 접어들었다. 고요함이 그녀를 에워쌌다. 노인은 고개를 숙이고 아래를 내려 보는 커다란 바위 사이를 다람쥐처럼 가볍게 지나갔다. 커다란 바위가 듬성듬성 서 있는 길에는 나무가 달빛을 가리지 않아 풍경이 확연히 드러났는데도 무서웠다. 귀신이 바위 뒤에 숨어 있다가 자신이 지나갈 때 앞을 가로막을 것만 같았다. 바위들 사이를 빠져나왔다. 계곡 물소리에 긴장감이 풀렸다. 맥박이 요동쳤다. 이마로 흘러내린 땀이 눈에 스며들었다. 숨을 돌리느라 나무에 기대섰다. 그녀는 숨을 헐떡거리며 말했다.

"힘들지 않으세요?"

"이젠 몸이 하루하루가 달라."

"저보다 팔팔하신데요."

노인을 따라 숲을 빠져나올 즈음 랜턴 불빛에 놀란 무엇이 펄쩍펄쩍 뛰는 것이 포착됐다. 허연 동물이 인기척을 느끼고 힘을 다해 몸을 날려 도망치는 것 같았다. 개울가 작고 좁은 나무다리를 건너는 동안 허연 동물 같은 것이 계속 나타났고 그녀를 피해 도망갔다. 잘못하여 허연 동물 같은 것을 밟을까 봐 조심스럽게 걸음을 옮기는데 허연 덩어리와 맞닥뜨렸다. 앞에 나난 허연 덩어리는 힘없고 희붐한 빛을 냈다. 그녀는 온몸이 빳빳하게 굳었다. 허연 덩어리가 얼음처럼 서늘한 기운을 뿜어내더니 숲을 팔짝팔짝 뛰어 갔다. 정신을 차리고 보니 노인은 앞서 가고 있었다. 노인을 향해 달려갔다.

숲을 지나 다리를 건너고 나서 노인과 바위에 앉았다. 노인은 담배를 한 모금 빨아들인 후 깊게 들이마셨다. 선선한 밤공기가 갈증을 앗아갔다. 그녀가 노인에게 물었다.

"허연 것이 팔짝팔짝 뛰는 것을 봤는데 그게 뭐죠?"

"혼령들이지."

"무슨 말씀이세요. 귀신이 팔짝팔짝 뛴다고요?"

노인이 달을 보며 담배 연기를 뿜고 나서 말했다.

"잡아먹힐까 봐 겁이 난 모양이지."

노인은 담뱃불을 끄고 재를 털어낸 다음 꽁초를 주머니에 넣었다.

"그해 여름에 불어난 개구리 때문에 소와 말들이 물을 먹을 수가 없었어."

"어디서요?"

"온통 다 그랬어. 비가 오면 연못의 물이 길 위로 넘쳐났고 길가에는 개구리들이 허연 배를 드러내고 죽어 있었어."

"개구리들이요?"

그녀의 심장이 빨리 뛰기 시작했다. 말발굽 소리 같은 불규칙한 심장 박동 때문에 정신이 산란한데도 애써 귀를 기울였다.

"허연 배를 드러낸 시체들이 개구리 같았어. 사람들이 보고 겁먹으라고 발가벗겼지."

"시체를요?"

"개죽음이었어."

"왜 그렇게 잔인했는지 이해할 수 없어요."

그때였다. 숲의 정적을 뚫고 개구리가 울기 시작했다. 온몸에
소름이 돋았다. 한 마리, 두 마리, 수십 마리, 수백 마리의 개구리
울음소리였다. 귀청이 찢어질 듯했다. 개구리들이 무리를 지어
다른 음량으로 울어 대는 것 같았다.

"여기 개구리가 엄청 많은가 봐요."

노인은 귀를 쫑긋 세우더니 주위를 둘러보고 나서 그녀를 흘
겨보았다.

"아가씨라서 그런가, 보기보다 기가 약하구먼."

그녀는 벌떡 일어나 랜턴으로 개울가를 비춰 보았다. 날벌레
들이 랜턴 주위로 모여들었고 개울물은 천천히 흘렀지만 개구
리는 보이지 않았다.

"정말, 개구리 울음소리 안 들리세요?"

"내가 아직 귀가 먹진 않았는데."

그녀는 순간 온몸이 뻣뻣해졌다. 개구리 울음소리에 가슴이
떨렸다. 고통스러운 울림이었다. 요란하던 울음소리가 이내 잠
잠해 졌지만 여운은 계속 남았다. 지금까지 자신을 괴롭힌 소리
는 원통하게 죽은 자들의 원혼이었는지도 몰랐다. 노인은 일어
나서 엉덩이를 털고 걸어가다 그녀를 돌아보았다. 그녀는 한 걸

음도 움직일 수 없어 잠시 앉아 있었다. 노인이 랜턴으로 그녀의 얼굴을 비추며 재촉했을 때 겨우 일어났다.

혜원은 외할머니 집에 와서 인터뷰와 녹음을 들어 보았다. 개구리 울음소리는 없었다. 자신의 귀에만 들리는 환청이었다. 레코더를 끄자 이불을 몽둥이로 내리치는 것 같은 소리가 들렸다. 밤마다 들렸던 불길한 울음소리는 개구리 울음소리로 모아졌는데 왜 자신에게 이런 귀신이 달라붙어 괴롭히는지 알 수 없었다. 개구리 울음소리가 점점 커지더니 노인과 갔던 숲에 홀로 떨어진 것처럼 온몸이 싸늘해졌다.

그녀는 두렵고 무서워 온몸이 빳빳해지는 경험을 한 적이 있다. 사운드 아트를 시작하고 나서 녹음 기술과 음향 장비에 관해 공부하려고 사운드 포스트 프로덕션에 들어가 일을 배울 때였다. 그녀는 인생의 목표가 음향 감독이 되는 것인 양 열정적으로 일했다. 그녀를 가르치던 녹음 기사는 처음엔 잘 가르쳐주지도 않으면서 심부름만 시켰다. 나중에 알고 보니 그녀가 오래 버티지 못할 것 같아서 일부러 냉정하게 대했다고 했다. 그때 회사에서는 여고 괴담에 나올 법한 폐교에 들어가 귀신이 나오나 테스트해 보는 장면이 들어간 유시시UCC 제작 광고를 맡았다. 시에프CF 감독의 부탁으로 자정에 흉물이 된 남영동 수도 여고에 혼자 들어가 녹음했다. 긴 복도를 걸으면서 저벅저벅 걷는 소리를 녹음해야 했다. 학교 밖은 번화가여서 복도 한편에 그 불빛이 반사되고 있었다. 잠음 때문에 어쩔 수 없이 혼자 들어가야 했다. 그녀는 헤드폰을 끼고 발소리에 감정을 실어 연기하는 배우가 되어야 했다. 저벅저벅 자신의 발소리에 목덜미가 서늘했다. 서늘한 덩어리가 자신을 따라왔다. 고개를 돌리면 귀신과 마주칠 것 같아 돌릴 수 없었다. 사실 연기가 필요 없었다. 헤드폰을 끼고 듣는 소리는 더 무서웠다. 헤드폰을 벗어 던지고 복도 끝 출입구로 달려가고 싶었지만 꾹 참고 끝까지 걸었다.

엄마는 돌아가시기 전에 그녀에게 아버지 이야기를 가끔 해주었다. 아버지도 한때 귀신이 나오는 동네에 살았다고 했다. 할머니는 할아버지가 좌익으로 몰려 총살당했기 때문에 아버지가 입대하면 무슨 일을 당할지 몰라 영장이 나왔는데 일부러 알려주지 않았다. 아버지가 결혼한 지 얼마 되지 않았을 때 동네 사람 중 누가 밀고했는지 형사 두 명이 집을 덮쳤다. 비가 오는 날 밤 형사들은 진흙이 묻은 신발 그대로 방에 들어와 목화솜을 넣어 만든 이불을 걷어찼다. 다행히 수상한 인기척을 느낀 할머니가 형사들이 집에 들어오기 전에 아버지를 깨워 도망치게 했다. 순천 승주군에 살았던 아버지는 김제로 숨어들어 밭농사를 짓고 살았는데 또 누가 밀고를 했는지 형사들이 들이닥쳤다. 논을 가로질러 도망치던 아버지는 저수지에 들어가 잡초를 잡고 형사들이 포기하고 사라질 때까지 버텼다. 아버지는 다시 여수로 도망쳤다. 여순 항쟁 마지막 저항지였던 덕충동엔 귀신이 많았다. 당시 초토화 작전으로 마흔두 명이 희생당했던 곳이었다. 그녀는 그곳에서 태어났다. 진압 작전 막바지 1948년 미군정과 이승만이 부활시킨 친일 경찰의 수탈에 분노하고 제주로 가서 동포를 학살하라는 부당한 명령을 거부했던 14연대 군인들이 여수를 빠져나간 상태에서 여수 중학생과 수산 대학교 학생들이 진압군과 전투를 벌인 곳이다. 청년 학생들이 현암 도서관 옆 석천사까지 밀리다가 덕충동으로 도주하자 진압군들이 집을 돌아다니며 화염 방사기로 백 가구 넘는 집을 불태웠다.

그녀는 아버지를 떠올리다 눈을 감았다. 학생과 시민들이 진압군에 대항하는 장면을 그린 아버지의 그림이 희미하게 나타났다. 엄마가 그림에 불을 붙였다. 아버지의 그림이 불타면서 햇살 문양 같은 것들이 망막에 부딪히며 점점 파란색 덩어리가 되어 아른거렸다. 그것은 아버지의 유작에서 보았던 무명 저고리에 잉크처럼 번진 파란빛이었다. 아버지는 그녀에게 작품 소재 하나 만큼은 쓸 만한 것을 남겨 주었다. 항상 파랑 잉크 이미지를 써먹어야겠다고 마음먹고 있었다.

누워서 잠을 청해도 잠이 오지 않았다. 일어나서 이곳에 와서 느꼈던 모든 영감의 소리를 모아 보려 애썼다. 인터뷰의 증언과 어울리는 소리를 프로그램을 통해 전자음으로 만들어 보았다.

금방이라도 조화에 이를 듯하지만 소리는 묻혀 버리거나 조화를 이루지 못하더니 새벽이 되면 하나씩 사라져 버리고 침묵이 자리 잡았다.

그녀는 노트북에 깔린 프로그램으로 간단하게 작품의 배경으로 쓰일 사운드를 만들어 보았다. 오늘 조천읍에서 녹음한 소리 중에 몇 가지를 요소를 골라 기존 작품 영상에 삽입해 보았다. 거친 오름 자락의 정적인 풍경과 개구리 떼들의 울음소리와 아우성과 총소리, 불에 타면서 터지고 흩어지고 부딪치는 소리가 들리는 작품을 구상했다. 개구리 울음소리를 어떻게 연결시킬 수 있을까 고심하다 형식과 구조를 만들기로 했다. 개구리 울음소리를 두 가닥으로 분리하여 의문을 던지고 응답하듯이 편집하면 마치 대화를 하듯 흘러갈 것이다. 애절한 부분은 돌림노래처럼 시간차를 두고 반복하는 것도 시도해 볼 것이다. 이런 시도는 온전히 작품성을 염두에 둔 생각이었지만 그때의 참혹함을 생생하게 재현하고 싶은 마음이 없지는 않았다. 시신 없는 표석들이 땅과 하늘을 연결하며 그들의 넋을 달래고 있는 유적지를 찾아다니며 그때의 소리가 터져 나오는 분화구를 찾아 영감을 받아야겠다고 마음먹자 깊이를 알 수 없는 늪으로 빠져드는 기분이었다.

기분 전환을 위해 음악을 듣다가 문득 개구리 울음소리가 배경으로 들어간 노래가 생각났다. 여행 스케치의 '별이 진다네'

는 개구리 울음소리로 시작한다. 애잔한 노래를 들으면 마음이 진정될 것 같았다. 개구리 소리, 기타 소리가 날 때 가수가 어디에 있다고 상상이 됐다. 눈을 감고 그곳으로 날아갔는데 귀뚜라미 소리가 났다. 어제의 시점이 나오고 다시 오늘의 시점이 나오고 개구리에서 귀뚜라미 울음소리로 넘어가는데 이것은 시간의 흐름을 유도한 것일까 개구리가 울 때 귀뚜라미가 같이 울 수 있을까. 머리만 더 복잡해졌다. 노래를 들어보고 사운드가 중요하다는 것을 새삼 느꼈다. 사운드는 무의식중에 감지한다. 그런데 상황이 안 맞으면 고민하게 만드는 것 같았다.

그녀는 노트북에 저장되어 있는 개구리 울음소리를 꺼냈다. 시신 없는 표석 위로 개구리 떼가 울며 모여드는 것 같았다. 개구리 울음소리는 구슬프고 애처로웠다. 개구리 울음소리가 시간이 흐르는 통로를 만들어 내는 듯했다. 바람 소리를 꺼내서 합성해 봤다. 개구리 울음소리가 바람을 타고 멀리 퍼져나갔다.

노트북을 덮고 잠을 청했다. 뒤척이다 겨우 잠이 들 무렵 심한 가위에 눌렸다. 소리가 보였다. 분명 그것은 소리였다. 찢어진 쪼가리가 이어 붙여진 소리였다. 철썩이는 파도를 타고 산을 넘어 와 사방으로 흩어지는 소리가 모여 사람의 형상으로 바뀌었다. 그녀는 소리가 만든 사람의 형상 안으로 들어갔다. 어렸을 적 외할머니가 이웃집 할머니와 술 한잔 걸치고 하는 이야기를 엿들은 내용이었다. 마을 사람들과 동굴 속에 숨어 있다가 토벌대에 발각된 이야기였다. 그 이야기의 잔상이 남아 있다 악몽으로 되살아난 것 같았다.

　그녀는 컴컴한 동굴 안에 숨어있다. 동굴이 흐릿해지면서 사방이 차가운 철판으로 변한다. 그녀는 캐비닛 안에 숨어 있다. 동굴 안에 캐비닛이 있는지 캐비닛 안에 동굴이 있는지 알 수 없다. 누군가 캐비닛 밖에서 불을 지른다. 연기가 캐비닛 문틈으로 들어온다. 캐비닛이 뜨거워진다. 연기를 피해 캐비닛 깊숙이 들어간다. 좁은 통로를 기어가다 빛이 들어오는 작은 구멍을 발견한다. 구멍 밖으로는 핏빛으로 물든 바다가 보인다. 사람들이 한꺼번에 처형당했던 겨울의 붉은 바다다. 그녀는 그곳에서 죽은 듯이 있다가 다음 날 캐비닛에서 빠져나오는 악몽이었다. 그녀는 이것이 외할머니의 계시일지도 모른다는 생각이 들었고 작품의 콘셉트와 메시지를 고민하기 시작했지만 내키지는 않았으나 역사적인 사건을 작품에 적절하게 활용하면 좋을 것 같았다.

　혜원은 새벽에 일어나 거울을 봤다. 창백해 보이는 얼굴 때문에 눈동자가 뿌옇게 보였다. 기름 낀 머리를 대충 뒤로 넘겨 고무줄로 얼기설기 틀어 올리고 집을 나섰다. 외할머니 집 주변을 산책하다 계속 걸었다. 생각하며 걷다 보니 어느새 어느 오름에 올라 있었다. 멀리 한라산이 눈에 들어왔다. 이곳은 산으로 둘러싸인 서울과 달리 한라산을 중심으로 바다로 뻗어 나간다. 산이 중심이고 산이 정체성을 만들어 준다. 여기 사람들은 어디에 살든 한라산을 바라보며 산다. 한라산의 기운을 받고 사는 사람들은 싫든 좋든 하나로 연결된 느낌이다. 그녀는 등산을 싫어하는 탓도 있지만 한라산 정상에 한 번도 올라가 보지 않았다는 사실이 부끄러웠다. 이번 기회에 제주의 구석구석 살펴보면서 유적지도 답사하기로 했다.

답사 일정을 잡고 보니 전시회 선정 발표가 얼마 남지 않았다. 통장 잔액은 얼마 남지 않았다. 그는 저번 달까지만 해도 서울에서 운영하는 갤러리 전속 작가 지원 프로그램을 통해 매달 창작비를 보냈다. 그녀는 망설이다 정명지에게 전화했다. 신호는 가는데 전화를 받지 않았다. 바로 끊고 다시 걸지 않았다. 보름 정도 서로 카톡을 하지 않았다. 이런 상황에서는 문자 메시지가 더 어울릴 듯했다.

'그날 짜증내서 미안. 지금 제주에서 열심히 작업 중이야. 서울 올라가면 연락할게.'

그녀는 작성하던 문자 메시지를 지웠다. 사실 짜증은 그가 냈다. 자신 때문에 짜증난 그를 위해 메시지가 그냥 덤덤하다는 생각이 드는데 입안에서 피 맛이 났다. 메시지를 쓰면서 입술을 깨물었는데 입술에 일어난 거스러미가 뜯어진 모양이었다. 보드랍고 연한 입술이 말라비틀어져 제 색깔이 나지 않았다. 입안에 들어온 거스러미를 혀로 굴리다가 뱉었다. 입술에서는 의외로 피가 많이 났다.

그녀는 그동안의 있었던 일을 추가해서 다시 문자 메시지를 작성해서 보내고 그의 답장을 기다리는데 그의 목소리가 듣고 싶었다. 사람의 음성은 들으면 생각이나 기분을 어느 정도 파악할 수 있지만 문자 메시지는 상태를 가늠할 수 없다. 그녀는 다시 전화를 걸었다. 지금은 전화를 받을 수 없다는 멘트가 나왔다. 문득 그의 가슴에 귀를 대고 누워 그의 목소리를 듣는 것을 좋아했던 지난날이 떠올랐다. 그의 몸에서 시작되는 울렁거림은 욕조에 누워 수증기를 타고 퍼지는 것 같아 마음을 편하게 해 주었다.

온종일 정명지의 대답을 기다리다 아무것도 하지 못했다. 그녀는 스마트폰을 멀찌감치 떨어뜨려 놓고 나서 제주에 와서 느낀 감정을 작품에 어떻게 표현해야 좋을지 고민했다. 인터뷰를 반영하겠다는 것이나 유적지에 가서 소리를 채집하겠다는 의도는 좋으나 처음에 기획했던 작품의 콘셉트를 흩트리는 것 같았다. 하지만 지원을 받는 입장에서는 이곳의 배경이 들어간 작품이 선정에 유리할지도 모른다는 생각이 들었다. 그녀는 머리가 복잡해지자 개구리 울음소리가 머릿속을 맴돌았다. 개구리 울음소리를 떨쳐내려고 모티브를 하나하나 적어 보았다. 개구리 울음소리는 생각할수록 매력적이었다. 작품 구상을 구체화하였으나 내용에 문제가 있었다. 다랑쉬 재단의 프로젝트에 선정되려면 예심까지는 문제가 없겠지만 최종 결정 단계에서는 처음 제출했던 전시 기획에서 너무 벗어났다고 문제 삼을 수도 있을 것 같았다. 고민해도 생각이 정리되지 않았다. 머리가 깨질 듯이 아프더니 돌연 한번도 본적이 없는 노인들이 허연 덩어리처럼 나타났다가 사라졌다.

그녀는 마당으로 나가 평상에 걸터앉았다. 별이 반짝였다. 벌레 울음소리가 났다. 밤을 가득 채운 별이 우는 듯했다. 무슨 벌레인지 궁금했다. 뒤뜰 팽나무의 이파리들이 손을 뻗으면 만질 수 있을 만큼 가깝게 느껴졌다. 오랫동안 평상에 누워 팽나무 가지 사이로 보이는 별을 살펴보았다. 별빛이 더 밝아졌다. 다시 벌레 울음소리가 점점 또렷해짐에 따라 무슨 벌레인지 더욱 궁금해졌다. 귀 기울여 들을수록 알 수 없었다. 녹음하고 싶었지만 자리를 뜨면 벌레가 날아가 버릴 것 같았다. 벌레 울음소리는 계속해서 쏟아져 내렸고 점점 쌓여갔다. 벌레 울음소리가 안에 들어와 모든 것을 밀쳐 내더니 고요해졌다. 그녀는 잠시 눈을 감았다. 잠이 강의 흐름에 재잘거리는 물결처럼 밀려왔다. 일어나서 방으로 들어와 누웠다. 이불을 올려 덮자 개구리 울음소리가 또 시작됐다. 개구리 울음소리가 듣기 싫어서 머리를 쥐어뜯었다. 개구리 울음소리가 조금 뒤로 물러서는 것 같더니 다시 크고 힘차게 울었다.

혜원은 다음 날 바람을 쐬러 나갔다. 바닷가로 향하다 돌연 차를 돌려 거친 오름 자락에 도착했다. 까마귀 떼들의 울음소리가 그녀를 맞았다. 눈밭을 표현한 하얀 대리석의 원형판 위에 모녀상이 있었다. 토벌대의 총에 맞은 엄마가 아이를 안고 죽어가는 모습을 형상화한 작품이었다. 모녀상 비설을 감상하고 위령탑으로 갔다. 위령탑을 중심으로 한 바퀴 둘러본 풍경은 암시적이고 생생했다. 생생한 풍경이 소리를 암시했다. 마이크를 켜고 음성 메모를 시작했다.

"아우성, 총소리, 불에 타면서 터지고 흩어지고 부닥치는 소리가 들리는 것 같다. 그 소리의 실체가 생생하고 그때의 상황을 그대로 옮겨 놓은 듯 사실적이다. 이곳은 그때의 소리가 터져 나오는 분화구다."

그녀는 내레이션처럼 숙연한 분위기를 잡으면서 음성 메모를 했다. 음성 메모를 다시 들어 보고는 자신도 모르게 진지해지고 있다는 것을 느꼈다. 위령탑을 지나 부채꼴 제단에서 다시 당시의 소리를 들으며 위패 봉안소로 갔다. 희생자들의 위패가 마을별로 모셔져 있는 봉안실에서 나오자 시신 없는 표석들이 나타났다. 땅과 하늘을 연결하며 그들의 넋을 달래는 것 같았다.

표석 위로 까마귀 떼가 울며 날아갔다. 까마귀 울음소리는 음산하지 않고 구슬프고 애처로웠다. 그녀는 이곳에 왜 까마귀가 많은지 이상해서 잠시 까마귀를 관찰했다. 까마귀 떼는 바람을 따라 날아올랐다가 바람이 잔잔해지면 나무에 내려앉았다. 그곳은 바람이 흐르는 통로를 만들고 있었다. 그때의 소리가 바람을 타고 멀리 퍼져나가고 있었다.

"이곳은 그 깊이를 알 수 없는 동굴 같다. 컴컴한 동굴을 따라 들어갈수록 정신은 맑고 투명해진다. 캄캄한 동굴을 빠져나오자 햇살이 얼굴과 가슴을 따뜻하게 비춘다. 눈을 감자 눈물이 메마른 눈을 달래 준다."

그녀는 녹음한 음성 메모를 정리하고 까마귀 울음소리를 들어보았다. 까마귀 울음소리는 배경과 잘 어울리지만 작품으로 활용 가치는 없었다. 차라리 싱그러운 아침을 여는 맑은 새소리라면 대비를 이뤄 재미있을 것 같았다.

혜원은 유적지를 답사하는 동안 마음이 무엇인가를 움켜쥐려는 듯 울렁거려서 산책하듯 마음을 가라앉히려고 애썼다. 마이크를 잡은 손은 독특한 요소를 잡아내겠다는 욕망으로 흔들렸다. 유적지에 가면 애절한 소리가 날 것 같았는데 아니었다. 아름다운 풍광에 취한 일상의 소리뿐이었다. 유적지의 현장을 촬영한 영상에 그때의 소리를 가상적으로 만들어서 엮어 보고 싶다는 욕구가 약해졌다. 유적지에 가면 왜 장엄하고 정숙한 소리가 날것이라고 상상했는지 모르겠다. 곰곰이 생각해 보니 유적지에 가면 개구리 울음소리 같은 환청이 들릴 것이라고 생각했던 것 같다. 그녀는 유적지를 배경으로 하는 사운드는 그곳에서 받은 영감으로 색다른 소리를 가져와서 연출해야겠다고 다시 정리하고 메모했다.

어느 동굴에선 천장에서 떨어지는 물소리가 들렸다. 암흑 속에서 바싹 타들어가는 입을 축이던 사람들이 떠올랐다. 동굴 천장에서 떨어지는 물소리와 동굴 입구에서 터졌던 수류탄 소리를 합성하기로 했다.

그녀는 이동하면서 사진 촬영과 음성 메모를 차분히 이어나갔다. 개 짖는 소리를 담았다. 학살이 일어나고 나서 그곳 개들이 전부 미쳐 헤맸다고 한다. 개 짖는 소리에 늑대 울음소리를 합성해 볼 생각이다. 폭포의 물소리와 소들이 구슬프게 우는 소리도 결합하기로 했다.

고문받던 사람들의 비명이 들리는 것 같다. 비명은 재현하기도 껄끄럽고 메시지가 직접적이다. 그곳은 공원을 뛰어 노는 아이들의 웃음소리나 웅장한 교향곡이 좋을 것 같았다.

달빛을 의지한 채 숲길을 걸었던 사람들을 상상하며 눈을 감고 걷다 나무뿌리에 걸려 넘어졌다.

당시 미군이 만든 4·3 기록 영화 '메이데이'를 촬영하는 경비행기 소리가 떠올랐다. 마을이 불타는 소리와 비행기 소리를 합성할 생각이다.

살아 있는 나무가 불에 타는 소리를 녹음해서 엮어 볼 생각이다.

활주로가 한눈에 들어왔다. 그때의 흔적은 거의 사라졌다. 활주로는 죽은 땅처럼 차가워 보였다. 저곳 구덩이 속에서 시신이 발굴되었다. 희생자들은 오랜 시간 비행기가 뜨고 내리는 굉음을 들으며 썩어갔을 것이다. 항공기가 활주로를 박차고 오를 때의 굉음이 그때의 참상을 덮고 있었다. 굉음은 온몸을 산산조각 낼 것 같았다. 비행기 엔진의 굉음은 매력적이고 효과적이다.

그날의 총소리를 상상해 보았다. 그녀의 귀는 시간을 타고 넘어 그곳에까지 닿았다. 시위 군중에 발포한 총소리가 귀청을 때렸다. 총성은 가깝고도 선명했다. 시위 군중의 비명은 가깝고 깊었다. 총성과 비명은 애초부터 따라다니는 소리 같았다. 총성이 울리자 많은 군중이 한순간에 적막에 휩싸였다. 식은땀을 흘렸다. 그녀는 총에 맞지 않았다. 눈을 떴다. 총소리는 생략하고 고막이 찢어진 것 같은 상태에서 들리는 한줄기의 파열음이 효과적일 것 같았다.

바다를 바라보니 망망대해 멀리 헤엄쳐 가는 사람처럼 한없이 약하고 초라하게만 느껴졌다. 바다가 점점 부풀어 오르는 것 같았다. 육지의 갈매기 울음소리가 바다를 건너왔다. 파도가 칠 때마다 갈매기 울음소리는 넘쳐 들어왔다가 끌려갔다. 끌려갈 때의 갈매기 울음소리는 사람의 울음소리 같았다. 그 소리는 바다 건너 육지로부터 쏟아져 들어온 사람들이 이곳을 불태웠을 때 났던 소리 같다.

산으로 피신했던 사람들이 귀순하면 살려 주겠다는 말을 믿고 내려왔다. 살길을 찾아 내려온 사람들은 수용소에서 배고픔에 시달리다 병들어 죽는 사람도 있는가 하면 아이가 태어나기도 했다. 수용된 사람들은 군법 회의를 거쳐 육지 형무소로 이송되거나 처형당했다. 배고픔에 시달리던 사람들의 신음이 하나씩 결이 되어 끝없이 다가왔다.

울퉁불퉁하고 새까만 밭고랑에 태곳적 햇살이 부서져 내렸다. 군인들이 마을을 포위했다. 젊은 사람들은 마을 앞 바닷가에서 총살하고 어린아이와 여인들은 국민학교에 수용했다가 다음날 동쪽 바닷가로 끌고 가 학살했다. 학살이 시작되었을 때의 연기처럼 퍼지는 총소리가 들렸다.

마을 사람들을 한꺼번에 학살하지 못했을 것이다. 먼저 시작된 학살의 현장을 차마 볼 수가 없어 고개를 숙였지만 총소리는 가슴을 파고들었을 것이다. 하천을 따라 굽이치는 핏물이 노을 속에서 더욱 붉게 빛날 때 토벌대들은 횃불로 초가에 불을 놓았다. 마을은 순식간에 화염에 휩싸이고 결국 사라진 마을이 되었다.

유적을 다 돌아보지도 못하고 날이 저물었다. 집으로 가는 길엔 옅은 안개가 서리처럼 가라앉고 있었다. 밤안개 사이로 건물들이 인위적인 빛을 뿜어냈다. 발소리가 거리에 울렸고 혜원의 입김이 메케한 연기처럼 하얗게 흩어졌다. 그녀는 이곳이 낯선 땅처럼 느껴졌다. 집에 와 저녁 먹기 전에 채집한 소리를 점검했다.

좋은 녹음이란 무엇인가? 그녀를 가르쳤던 음향 기사는 좋은 녹음은 잘 들리게 만드는 것이라고 했다. 그런데 잘 들리게 하는 게 정말 힘들었다. 파리에서 강경국을 만나 사운드에 관심이 가자 녹음과 장비에 대해 공부하고 싶었다. 녹음실을 갖춘 사운드 포스트 프로덕션에 들어갔다. 삼십 대 중반의 음향 기사 밑에서 다양한 일을 배웠다. 그녀는 음향을 직업으로 생각한 것이 아니었기에 음향 기사의 눈에는 일하는 그녀의 태도가 한심했을 수도 있다. 그는 자기가 도제식 교육을 받을 때 붐 마이크를 드는 기술을 익히기 위해 매일 화장실에서 대걸레를 들고 연습했다고 했다. 지금도 그는 음향 감독으로 공식 진출하지 않고 마이크를 들고 있다.

그녀는 사운드 포스트 프로덕션에 다니면서 배경, 효과음으로 쓰이는 다양한 소리들을 모아놓은 라이브러리가 있다는 것을 알았다. 문제는 미국에서 만들었기 때문에 그 나라의 소리였다. 한옥의 처마에서 떨어지는 빗소리와 미국의 주택 지붕에서 떨어지는 빗소리는 다르다. 여유가 생긴다면 전국을 여행하면서 다양한 소리를 채집하여 기록해 두었다가 몇 년이 흐른 후에 다시 가서 소리를 비교해 보고 싶었다.

녹음을 정말 잘했을 때 편집이 잘된다. 동시 녹음할 때 실력자는 미리 편집까지 생각해서 녹음한다. 후반 작업할 때 그 차이가 확연하게 드러난다. 유적지에서 채집한 소리를 다시 들어보다 잠이 들었다.

아침에 눈을 떴을 때는 모든 생명과 움직임으로부터 고립된 채 사람 사는 곳 너머에 있는 기분이었다. 그녀는 몸을 조금씩 움직이며 정신을 차렸다. 사람들의 울음소리가 몸속에 잠겨있었다. 움직일 때마다 울음소리가 몸속에서 흘러나왔다. 그녀를 온전히 깨운 것은 새들이었다. 한 떼의 새들이 부스럭거리면서 울어 대자 또 한 떼의 새들이 모두 깨어나서 지저귀었다. 일어나서 간단히 세수만 하고 옷만 챙겨 입고 유적지로 나갔다.

오늘은 계획한 일정을 빠짐없이 소화하려고 바삐 걸으면서 음성 메모를 했다. 검은 돌담에 뚫린 구멍에서 그날의 총소리가 들렸다. 한 달 동안 어린아이 노인 할 것 없이 모두 동원되어 돌을 날라 성을 만들고 그 안에 사람들을 가두어 두었다. 자신을 가둘 성을 쌓기 위해 사람들은 손이 터지도록 검은 돌을 날랐을 것이다. 손을 뻗어 검은 돌담을 만져 보았다. 무성하게 얽힌 덩굴에도 검은 돌담은 흔들렸다. 손가락이 덩굴을 건드리자 덩굴은 줄이 되어 떨렸다. 소리가 일어났다. 울음소리였다. 떨리던 줄이 고요를 되찾은 후에도 울음소리는 귓가에 남아 그녀를 흔들어 댔다. 자신도 모르게 덩굴을 잡아당겼다. 덩굴이 끊어지자 울음소리가 사라졌다. 그녀는 뒷걸음치며 검은 돌담에서 멀어졌다. 이곳에 수용되었다가 죽어간 사람들의 영혼이 떠나지 못하고 돌담 입구 팽나무에 앉아 있는지 팽나무는 등이 굽은 노인 같았다.

동굴의 통로를 타고 들어갔다. 차가운 벽에 귀를 대보았다. 발각될까 봐 두려워 숨을 죽였지만 공포에 질린 심장 박동 소리가 무겁게 들렸다. 이번엔 자신의 심장 소리가 점점 커졌다. 그때 사람들은 자신의 심장 소리가 크게 들렸을 것이다. 가만히 서서 암흑 속을 살펴보았다. 굴속의 눈먼 생물체가 날카로운 혀를 굴리며 먹이를 탐지하는 소리가 들렸다. 사람들은 해가 뜨고 저무는 줄도 모른 채 아무런 움직임 없이 버텨야 했을 것이다. 어디선가 불쑥 삐져나온 총부리가 자신을 겨냥할 것 같아 굴 안에 머무를 수 없었다. 캄캄한 동굴을 빠져나오자 햇살이 얼굴과 가슴을 따뜻하게 비췄다. 눈을 감자 눈물이 메마른 눈을 달래

주었다.

　분화구를 바라봤다. 주변의 억새 때문에 커다란 둥지 같았다. 분화구에서 마을을 내려다봤다. 너무 평화로운 마을 풍경이어서 뭔가 일어날 것 같은 두려운 마음이 들었다. 마음이 심란해지면서 자신이 꼭 붙잡고 있는 것을 놓칠 것만 같았다. 아무것도 보지 않고 아무것도 듣지 않고 아무것도 생각하지 않고 돌아가고 싶었다.

　마을 입구의 팽나무는 가지가 풍화되어 사라지고 버섯들이 다닥다닥 붙어 다 죽은 몸통만 남아있었다. 팽나무는 동굴에서 숨어 지내다가 연기에 질식해 죽은 사람들을 표현한 조각 작품처럼 느껴졌다.

　백사장을 걸으며 바라본 바다는 붉었다. 해변에 퍼져 있는 현무암이 타고 남은 숯덩이 같았다. 해가 지자 현무암은 어둠에 묻혀 버리고 바다와 하늘은 붉게 타들어 갔다. 비명은 귀로 들어왔고 입으로 들어 왔고 콧구멍과 땀구멍으로 파고들어 왔다. 바다를 향해 소리치고 싶었지만 아무 소리도 나오지 않았다. 비명소리는 끝없이 넘쳐왔다. 이곳은 파도가 피를 씻겨 냈던 학살 터였다.

　헛묘를 지키는 것은 지는 해의 그림자뿐이었다. 그림자만이 헛묘의 존재를 알려줄 뿐이었다. 헛묘의 그림자는 차츰 흐리게 풀어졌다. 그림자들이 사라지면 헛묘들은 밀려오는 어둠에 부

대끼며 울어델 것 같았다.

하얀 모래밭과 쪽빛의 바다가 검은 바다 돌과 잘 어우러진 이 바닷가에서 할머니는 토벌대의 총알이 턱을 관통해 무명천으로 턱을 싸맨 채 평생 말도 못 하며 살다가 죽었다. 아무리 모진 고통이 삶을 짓눌러도 '살암시민 살아지는' 모양이다. 집 안에 들어가자 색이 없는 부드러운 빛이 유령처럼 앉아 있었다. 할머니 같았다. 온몸에 무명천을 감은 것 같은 할머니의 모습에 깜짝 놀랐다. 할머니의 영혼을 달래고 나오니 별빛을 가릴 만큼 환한 달이 밤하늘을 밝히고 있었다. 옅은 안개가 서리처럼 가라앉기 시작했다. 밤안개 사이로 작은 집들의 창이 밝아졌다. 입김이 덧없는 연기처럼 하얗게 흩어지는 을씨년스러운 밤이었다. 오늘 둘러본 제주는 낯선 땅이었다. 땅을 덮은 하늘도 음산하게 빛났다. 죽음을 맞이하는 사람처럼 홀로 운명의 흐름 속을 걷고 있는 듯했다.

혜원이 새벽에 눈을 뜨자 창밖으로 개구리 울음소리가 들렸다. 그녀는 문득 지금이 여름인 줄 착각했지만 아직 겨울의 냉기가 남아 있는 이른 봄이었다. 개구리 울음소리는 계속 이어졌다. 그녀는 마음을 가라앉히려다 잘 되지 않자 구조 요청을 하듯이 강경국에게 전화했다. 전화를 걸다 말고 전화를 끊었다. 새벽 네 시가 넘어가고 있었다. 문자 메시지를 보냈다.

'내일, 아니 오늘 시간 되면 만나자?'

그에게서 바로 전화가 왔다.

"내가 그렇게 보고 싶냐?"

"악몽에 시달렸어."

"무슨 일 있어?"

"오늘 만나서 얘기해."

"오늘 한라산 가기로 했는데. 저녁에 만나."

"캐비닛은?"

"뒤뜰에 모셔 놨어. 쓸 만하던데. 보물 창고로 쓰게 나 주면 안 되냐?"

"글쎄, 작품에 활용하고 나서 생각해 볼게."

아침에 봄비가 시원하게 내렸다. 오랜만에 내린 비에 흙과 유기물 썩는 냄새가 사라졌다. 비가 그치고 언제 그랬느냐는 듯 해가 뜨자 마음이 가벼워지면서 저녁이 기다려졌다. 그가 자신의 작업실에서 저녁을 만들어 주겠다고 했다.

혜원은 아침에 일어나 트렁크를 정리했다. 옷가지와 필요한 것을 정리하고 구입 목록을 작성했다. 세수를 하려고 화장실에 들어갔다. 거울 속에 등장한 자신의 얼굴이 낯설었다. 그녀는 푸석한 얼굴을 무미건조하게 두드리다가 냉장고를 열었다. 냉장고는 텅 비어 있었고 먹을 것이라곤 한쪽이 검게 변한 제주 바나나와 플레인 요구르트밖에 없었다. 그녀는 바나나를 쓰레기 봉투에 버렸다가 다시 꺼냈다. 검게 변한 바나나가 자신의 모습 같아서였다. 바나나는 참 특이한 작물이다. 꽃도 피고 달콤한 열매도 맺지만, 종자가 없다. 알뿌리로 복제 번식하기 때문에 다른 유전자 형질을 받아들일 기회가 없는 식물이다. 유전적으로 바나나는 다 같아서 똑같은 병에 걸린다. 그리고 쉽게 썩는다. 그런 특성 때문에 파릇파릇할 때 따서 냉장 운송을 하고 시장에 내놓기 전에 후숙 과정을 거친다. 온실에서 수확한 제주 바나나는 수입 바나나보다 조금 작지만 달콤하고 쫀득함이 매력이었다. 그녀는 그릇에 아직 상하지 않은 제주 바나나 알맹이를 넣고 요구르트를 쏟았다. 바나나를 수저로 눌러 부드럽게 으깼다. 걸쭉한 죽으로 변한 바나나는 그릇에 가득 찰 정도로 양이 많았다. 침대에 누워 수건을 베개에 깔고 푸석푸석한 얼굴에 바나나를 빈틈없이 바른 다음 스마트폰을 멀리하고 눈을 감았다.

그녀는 바나나 팩을 하고 일어나 세수를 하고 정성스럽게 화장을 했다. 그녀의 입술은 선명한 빨간색이었다. 그래서인지 유난히 의지가 강해 보였다. 한 송이 장미꽃 같이 변신한 그녀는 서귀포에 있는 강경국의 작업실로 찾아갔다. 외진 곳의 오래된 집이지만 주택을 전세 내어 작업실로 쓸 수 있다는 점이 부러웠다. 그녀는 작업실로 쓰는 낡은 주택 마당을 구경하다 거실에 들어가면서부터 여자가 머물렀던 흔적이 있는지 유심히 살폈다. 그가 그녀를 소파로 안내했다.

"사냥개처럼 뭘 그리 찾는 거야?"

그녀는 거실을 느릿하게 걸어 다니며 구석구석을 살펴보고 난 뒤 말했다.

"집을 작업실로 쓴다고 해서 폐가인 줄 알았는데 이만하면 별장이네."

"일부러 조금 넓은 집을 구했어."

한쪽 벽면을 차지한 민화 같은 그림이 펼쳐졌다. 가까이 가서 자세히 보니 판화용 나무판을 여러 개 이어 붙여 조각도로 윤곽을 파낸 그림이었다. 판화를 찍으려고 조각한 것은 아니고 동전처럼 부조 형태로 윤곽이 드러나 강렬하게 다가왔다. 조각을 한 다음 아크릴 물감으로 탱화처럼 그린 그림엔 인자하게 생긴 거대한 할머니가 한라산을 깔고 앉아 한쪽 다리를 서귀포 앞바다의 마라도에 놓고 우도를 팡돌로 삼아 빨래를 하면서 폭포 같은 오줌을 싸고 있었다.

"요상한 그림이네?"

"제주도 창조 신화에 나오는 설문대 할망이야. 한라산과 여러 오름을 만들고 섬이랑 바위들을 만들었다는 신이야."

"할머니가 창조의 신이라니 특이하네."

"너는 여기서 고등학교까지 다녔는데 설문대 할망을 모른단 말이야?"

"알긴 알지만 자세히는 몰라."

"신화가 얘기하는 것은 아무것도 없는 것에서 창조가 아니라 이미 존재하는 세상을 재구성했다는 내용이야. 다른 창세 신화들은 우주를 배경으로 삼는데 설문대 할망은 제주도를 배경으로 생성과 변화를 이야기하는 게 특이해."

"할머니가 원조 예술가네."

"설문대 할망 오줌 줄기의 힘이 하도 세서 육지 한 조각이 떨어져 나가 우도가 되었대. 그뿐만 아니라 치마로 흙을 담아 나르다 흘린 것이 제주의 수많은 오름이 되었대. 그런데 결말이 해피엔딩이 아니야. 설문대 할망은 엄청난 거인이었는데 제주도 안에 자기보다 깊은 물들이 있는지 재 보고 다니다가 한라산에 있는 물장오리에 들어섰다가 물에 빠져 죽었대."

"신화 같지는 않고 재미있는 전설 같은데?"

"이야기가 제주도의 주체적인 시각이라 마음에 들었어."

"전체적인 느낌이 탱화 같아서 꼭 무당집 같아."

"그래도 유명한 사람 작품인데……."

그는 식탁에 올려놓았던 작은 화분을 가져와서 그녀에게 건넸다.

"너 주려고 한라산 자락에서 캐왔어."

그녀는 화분을 받아들고 말했다.

"꽃을 함부로 캐도 되는 거야?"

"이 야생화는 내가 기억하는 너의 이미지야."

"겨우 이 꽃으로 프러포즈하는 건 아니지?"

"너무 나가는 거 아니야. 그냥, 꽃을 보는데 네가 떠올랐어."

그녀는 잠시 꽃을 관찰했다. 노랑 야생화는 얼핏 보면 들국화 비슷한 형태인데 봉오리가 단단해 보였다.

"글쎄, 어떤 이미지인지 잘 모르겠네."

"한겨울에 내린 눈을 뚫고 봄소식을 가장 먼저 알리는 야생화야. 겨울 산행 중에 이 꽃을 만나면 그해는 운수 대통이야. 봄이 한창때인데도 지지 않고 음지에서 나를 기다리고 있었어."

"이름이 뭔데?"

"복수초 같은데 확실하지는 않아. 한낮엔 꽃잎을 활짝 열고 밤에는 꽃봉오리를 닫는 신기한 꽃이야."

살아 있는 동물 같아서 조심스럽게 꽃잎을 만져 보았다. 꽃잎에서 맥박이 느껴졌다. 보드라운 꽃가루가 묻은 손가락을 코에 대보았지만, 아무 향기도 나지 않았다.

"복수초가 맞는다면 꽃말이 뭘 거 같아?"

"질긴 생명력, 뭐 그런 거?"

"행복과 장수."

"이 꽃이 내 이미지라면, 내가 욕심이 많다는 거야?"

"이 황금색 꽃잎을 봐."

"어쨌든 고마워."

그는 싱크대로 가서 제일 먼저 무엇을 해야 할지 몰라 서성이다 새우의 내장을 빼고 배 쪽의 살과 껍데기 사이에 대나무 꼬치를 꽂았다. 냄비에 새우, 대파 잎, 레몬을 넣고 삶으면서 숙주의 머리와 꼬리를 떼고 물기를 뺐다. 실파는 다듬어서 잘게 썰었다.

"미리 준비 좀 해놓지 그랬어."

"한라산 다녀와서 한숨 잤거든."

그는 피망, 당근을 씻어서 채를 썰어 놓고 정신이 없는지 냉장고에서 또 피망과 당근을 꺼내서 채를 썰었다. 생각해 보니 새우도 두 번 데친 것 같다. 그녀는 식탁에 앉아 게살 어묵을 찢어 주며 물었다.

"월남쌈이 먹고 싶었어?"

"난 고기를 안 먹거든. 고기와 채소 따로 먹을 수 있는 것을 생각한 거야."

"채식주의자? 언제부터."

"동물을 사랑하면서부터. 동물도 생명권이 있거든. 한 생명의 죽음 이후가 어떻게 재단되어 유통되고 밥상에 오르는가를 생각해 보면서 우리가 생명을 어떻게 취급하는지 생각하게 됐어."

"그러니까 고기가 더 당기는걸."

"흑돼지로 준비했어. 많이 먹어."

그는 정신을 차리고 손을 빨리 놀렸다. 민트를 한 잎씩 떼어내 씻은 다음 물기를 털고 대파 잎, 화이트와인을 냄비에 붓고 끓인 물에 흑돼지 삼겹살을 한 장씩 삶아 건진 다음 얼음물에 담가 식혔다. 라이스페이퍼는 따뜻한 물에 한 장씩 담가 물기를 걷어 냈다. 그가 조심스럽게 라이스페이퍼를 접시에 올려놓을 때 입안에 침이 고였다. 그는 커다란 접시 두 장에 준비한 재료를 둥글게 담았다. 한 접시는 흑돼지가 들어간 월남쌈 또 하나는 고기가 전혀 들어가지 않은 월남쌈이었다. 재료가 지닌 각각의 색이 조화롭게 잘 어울렸다. 재료가 가지런히 놓인 접시는 아름답고 식욕을 돋우는 한 폭의 그림 같아서 보는 것만으로도 원기가 충전되었다.

"요리하는 걸 좋아하나 봐?"

"가끔은 끼니를 때우는 것이 아니라 맛을 음미하면서 먹을 필요가 있어. 요리는 창조의 즐거움을 느끼고 오감을 깨우는 의식 같은 거지."

그는 깜박했다며 서둘러 소스를 만들었다. 피시소스 원액에 고추, 식초, 파인애플, 설탕을 넣어 소스를 만들고 물에 불린 라이스페이퍼 위에 쌈 재료를 가지런히 올려놓고 단단하게 말았다. 반투명해진 라이스페이퍼가 신선한 채소와 고기를 감싸자 쌈 재료는 먹음직한 덩어리가 되었다. 월남쌈 한 덩이를 사선으로 갈라 작은 접시에 보기 좋게 담았다. 월남쌈을 천천히 입에 넣었다. 신선한 채소가 씹히는 소리가 식탁 위에 울렸다. 저마다 다른 채소가 잘게 부서지는 소리가 조화로웠고, 음식이 목구멍으로 넘어가는 소리 또한 감미로웠다. 그녀는 그가 씹는 모습을 바라보다 말했다.

"씹는 소리 녹음해 본 적 있어?"

"한번 해봤는데 그냥은 못 쓰겠더라."

"채소 씹는 소리가 머리를 맑게 해 주는 것 같아."

그는 일부러 채소를 소리 나게 씹었다. 그녀도 따라 채소를 소리 나게 씹었다. 그가 채소를 삼키고 말했다.

"요즘 악몽을 꾼다며?"

"악몽이 문제가 아니라 환청이 들려."

"무슨 소리가?"

"오늘은 그 얘기하기 싫어. 오늘 기분이 좋아졌단 말이야."

"말은 정확히 해야지. 나를 만나서 기분이 좋아진 거잖아."

"월남쌈 너무 맛있다."

둘은 와인을 한 병 다 마셨다. 그는 창고에서 와인을 한 병 더 꺼내 왔다.

"너랑 마시려고 아껴 둔 거야."

오랜만에 만난 그는 모든 것에 그녀를 갖다 붙였다. 두 사람은 다랑쉬 문화 재단 프로젝트 최종심 대상에 선정되길 기원하면서 건배했다. 이번 프로젝트는 국내 창작 지원금 중 제일 많고 지원금을 정산하는 형태가 아니라 상금으로 주기 때문에 지원자가 많았다. 둘은 마치 선정되어 상금을 받은 것처럼 작품을 제작하고 남는 돈으로 구매할 음향 기자재 리스트를 하나씩 읊어 보면서 건배했다. 그가 잔을 비우고 말했다.

"누가 되든 대상에 뽑히면 같이 영국 가서 살자?"

선정 작가 중에 대상에 뽑히면 영국 문화 재단의 일 년 장기 레지던시 프로그램에 참여하게 된다. 그녀는 단 한 명만 뽑는 것이기에 속내는 드러내지 않았지만 자신이 안 되고 강경국이 된다면 배가 많이 아플 것 같았다.

"네가 대상을 받아 나는 따라갈게."

둘은 다시 건배했다. 그녀는 술을 마시면서 자신이 왜 영국에 가고 싶어 하는지를 되짚어 보았다. 영국에 가게 되면 유럽 무대에 서게 된다는 기대감도 있었지만 영국 레지던시 프로그램을 계기로 정명지를 정리하겠다는 다짐 때문이었다.

그녀는 와인에 취하자 기분이 더 좋아졌다. 환청이 사라진 밤이 너무 편안했다. 그를 잡아당겨 키스를 했다. 환청을 사라지게 해 준 감사였다. 키스는 길게 이어지면서 둘은 알몸이 되었다. 그녀는 그에게 땀 냄새가 좋다고 했다. 그는 일어나 장식장에서 콘돔을 꺼냈다. 그녀가 콘돔을 신기한 듯 바라보자 그가 말했다.

"그때 생각나?"

"생각나, 그날은 너무 서둘러서 겁이 났던 것 같아."

"오늘은?"

그녀는 그가 들고 있는 콘돔을 달라고 하여 포장을 뜯어 버리고 그의 성기에 정성스럽게 끼웠다. 둘은 다시 키스부터 시작했다. 그는 숨을 계속 몰아쉬며 달리는 사람 같았다. 그녀는 어느 순간부터 흥분이 가라앉았다. 그녀는 그와 호흡을 맞추는 척 교성을 내면서 생각해 보았다. 그녀의 몰입을 방해하는 것은 그의 성기를 감싼 라텍스 재질의 콘돔 때문이었다. 그는 절정에 가까워졌을 때 자신의 성기를 빼서 식혔다. 그는 아주 노련했다. 그녀는 그가 다시 절정에 다다랐을 때도 먼지처럼 방 안을 부유했다. 그녀는 취하지 않았으면 그를 제대로 느껴 보았을 것이다. 그녀는 오랜만의 섹스였기에 더욱 아쉬웠다. 그가 좋은데 몸이 달아오르지 않는 것은 콘돔 때문인 것 같았다. 그가 그녀 옆에 쓰러졌을 때 그의 성기를 감싸고 있었던 콘돔을 보았다. 그것은 침대 옆 테이블 위에 내장이 터져 죽은 벌레처럼 늘어져 있었는데 기시감이 들었다. 그녀는 온몸에 소름이 돋았다. 그녀는 오랫동안 샤워를 하고 나와 누웠지만 잠이 오지 않았다. 위스키를 여러 잔 마시고 나서 겨우 잠이 들었다.

아침에 눈을 뜨자 시계 초침 소리가 심장 박동처럼 똑딱거렸다. 침대 옆자리는 비어 있었다. 고개를 드니 바닥에 점점이 떨어진 햇살이 퍼지고 있었고 앞마당의 팽나무 이파리 그림자가 희미하게 흔들리고 있었다. 그때 북소리가 났다. 둥둥거리는 울림이 시계 초침 소리를 잡아먹더니 심장 박동과 박자를 맞추기 시작했다. 그녀는 일어나서 북소리가 나는 곳을 찾았다. 집 안을 훑어보고 나서 뒷마당으로 갔다. 그곳에 놓인 칠이 벗겨지고 녹슨 철제 캐비닛은 우퍼 스피커처럼 북소리가 날 때마다 떨렸다. 가까이 귀를 가져다 댔다. 벌어진 문틈으로 삐져나오는 북소리와 캐비닛 전체의 울림 때문에 누군가 안에서 거대한 북을 두드리는 것 같았다. 캐비닛 뒷면이 녹이나 구멍이 뚫려 있긴 하지만 북소리의 울림이 커서 귀청이 온전할지 걱정되었다.

철제 캐비닛의 문을 열자 강경국이 쪼그리고 앉아 북을 두드리고 있었다. 그는 그녀가 문을 열었음에도 눈을 감고 땀을 뻘뻘 흘리며 한참 동안 북을 두드렸다. 어떤 연주를 한다거나 소리를 연구하는 것이 아니라 북을 두드리며 기도하는 모양이었다. 가슴에 안을 수 있는 크기의 북은 깊은 울림이 있었다. 캐비닛은 그 깊은 울림을 증폭시키는 기능을 하고 있었다. 그가 북채를 내려놓고 눈을 떴다. 그녀는 그를 훑어보며 말했다.

"북소리 퍼포먼스야?"

"정화 의식이야."

"귀청은 멀쩡해?"

"소리가 클 것 같지만 은은하고 울림이 피부로 스며들어서 짜릿해."

그가 철제 캐비닛 밖으로 나왔을 때 북을 만져 보았다. 북 안에 물이 담겨 있었다. 물 때문에 깊은 울림이 나는 것 같았다.

"인디언의 정화 의식은 두 사람이 짝이 되어 한 사람은 물북을 치고 또 한 사람은 래틀이라는 방울을 흔들면서 기도문을 읊는 거야."

"왜 그 안에 들어가서 물북을 치는 거야?"

"너 잠 깰까 봐."

"술 깨려고 물북을 친 거야?"

"머리가 복잡해서."

"밖에서 들으니까 울림이 좋던데."

그녀는 그의 물북을 들고 철제 캐비닛 안으로 들어갔다. 그가 문을 닫아 주었다. 아무 소리도 들리지 않았다. 일상에서 다양한 소리를 받아들이는 것은 살아있다는 증거였다. 소리가 차단되자 다른 세계로 이동한 느낌이었다. 눈을 감고 물북을 두드렸다. 약하게 두드리다가 점점 세게 두드렸다. 캐비닛은 커다란 울림통이 되어 물북소리는 거칠어졌다. 캐비닛 밖에서 들었던 물북소리와 달리 폐쇄적인 파열음이었다. 물북의 울림은 거침없이 증폭되었지만 북채를 놓을 수 없었다. 그녀는 울림에 결박되었다. 누군가 북채를 잡은 자신의 손을 쥐고 물북을 두드리는 것 같았다. 그녀는 극단의 울림에 고통스러웠다. 귀가 아픈 것을 넘어 울림이 몸을 마구 때려 대더니 어느 순간 아무런 감각이 없어지고 몸이 가벼워졌다. 울림은 계속 되었지만 고통은 사라졌다. 바람을 타고 평원을 위협할 정도로 낮게 날아가는 기분이었다. 들판에 사뿐히 내려앉았다. 평원에 울리는 물북소리가 잔잔한 바람을 타고 올라갔다. 넋을 잃고 물북을 두드렸다. 물북소리가 정점에 머물렀다가 활공하는 새처럼 내려오면서 더 넓게 퍼지는 순간 캐비닛 문이 열렸다. 자신도 모르게 서둘러 날갯짓을 하듯이 물북을 두드리다 북채를 놓쳤다. 그가 물북을 두드릴 때는 문이 열려도 흠뻑 빠져 있었는데 그녀는 아니었다. 구름이 빛을 머금고 있다 사라지는 것처럼 빛이 쏟아지며 세상이 환해졌다. 그가 고개를 들이밀고 말했다.

"점심 먹으러 나가자?"

"멀리 여행 중이었는데 너 때문에 산통 다 깨졌어."

"캐비닛이 신통해. 이거 나 주면 안 되냐?"

"나는 이 물북이 탐나는데, 물북소리에 빠지면 다른 세상으로 날아가는 것 같아. 서로 바꾸는 게 어때?"

"미국 여행 갔을 때 어렵게 구한 거야. 인디언 주술사가 정령과 소통할 때 사용한 골동품이라고 했어."

"반미주의자가 미국 가서 돈 쓰고 왔네."

"우리를 가지고 노는 미국의 정체를 파악하러 갔지."

"가 보지 않아도 잘 알 텐데?"

"제국주의 환상에 빠진 미국에 저항하고 비판하는 사람이 북을 선물해 줬어."

"서로 바꾸는 게 어때?"

"안 돼, 이 북은 아주 귀한 거야."

"그럼, 과거의 소리를 잡아낸다는 기계랑 바꾸면 어떨까?"

"무슨 기계를 말하는 거야?"

"생각 안 나? 파리에서 처음 만났을 때, 유적지에서 귀신이 울부짖는 과거의 소리를 채집할 수 있는 기계를 만들었다고 했잖아."

"생각난다. 관광지의 쾌활한 소리를 녹음할 때 그런 생각을 했었어."

"농담인 줄 알았지만 그런 기계가 있다면 재미있을 거로 생각했어."

"내가 마음만 먹으면 들을 수 있어."

"진짜야? 어떻게?"

"초능력이 있거든. 인디언처럼 피요테 의식을 통해 과거의 소리를 불러올 수 있어."

"대단한 능력이네. 내가 원하는 시대의 소리를 불러오면 이거 줄게."

"진짜라니까."

"좋아, 만일 원하는 소리를 불러오면 이걸 주고 그렇게 못하면 물북을 내가 갖는 거야?"

"음, 그건 곤란해. 언제나 성공하는 것은 아니거든."

"그럴 줄 알았어."

그녀는 샤워하면서 철제 캐비닛을 어떻게 할지 생각해 보았다. 그것을 당장 어떻게 할 수도 없는 상황이었다. 하지만 그냥 주기엔 너무 아까웠다. 그는 거실에서 티브이TV 대담 프로를 보고 있었다. 제주 해군 기지 건설을 반대하고 공사를 저지하고 나섰던 주민들과 평화 활동가들이 출연해 그때와 지금의 활동 변화에 대해 이야기 했다. 화장실 문을 닫고 샤워 물줄기가 세차게 떨어지는 데도 앵커의 목소리가 들렸다. 그는 그녀가 샤워를 끝내고 나왔을 때도 뉴스를 보고 있었다.

"티브이TV 소리 좀 줄여. 정신이 하나도 없네."

"소리가 큰가?"

"벌써, 귀가 먼 거야?"

그는 티브이TV를 끄고 말했다.

"현장 녹음 작업하면서 항상 헤드폰 쓰고 미세한 잡음을 제거하려고 볼륨을 키운 결과야."

"이번 생일엔 보청기를 사 줘야겠네."

"가까운 소리는 잘 안 들리지만 멀리서 나는 잡음은 잘 들려."

강경국은 약속이 있어 나가 봐야 한다고 하면서 점심을 챙겨 먹고 가라고 했다. 그는 집을 나서면서 다음에는 그녀와 철제 캐비닛에 들어가 인디언의 피요테 의식을 따라해 보고 싶다고 했다. 캐비닛이 인디언의 천막 티피가 되는 것이다. 그 안에서 선인장에서 채취한 환각제 피요테를 씹으며 한 사람은 물북을 두드리고 또 한 사람은 래틀이라는 방울을 흔들어 댄다면 아주 멀리 날아갈 수 있을 것 같았다.

강경국은 나가려다 말고 티브이TV에 귀를 기울였다. "구럼비 발파 후 세월이 흘렀다. 해군 기지는 무엇을 지키고 있나." 녹색 당에서 나온 토론자가 진정한 평화의 섬 제주는 무기가 아니라 평화가 필요하다고 역설했다. 강경국이 소파에 앉아 티브이TV 를 보며 말했다.

"예전에 강정 마을에 가서 촬영하고 녹음했어."

"구럼비 발파하는 거를?"

"다큐멘터리 하는 친구랑 같이 작업했어."

"녹음한 거, 들어 보고 싶은데?"

"녹음보다 그때 찍은 영상을 보는 게 더 좋을 거야."

그녀는 강경국이 주고 간 영상과 구럼비 발파 소리를 들어보 았다. 영상의 첫 장면은 강정 마을에서 경찰과 대치중인 마을 사람들의 인터뷰였다. 그다음 토론 프로그램이 이어졌다. 제주 도 강정에 해군 기지가 들어서면 어떤 문제가 생기는가에 관한 열띤 공방이 벌어졌다. 유네스코가 지정한 세계 유산을 지켜야 한다는 주장, 해군 기지가 건설되면 제주도의 평화에 문제가 생긴다는 주장, 지역 경제 측면에서 관광객 유치에 더 나아질 것이라는 주장들이 오고 간 다음 강정 마을이 다시 등장했다.

몇 년 전 강경국은 강정 마을 중덕 해안으로 갔다. 제주도는 어디를 가나 화산이 뿜은 용암이 굳은 기이한 바위들을 만날 수 있다. 구럼비는 화산이 만든 바위 중 일 킬로미터가 넘는 거대한 하나의 덩어리다. 어느 부분도 뾰족하지 않고 평평한 너럭바위는 무당들이 비념을 하던 신비로운 곳이었으나 눈앞에 다가온 구럼비는 지쳐 쓰러진 초식 공룡 같았다.

거센 바람 소리가 났다. 바람이 높은 파도를 밀고 들어와서 몸을 낮게 웅크렸다. 마을 사람들이 구호를 깃발에 그려 세운 대나무가 낚싯대처럼 휘청거렸다. 바닷가로 나가는 마을 돌담에는 동백꽃이 프린트된 이불이 널려 있었다. 따가운 햇살을 받으며 제 몸을 소독하던 차렵이불은 거센 바람에도 날아갈까 봐 돌담에 악착같이 달라붙어 있었다.

어디선가 사이렌이 울렸다. 마을 회관 옥상에 달린 혼 스피커는 크지도 않은데 소리는 우렁차게 울렸다. 집 안에서 나온 노파가 소나기라도 만난 것처럼 허겁지겁 차렵이불을 걷어 들이고 마을 회장의 안내 방송에 귀를 기울였다. 노파의 표정이 굳어졌다. 사이렌은 공권력이 쳐들어올지도 모른다는 신호였다.

마을 사람들이 세워놓은 깃발들이 찢어질 듯 펄럭거렸다. 거센 바람에도 끄떡없는 것은 저지선에 도열한 경찰들이었다. 헬멧을 쓰고 진압복을 입은 수백 명은 방패를 잡고 있었다. 스크래치가 무성한 플라스틱 방패는 따가운 햇살을 반사하며 진격 명령을 기다리고 있었다.

쇠사슬이 땅바닥에 끌리는 소리가 났다. 마을 주민들은 해군 기지 건설을 강행하려는 공권력에 맞서 구럼비 바위를 지키기 위해 몸에 쇠사슬을 두르고 자물쇠를 채워 인간 띠를 만들고 시위하고 있었다.

"강정을 지키자, 아름다운 강정을 우리 후손에게 고스란히 물려주자."

그녀가 기억하는 쇠사슬 소리는 주로 도망가지 못하게 묶어둔 곳에서 나는 소리였다. 마을 주민이 내는 쇠사슬 소리는 도망가려고 발버둥 치는 소리가 아니라 어떤 위협에도 도망가지 않으려 단단히 동여매는 소리였다.

"해군 기지 결사반대!"

굴착기들이 검은 매연을 뿜으며 엔진 소리를 냈다. 마을 사람들의 구호가 하나도 들리지 않았다. 굴착기들이 움직이자 지진이 나는 것처럼 땅이 흔들렸다. 마을 뒤로 보이는 일렁거리는 바다의 빛깔이 구럼비 바위와 구분이 안 될 정도로 점점 검게 변했다. 구럼비 바위를 보호하려는 바다의 본능처럼 느껴졌다. 이번에는 한 사내가 탁자 위에 올라가 철골만 남은 비닐하우스에 묶어 두었던 쇠사슬을 내려 자신의 목을 휘감았다. 굴착기들이 다가올수록 사내는 목을 감은 쇠사슬을 틀어쥐었다. 마을 사람들이 사내의 주위로 몰려들었다. 그들은 사내를 말리는 것이 아니라 사내를 붙들었다. 마을 사람들이 쇠사슬을 휘감은 사내를 겹겹이 감싸 안았다. 굉음을 내며 전진하던 굴착기들은 인간 사슬 앞에 멈춰 섰다. 마을 사람들의 구호도 멈췄다. 정적이 감돌았다. 잠시 후 굴착기들이 요란한 엔진 소리를 내며 후진했지만 마을 사람들은 긴장을 풀지 않았다.

강경국이 강정 마을 대치 현장을 빠져나와 마을 어귀 나무 그늘 아래서 녹음한 것을 듣는 장면이 나왔다. 굴착기의 엔진 소리, 마을 사람들의 구호, 바람 소리가 뒤엉킨 과잉된 소음엔 폭력 충동이 흐르고 있었다. 그는 촬영하는 친구에게 자신의 몸이 결박된 것 같았고 둔기로 두들겨 맞는 것 같은 고통을 느꼈다고 했다. 그는 헤드폰을 벗고 마을을 바라보았다. 굴착기들은 그날의 임무를 끝내고 사라졌고 마을은 조용했다. 파도가 밤의 시작을 알리려는 듯 붉게 물들었던 수면을 뒤섞고 나서야 마을 사람들은 쇠사슬을 풀었다. 마을 청년 몇 명은 또 언제 들이닥칠지도 모르는 굴착기로부터 마을을 지키기 위해 망루에 올라가는 장면까지였다.

저녁때가 돼서야 돌아온 강경국은 피곤하다며 바로 침대로 기어들어 갔다. 그녀는 이불 속을 더듬어 그의 옆으로 파고들었다. 강정 마을 얘기가 하고 싶어 바위처럼 등지고 있는 그를 끌어당겼다. 그는 뭐라고 중얼거리더니 꿈쩍도 하지 않았다. 그의 품은 정명지보다 따뜻했다.

혜원은 다랑쉬 문화 재단의 프로젝트 서류 심사에서 탈락되었다는 연락을 받았다. 자다 일어나 전화를 받았을 때 방이 어둑어둑하여 그 분위기가 사람이 사는 곳 너머에 있는 것 같았다. 어둠이 빠르게 내리고 있었다. 정명지에게 몇 번 전화를 했지만 연결이 되지 않았다. 그날 현관문 닫히는 소리가 쾅 하고 다시 들렸다. 이번 프로젝트 선정에서 탈락된 것이 그의 영향 때문이라는 느낌이 들었다.

그녀는 강경국은 어떻게 되었을까 궁금해서 전화했다. 강경국은 서류 심사를 통과했고 전시 발표를 위해 피칭을 준비하고 있었다. 자신은 당연히 될 거라고 믿었기 때문에 충격이 컸다.

"난 떨어졌어."

"믿을 수 없어, 네 작품 기획 괜찮았는데."

"그러게, 나도 당연히 될 줄 알았거든."

"나는 제주에서 활동하는 작가라서 뽑았나 봐."

강경국은 심사 위원 앞에서 작품 전시의 마지막 관문인 피칭을 어떻게 할지 고민할 뿐이었다. 그녀는 다랑쉬 문화 재단에 자신이 왜 떨어졌는지 따져 봐야겠다고 마음먹고 강경국과 통화를 끝냈다. 정명지는 그녀의 연락에 계속 답하지 않았다. 최종심 피칭까지는 일주일의 시간이 있었다. 어떻게든 그를 구워 삶아 볼 작정이었다.

정명지에게 다시 전화를 걸었다. 그녀의 전화를 받지 않았다. 바로 서울행 항공기를 예약하고 공항으로 갔다. 차를 몰고 공항으로 가는 동안 끼어드는 차를 향해 클랙슨을 울려 대고 소리를 질렀다. 렌터카 주차장에 차를 대고 공항으로 걸어가면서 문자 메시지를 보냈다. 지금 공항이고 서울로 출발하니 퇴근 시간쯤에 사무실로 간다고 했다. 그러자 바로 전화가 왔다. 그녀는 바로 본론으로 들어갔다.

"나 일부러 떨어트린 거 아니겠지?"

"무슨 소리를 하는 거야. 내가 그런 예심에 관여하고 그러지 않아."

그의 목소리는 조용하게 가라앉았지만 떨렸다. 수화기 너머에서 잔잔한 음악이 흘렀다. 그녀는 일부러 공항 청사 안으로 들어와 안내 방송이 크게 들리는 곳에 자리 잡았다.

"심사 위원에게 잘 얘기 했다고 해 놓고선 마음이 바뀐 거야?"

잔잔한 음악 사이로 사람들이 즐겁게 떠드는 소리가 들렸다.

"얘기했지. 주목받는 작가니까 긍정적으로 검토하라고 했지."

"그런데 왜 떨어졌을까?"

"더 좋은 작품에 밀렸나 보지."

"아, 그렇구나."

"다음에 또 좋은 기회가 있을 거야……."

그녀는 그의 말을 자르기 위해 전화를 끊었다. 항공기 티켓을 발권하고 나서 그에게 오늘 밤 집으로 찾아가겠다고 문자 메시지를 보냈다. 그는 펄쩍 뛰었다. 그녀는 보고 싶어서 그러니 집 앞에서 만나자고 했다. 그는 바로 예심 결과에 대해 알아보고 연락하겠다고 했다. 그녀는 공항을 돌아다니다가 편의점 앞 의자에 앉았다. 제주를 떠나고 제주를 찾아오는 여행객들을 바라보는데 하얀 먼지 같은 것이 떠다녔다. 흥분하거나 스트레스를 받으면 눈 안에 나타나는 날파리였다. 잡을 수 없는 날파리는 안구 벽에서 떨어져 나간 점액 같은 거였다. 이제 그에게 자신은 성가시게 달라붙는 날파리 같은 존재가 된 것이다. 손으로 날파리를 잡듯이 휘휘 젓다가 눈을 감고 마음을 가라앉혔다. 시간을 확인하고 일어나서 항공기 탑승구로 걸어가는데 그에게서 메시지가 왔다. 서류 심사를 통과시켰다고 했고 이제 그 다음은 자신이 알 바 아니라고 했다.

그녀는 저녁에 다랑쉬 문화 재단으로부터 연락을 받았다. 담당자는 예심에 통과되었으니 피칭 준비를 해 달라고 했다. 피칭 대상자 한 명 더 추가하는 것은 일도 아닌 모양이었다. 이제 누구의 작품이 더 좋은 평가를 받을지 또 다른 경쟁이 시작되었다.

혜원은 강경국에게 이번 프로젝트를 포기한 작가가 있어서 자신이 서류 심사 통과자가 되었다고 말했다. 며칠 후 그녀는 심사 위원 앞에서 기획한 작품을 설명하는 피칭을 무사히 마쳤다. 원 소스 멀티 유스를 지향하는 분야는 피칭이 필수적인 절차이지만 사운드 아트 작가가 자기 작품을 프리젠테이션하는 것은 의외였다. 파워포인트를 작성하다 보니 아직 만들어 내지 않은 소리에 관한 설명을 하기가 난감했다. 주어진 오 분 동안 주로 기존 작품을 예로 들어 기획한 내용을 설명했고 지금까지 작업을 소개해 상상하게끔 했다.

그녀는 결과를 기다리는 며칠 동안 외할머니 집에만 있었다. 햇살은 눈이 부실 정도로 투명했다. 집 앞의 팽나무는 정교한 그림자를 드리웠다. 바람에 흔들리는 커튼을 바라보면 약물에 취한 것처럼 몽롱해졌다. 창 쪽으로 기울어진 잎사귀가 유리창을 간질이는 소리를 들으며 잠이 들었다. 지금까지 지냈던 어느

집보다 아늑하고 평화로운 곳이었다. 이렇게 아름다운 곳이 사라진다고 생각하자 마음이 아팠다.

그녀는 다랑쉬 문화 재단의 '파장, 보이지 않는 흐름'이라는 프로젝트 본선에 선정되었다. 이제 선정 작품을 제작하여 전시하고 반응이 좋으면 선정 작품 중에서 대상을 뽑아 영국 문화 재단의 일 년 장기 레지던시 프로그램에 참여하게 된다. 그녀는 마음이 급해졌다. 선정된 작품 기획에 대해 제작 일정을 짜고 전시 장소인 해오름 뮤지엄을 다시 답사하고 서울로 올라갈 준비를 하고 있을 때 정명지의 메시지를 받았다. 그는 지금도 제주에 있냐고 물었다. 그녀는 내일 서울 가서 당분간 작품 준비를 할 거라고 했다. 정명지는 지금 제주행 비행기를 탈 거라며 두 시간 후에 전화를 달라고 했다. 전화를 하거나 통화를 하고 싶다는 것이 아니라 전화를 달라는 사무적인 표현이 마음에 들지 않았다. 어쨌든 그가 다랑쉬 문화 재단의 프로젝트에 선정되게 힘써 준 것은 다행이었다. 그녀는 정확히 두 시간 후에 전화를 걸었다. 그는 바로 전화를 받았다. 그는 아무 일 없었다는 듯이 다정하게 말했다.

"축하해. 별일 없었지?"

"제주에는 무슨 일로 온 거야?"

"너 보러 왔지."

"거짓말 마."

"아트 앤 컬쳐, 특집 기사 인터뷰가 있어서. 내일 시간 되지?"

"인터뷰가 언젠데?"

"이번에 선정됐으니까 같이 인터뷰를 했으면 해서. 우리 재단이 제주 예술가들을 지원하는 프로그램 내용인데 너도 참석했으면 좋겠어."

"작가는 나만 나와?"

"미디어 소통실에서 몇몇 작가에게 연락하는 것 같던데 아마 제주에서 활동하는 작가도 나올 거야. 지면에 인터뷰 작가 소개도 자세하게 나갈 거니까 꼭 참석하도록 해."

그녀는 프로젝트에 선정되었는데 인터뷰쯤이야 얼마든지 해 주고 싶었다. 정명지에게 내일 참석하겠다고 하고 강경국에게 전화했다. 그는 인터뷰 요청을 받았지만 참석하지 않을 생각이라고 했다. 해외 레지던시 프로그램이 욕심나서 프로젝트에 지원했지만 다랑쉬 문화 재단의 이미지가 좋지 않아 드러내 놓고 자랑할 일은 아니라고 했다. 내막은 잘 모르지만 제주에서 활동하는 작가의 입장에서 느끼는 뭔가가 있는 듯했다.

"나는 참석하기로 했는데, 같이 가면 안 될까?"

"글쎄, 네가 원한다면 생각해 볼게."

"인터뷰 끝나고 작품 얘기 좀 했으면 해서 제작할 때 너에게 도움받을 게 있어서 그래."

"좋아, 그럼 내일 네가 한턱내는 걸로."

그녀는 내일 인터뷰가 끝나면 정명지에게는 인사만 간단히 하고 강경국과 자리를 뜰 생각이었다.

혜원은 다랑쉬 문화 재단이 운영하는 식물원에 들어섰다. 그곳은 서귀포시 오름에 자리 잡고 있어서 날이 좋았다면 한라산이 한눈에 들어왔을 것이다. 인터뷰 장소는 식물원 안에 있는 '정용원' 정원이었다. 지금은 작고한 정명지의 아버지 원동 그룹 회장 정용원은 거주지를 옮길 때마다 자신의 정원을 만들었다고 한다. 구름이 잔뜩 긴 풍경이 온통 흑백 사진 같았고 처음 보는 꽃들이 이상하게 더 선명하게 보였다. 햇살이 강할 때 꽃은 자연과 어우러지지만 흐린 날은 꽃만 한층 돋보이는 모양이었다. 식물원엔 수백여 종의 형형색색의 꽃에서 발산하는 향기가 은은하게 퍼져 있었다. 식물원 안쪽으로 들어가자 정용원 정원은 유리돔 형태로 지어진 건물 안에 있었다.

정용원 정원에 만발한 꽃 중에 황금색 꽃이 유독 도드라져 보였다. 마치 흑백 사진에 형광 물감을 뿌린 것처럼 이질적이었다. 푯말을 보니 그 꽃은 복수초였다. 행복과 장수를 상징한다는 꽃의 향기를 맡아보려고 고개를 숙여 꽃잎에 코를 대보았다. 조화처럼 아무 향기도 나지 않았다. 다시 향기를 맡으려고 길게 호흡할 때 강경국이 나타났다. 그는 식물원을 심드렁하게 둘러보며 말했다.

"야생화가 식물원에 있다는 사실이 놀라워."

"행복하게 오래 살고 싶어서 복수초를 개량했나 봐."

"이 정원의 주인은 제주 4·3 때 학살당했거나 대가 끊겨 땅임자가 없어진 곳을 집어삼켰어. 제주에서 부를 축적한 과정을 보면 기가 막히지."

정명지의 할아버지가 외가의 원수라고 했던 외삼촌의 말이 생각났다.

"원동 그룹에 대해 많이 알고 있나 봐?"

"여기서 활동하다 보니까 자연스럽게 알게 되었어."

정명지와 미디어 소통실 실장 그리고 기자와 사진 기자가 정원의 오솔길을 따라 걸어왔다. 정명지가 죽음의 꽃이 만발한 화단 둘레를 걸어가며 작은 목소리로 실장과 이야기를 주고받았다. 귀를 세우고 따라 걸었더니 그들의 이야기를 간간이 들을 수 있었다. 문화 재단에 안 좋은 일이 생긴 것 같았고 인터뷰를 빨리 끝내려 하는 듯했다. 그때 오솔길을 따라 제임스가 카메라를 들고 천천히 걸어왔다. 그는 산책하는 사람처럼 정명지의 일행과 멀리 떨어져 걸으면서 주변을 촬영했다. 그와 정명지는 어디를 가나 항상 붙어 다니는 모양이었다. 그는 그녀와 눈이 마주치자 손을 들어 간단히 인사하고는 정원을 산책하다 유유히 사라졌다. 제임스를 쳐다보는데 강경국이 그녀에게 물었다.

"아는 사람이야?"

"으응, 이사장님과 아주 가까운 사람 같던데."

"다랑쉬 문화 재단 이사장과?"

"응, 파티에서 본 적이 있는데 항상 같이 다니더라고."

"어떤 파티였는데?"

"이사장님이 몇몇 작가들을 별장으로 초대했었어."

강경국이 그녀를 노려보는데 미디어 소통실 실장이 다가와서 기자에게 그녀와 강경국을 소개했다. 기자는 젊은 사내였다. 단단한 체구였는데 피부가 깨끗하고 볼이 오동통하여 앳되어 보였다. 서로 인사를 나누는 동안 정원을 한 바퀴 돌아 출발점으로 돌아온 정명지가 이제 준비가 됐다는 표정을 지었다. 일행은 식물원 안에 있는 카페테라스로 자리를 옮겨 인터뷰를 시작했다.

"이사장님, 정용원 정원에 자주 오십니까?"

"이 정원은 삼 년 전 제가 문화 예술 공로 훈장을 받은 것을 기념해 만든 것입니다. 할아버지가 아니었으면 아버지가 이곳에 뿌리내리지 못했고 아버지가 다랑쉬 문화 재단을 설립했으므로 할아버지를 기리는 뜻에서 조성했습니다. 애정을 가진 곳인데, 바빠서 한동안 와 보지 못했습니다. 인터뷰 제안을 받고 나서 마침 궁금하기도 해서 이곳에서 보자고 했습니다."

사진 기자가 테이블에서 몇 걸음 뒤로 걸어가더니 카메라로 프레임을 확인하며 자리를 잡았다. 카메라의 셔터 소리가 들리자 정명지의 표정이 한층 부드러워졌다. 그는 할아버지에 대해 조곤조곤하게 공적을 설명했다. 그에게서 그동안 느꼈던 카리스마는 찾아볼 수 없고 다정하고 온화함이 공존하는 이미지였다. 그의 뒤로 황금색 꽃이 펼쳐졌다. 강경국이 그녀의 옆구리를 툭 치며 말했다.

"이사장은 죽음의 꽃과 아주 잘 어울려."

강경국은 사진 기자에게 배경에 황금색 꽃이 나오는 게 싫다며 자리를 옮겨 앉았다. 그녀도 덩달아 자리를 옮겨 사진을 찍었다. 일행은 사진 찍고 나서 커피를 마시면서 담소를 나누었다. 기자가 자신이 작성한 질문지를 꺼내 대충 훑어보고 말했다.

"다 같이 모였으니 순서 없이 자유롭게 진행하겠습니다. 먼저, 이사장님, '파장, 보이지 않는 흐름' 프로젝트가 단순 공모가 아니라 작품을 해외에 소개하려는 예술가 지원 프로젝트라고 알고 있습니다. 먼저 프로젝트의 배경 취지에 대해 말씀해 주십시오."

"사운드 아트는 소리를 배경으로 아니 소리를 중심으로 영상, 오브제 등 다양한 장르를 아우를 수 있는 종합 예술이라고 생각합니다. 아우름은 올해 다랑쉬 문화 재단의 기본 주제입니다. 아우름은 이 시대 창작의 기본 동력입니다. 경계와 형식을 어떤 의도로 붕괴하여 관통시키는 것 이번에 그런 작품의 기획을 제안한 작가들을 선정했습니다. 우리의 프로젝트는 단순히 공모와 지원금으로 끝나는 것이 아니라 영국 문화 재단의 레지던시 프로그램과 연계하여 유럽에 진출하여 세계적인 작가가 될 수 있도록 적극적으로 후원하는 프로그램입니다."

"프로젝트 이름이 '파장, 보이지 않는 흐름'입니다. 이것은 어떤 의미가 있는지 설명해 주십시오.

"이번 프로젝트는 유네스코 등록 유산인 제주도의 아름다움을 널리 알리는 목적도 있습니다. 제주의 아름다운 파장이 널리 퍼지게 하자는 취지입니다. 올해 프로젝트 선정 발표회를 시작으로 제주 소리 지도를 만들어 나갈 겁니다. 소리 지도는 사운드 아트 예술가가 제주의 구석구석을 자기만의 방식으로 기록하고 기억하는 방식입니다. 문화적으로 가치가 있는 곳을 답사하여 소리를 채집하고 기록하고 있습니다. 이 프로젝트는 해마다 다른 예술가가 이어받으면서 계속 이어질 것입니다. 소리 지도를 바탕으로 다양한 예술 콘텐츠를 개발하는 것이 그 목적입니다."

"제주에 설립된 다랑쉬 문화 재단의 정체성은 무엇입니까?"

"우리는 제주의 문화와 예술에만 머물지 않고 예술 발전을 위해 촉매가 될 것입니다. 촉매는 모든 예술 작업에 내재된 본질적인 개념입니다. 예술과 문화를 발전시키되 우리는 변치 않고 자리를 지키면서 예술가들에게 에너지를 제공하는 그런 촉매입니다."

미디어 소통실 실장이 걸려온 전화를 정명지에게 바꿔 주었다. 그는 잠시 양해를 구하고 자리에서 일어나 카페 안으로 들어가서 전화를 받았다.

기자는 정명지 관련 질문을 잠시 접어 두고 그녀와 강경국에게 선정된 작품 기획과 제작 방향에 대해 질문했다. 강경국은 이번 작품을 기획하면서 제주의 바람을 쫓아다니며 기록했다고 했다. 자신이 제주에 처음 왔을 때 한쪽으로 기울어진 팽나무와 돌담을 보고 바람을 느낀 것부터 시작하여 몇 년 동안의 일을 한참 동안 이야기 했다. 그의 이야기는 다시 제주의 바람으로 돌아와서 바람을 찾아내는 것은 보이지 않는 것을 찾는 의미 있는 작업이라고 마무리하는 듯하다가 자신이 제주에 정착한 이유를 다시 강조했다.

"제주에서는 사라지는 것이 너무 많습니다. 사람들의 기억에서 뼈아픈 역사가 사라지고 있습니다. 그런 흔적을 작품에 담아 공감을 통해 복원해야겠다는 생각을 했습니다."

"선정된 작품 기획도 뼈아픈 역사에 관한 애도입니까?"

"제주 4·3을 은유적으로 표현하려고 합니다. 당시 이곳 사람들은 주체 의식이 강하여 지방 분권을 요구했습니다. 당연히 중앙의 권력과 마찰을 빚었고 그 결과 엄청난 희생을 치르게 되었다고 생각합니다. 그런 주체 의식이 예부터 어떻게 태동하였나가 작품의 모티브가 되었습니다."

"제주 4·3을 새롭게 조명한 작품이 어떻게 다가올지 정말 기대됩니다. 다음은 안혜원 작가님, 이번 선정 작품 기획에 대해 말씀해 주세요."

그녀가 말을 하려는데 미디어 소통실 실장이 기자에게 이사장님이 빨리 가셔야 하니 작가들과는 나중에 천천히 이야기하고 이사장님 관련 질문을 마무리하자고 했다. 기자는 알았다며 정명지에게 질문했다.

"다랑쉬 문화 재단에서는 특히 제주에서 활동하는 예술가 지원과 예술인의 복지에 대해 관심이 많은 것 같습니다. 그 점에 대해 이사장님은 어떤 철학을 가지고 계십니까?"

정명지는 잠시 생각을 하다가 미디어 소통실 실장에게 눈짓했다. 그러자 실장이 나섰다.

"예술가 지원 사업에 대해서는 제가 말씀드리겠습니다. 예술가가 모이면 돈 얘기를 하고 자본가가 모이면 예술을 논하는 세상입니다. 거의 모든 예술가는 자신의 창작물만으로 충분히 먹고 살 수 있는 세상을 꿈꿀 것입니다. 꿈을 꾸는 예술인들은 서울과 지방의 격차가 좁혀지지 않고 유명 예술인의 기회 독식으로 무명 예술인이 느끼는 소외감 때문에 힘듭니다. 다랑쉬 문화 재단이 제주에 존재하기 때문에 이곳 예술가들을 우선하여 지원하는 것은 당연합니다. 오늘 참석한 강경국 작가님은 몇 년 전부터 저희 재단의 지역 예술가 지원 프로그램을 적극 활용해서 좋은 작품을 창작하시는 분이십니다. 이처럼 예술인 복지 시스템이 이루어져야 한다고 생각합니다. 예술인이 왜 복지 혜택을 받아야 하는지 묻는다면 예술은 사람들에게 생각지도 못한 행복을 선물할 수 있기 때문입니다. 요즘 사람들은 행복이라는 말에 별다른 감흥을 느끼지 못하고 돈 버는 일에만 관심을 두는 것 같아 안타깝습니다. 예술로부터 뜻밖의 선물을 받은 누군가는 또 다른 이에게 행복을 선물하게 됩니다. 예술을 통해 모두 행복해 질 수 있다고 믿는 것은 우리의 착각일까요."

기자가 질문을 하려는데 미디어 소통실 실장의 스마트폰이 진동했다. 실장이 일어나 옆 테이블로 갔다. 잠시 후 통화를 끝낸 실장이 정명지에게 다가가서 귓속말했다. 순간 정명지의 낯빛이 빨갛게 달아올랐다. 그는 정원에 핀 죽음의 꽃을 바라보며 얼음물 한잔을 마셨다. 정명지가 잠시 골똘히 생각하고 나서 말했다.

"인터뷰는 여기까지 해야겠습니다. 필요한 자료나 추가 질문 답변은 작성해서 전달하겠습니다."

정명지가 벌떡 일어날 때 테이블이 앞으로 밀려나면서 물 컵이 쓰러졌다. 하얀 면 테이블보가 깔려 있었는데도 물은 아래로 흘러 그녀의 바지를 적셨다. 정명지가 떠나자 기자는 그녀의 선정 작품 기획 내용에 관해 질문했다.

"이번 작품 기획의 내용이 삶의 터전이 변화하면서 다양한 사람들이 어떤 소리를 내는가인데요. 예를 들면 어떤 소리가 있을까요?"

"재개발 구역 공사장의 소리가 모티브가 되었어요. 일상에선 소음을 찾고 파괴 현장에서는 안락한 리듬을 찾는 시도를 하고 있어요. 그런 신선한 소리에 영상을 입히고 소리와 영상이 자아 내는 불협화음을 통해 메시지를 전달하고자 합니다.

"소재가 제주에서 벌어지는 재개발 현장인가요?"

"기획할 때는 제주에 한정하지 않고 다양한 지역의 재개발 현 장이 대상이었는데 내용은 일부 수정할 것 같아요."

"그럼, 제주를 집중적으로 다루게 되나요?"

"제주 4·3 유적을 중심으로 전개할 거예요."

"역사적 사건을 어떻게 해석해서 사운드로 형상화할지 궁금 하네요."

"내가 해석한 소리가 과거와 현재를 이어주는 영매가 될 거예 요."

"강경국 작가님과 같은 소재로 접근하시는군요. 나중에 두 분 작품을 비교 감상하는 것도 재미있을 것 같습니다."

"강경국 작가님은 워낙 뛰어나셔서 비교 불가입니다. 저에겐 소리의 매력을 일깨워 준 스승입니다."

"그런데 기획과 작품 제작 내용이 바뀌면 문제가 되지는 않나 요?"

그녀가 답변을 머뭇거리자 강경국이 문을 벌컥 열듯이 대신 답변했다.

"원래 규정에는 내용이 오십 퍼센트 이상 변경되면 다시 절차를 밟아야 한다고 되어 있지만 재단에서 작품의 내용을 하나하나 간섭하지는 않습니다. 발표할 작품 자체보다 그동안의 실적과 앞으로의 발전 가능성을 보는 것 같습니다."

"마지막으로 강경국 작가님께 개인적인 질문 하나 할게요. 예술가들은 각자 자기의 장르가 우수하다고 주장하는 경향이 있는데 사운드는 창작의 수단으로 어떤 점이 매력적이신가요?"

"다양한 장르와 협업을 해봤는데 소리가 가장 사람의 마음을 쉽게 움직이고, 분위기를 지배하기 쉬운 것 같습니다. 그래서 더 어렵기도 하고요. 예를 들면 시각적으로 새로운 것은 사람들이 탄성을 내지르거나 한번 더 생각하려고 하는데 청각은 대번에 어렵다고 느끼고 귀를 닫기 십상이거든요."

"오늘 긴 시간 수고하셨습니다. 또 궁금한 게 있으면 개인적으로 연락해서 질문 드리겠습니다."

인터뷰가 끝나자 죽음의 꽃이 화려해 보였다. 우윳빛보다 투명한 구름이 파란 하늘에 뭉쳐 있었다. 화장실에 다녀온 강경국의 턱 끝에 물방울이 맺혀 있었다. 그녀는 냅킨을 건넸다. 그가 냅킨으로 얼굴을 두드리며 말했다.

"네가 이사장 별장 파티에 갈 정도로 친한 사이였는지 몰랐네."

"친하긴, 일 때문에 간 거였어."

그는 특유의 입술을 굳게 다물고 한쪽 입꼬리를 약간 올리는 미소를 지어 보였다.

"뭐, 친할 수도 있는 거지."

"널 바라보는 눈빛이 예사롭지 않더라."

그녀의 얼굴은 술에 취한 것처럼 불콰해졌다. 그는 그녀를 노려보더니 무릎을 구부려 다리를 포개고 물을 마시고 나서 말했다.

"작품 제작에 관해 물어볼 게 있다며?"

"지금은 철거됐지만 군사 분계선의 대북 확성기를 옮겨 오려고 하는데 너라면 전시장에 수십 개의 스피커를 모아 놓은 오브제의 사운드를 어떻게 연출할 거야?"

"공짜로?"

"뭐가 먹고 싶은데?"

"제주에서 제일 비싼 거로 먹어야지."

"그래, 사 줄게."

"음……. 순간 떠오른 방식은 각 스피커 소리를 작게 하고 전체에서 소리가 나게 하거나, 영역을 설정하여 소리가 산발적으로 나게 하면 재미있을 것 같아."

"디스플레이는?"

"스피커를 오 층 정도로 쌓아서 시각적으로 관객이 보기에도 확성기의 강한 느낌이 들게 하면 어떨까. 마치 백남준의 「다다익선」 같은 느낌으로.”

“돈이 많이 들겠는데.”

“우리 맛있는 거 먹으면서 이야기 하자.”

카페에서 일어나 식물원을 걸어 나올 때 그가 말했다.

“확성기 말이야. 개별 스피커에서 다른 사운드가 나와서 그게 결국 오케스트라처럼 하나의 무언가가 만들어지게 연출하면 멋질 것 같아.”

“기술적인 것을 좀 도와줬으면 좋겠어.”

“그런 건 어렵지 않은데 내용이 문제지.”

“내가 생각한 건 진행되는 어떤 소리에 다른 소리를 삽입하는 방식이었어.”

“예를 들면?”

“영화 필름에 코카콜라 이미지를 간간히 삽입하여 잔상이 남게 했던 그런 광고가 있었대. 내가 확성기를 통해 관객에게 들려주고 싶은 것은 개구리 울음소리거든.”

“개구리 울음에 모든 게 집중되는구나.”

“나를 떠나지 않는 소리지.”

“그건, 여러 방식이 있을 것 같아. 예를 들면 삼십 개의 스피커 중 한 두 개에서 전달하고자 하는 어떤 메시지가 나오게 할 수도 있을 것 같고. 반전 효과를 줘서 소리가 거꾸로 들려서 눈치 채지 못하게 할 수도 있고, 피치를 아주 높거나 낮게 해서 소리를 잘 인식하지 못하지만 그래도 메시지는 들어가게 할 수도 있고."

강경국과 식물원을 산책하는데 그녀의 외삼촌이 안부 전화를 했다. 서울에 올라가기 전에 집에 들렀다 가라는 말과 정명지의 할아버지 정용원이 집어삼켰다는 친척들의 땅 찾기 소송에 대해 말했다. 외삼촌은 현재 등기상의 소유자로 되어 있는 정명지를 상대로 낸 소유권 보존 등기 말소 소송에서 일부 승소 판결이 내려졌다는 것이다. 아마 그것 때문에 낯빛이 빨갛게 달아오른 정명지가 서둘러 인터뷰를 끝내고 사라진 모양이었다. 외삼촌은 그녀에게 일부러 소송 이야기를 장황하게 늘어놓는 것 같았다.

"그만, 그런 얘기는 관심 없어."

외삼촌은 한숨을 쉬고 말했다.

"너무 답답해서 그런다. 그놈의 할아버지 정용원이 오십 년 전부터 나무를 심고 가꾸고 식물원을 만들어온 지금까지의 취득 시효가 인정되어 어쩔 수가 없단다."

"그 사람과 관련된 얘기는 그만해."

"내가 그 얘기를 하려고 전화한 게 아닌데 깜박했구나."

"무슨 일인데?"

"내일모레 잔금 받고 열쇠 넘겨주기로 했다. 괜히 돈 쓰지 말고 집에 있다 올라가라."

"됐어. 친구 작업실에서 며칠 지내다가 서울 올라갈 거야."

그녀는 강경국과 식물원을 한 바퀴 돌고 나오면서 정명지 할아버지 이야기와 자신의 외할아버지 이야기를 해 줬다. 그는 식물원 입구에서 담배를 피워 물었다. 해가 지고 있었다. 담배연기가 어슴푸레한 빛에 잠기는 숲으로 날아갔다. 그는 어슬렁어슬렁 식물원 안내 표지판 앞으로 갔다. 거의 다 피운 담배꽁초를 안내 표지판에 던졌다. 정용원 정원이 표시된 지점에 새빨간 불똥이 튀었다.

자칭 미식가인 강경국이 먹고 싶어 한 것은 초밥이었다. 서귀포에서 제일 유명하다는 초밥집은 늦게 가면 자리가 없다고 해서 서둘러 갔다. 동네의 작은 회전 초밥집을 생각했는데 은은한 나무 소재의 탁자가 디귿으로 설치된 고급스럽고 정갈한 초밥집이었다. 나이가 지긋한 셰프가 강경국에게 알은체했다. 그가 그녀에게 물었다.

"나는 이런 바에 앉아 식사하거나 술을 마시는 게 좋더라. 여기 괜찮아?"

"응, 여기 분위기 좋아."

둘은 먼저 차가운 사케를 시켜서 목을 축였다. 누룩에 절인

무와 생강초절임을 먹어 보았다. 잘 익은 과일처럼 입안에 상큼한 뒷맛이 감돌았다. 이곳에선 코스 요리처럼 음식이 앞에 놓였다. 새우와 표고버섯이 들어간 일본식 계란찜 차완무시가 속을 따뜻하게 해 주었다. 그다음은 전복찜으로 턱의 근육을 풀고 생선회와 본격적으로 사케를 마셨다. 셰프가 서비스라면서 생복회 네 점을 내었다.

"너 여기 엄청 자주 왔나 봐?"

"여기 주방장은 독보적인 기준을 완성한 분이셔."

"돈 없다고 하더니 비싼 거만 먹으러 다니는구나."

강경국은 생선초밥을 젓가락으로 들어 올리며 말했다.

"윤기가 반들반들한 것 좀 봐. 초밥은 밥이 제일 중요해. 쌀의 종류, 씻는 방법, 물의 양, 밥에 들어가는 배합초에 따라 맛은 하늘과 땅 차이거든."

이곳 셰프는 음식을 연출하는 감각이 예술적이었다. 조개껍데기를 그릇처럼 활용한 초밥이 먹기 아까워 바라보고 있는데 정명지로부터 전화가 왔다. 그녀는 가게 밖으로 나가 전화를 받았다.

"바쁜 것 같던데 웬일이야?"

"웬일이라니 이제 볼일 없는 건가? 지금 어디에 있어?"

"친구랑 술 한잔하고 있어."

"만나고 싶어서, 만나자, 여긴 성산 일출봉 부근이야, 여기로 와."

그의 목소리에 취기가 돌았다. 그를 잘 달래기로 했다.

"오늘은 친구랑 한잔하고 있어서 곤란해."

"친구와 간단히 마시고 넘어와. 기다릴 테니까."

"오늘은 안 된다니까."

그는 숨을 가다듬었다. 뜨거운 입김이 귓전에 와 닿는 것 같았다.

"네가 원하는 게 있으면 당장 내놓으라고 난리를 치면서 내 부탁은 무시하는 건가?"

"느닷없이 달려오라고 하면 어떡해."

"내가 그 정도 요구할 자격은 되는 것 같은데."

그는 술을 들이켜는 것 같았다. 그녀는 잠시 침묵이 흐르는 동안 그가 최종 심사에 관여할지는 모르지만 영향력을 발휘할 수 있을 것이라는 생각이 들었다.

"알았어. 아홉 시쯤 출발할게."

그는 문자로 주소를 보냈다. 그녀가 초밥집으로 들어가니 어느새 빈자리가 없고 손님이 가득 차 있었다. 그녀가 통화하러 나갈 때의 초밥이 그대로 있었다. 그녀는 사케를 마시고 초밥을 입에 넣었다. 초밥은 마르지 않고 촉촉했다. 강경국의 얼굴이 불콰해져 있었다. 그가 그녀의 잔에 사케를 채웠다.

"애인한테 전화 왔나 보지. 뭘 나가서 전화를 받고 그래."

"애인은 무슨, 애인……. 건배해."

그녀는 살짝 삐친 강경국을 보니 끝까지 못 간다고 할 걸 하는 후회가 들었다. 외삼촌의 말대로 그의 땅이 조금이라도 날아가게 되었다면 자신에게 스트레스를 풀 것이다. 그녀는 오늘 정명지와 밤을 보내기는 싫었다. 강경국과는 술을 적당히 마시고 정명지를 만나서는 빨리 취하게 만들어 재우고 호텔에서 나올 계획을 세웠다. 그녀는 강경국이 술을 따르고 다시 건배했지만 술잔만 살짝 기울이고 내려놓았다. 그러자 강경국이 다시 잔을 부딪쳤다.

"쭉 마셔."

강경국의 뻘건 얼굴을 보자 적당히 취해서 정명지에게 가는 것도 괜찮을 것 같았다. 그녀는 잔을 비웠다. 얼굴이 달아올랐다. 술을 따르고 바로 한 잔 더 마셨다. 맨정신으로는 정명지를 의식한 교성이 나오지 않을 듯했다. 정명지는 그녀의 교성을 들으면 흥분이 극에 달한다며 스마트폰으로 녹음한 적도 있었다. 그동안 그를 위해 교성을 증폭했다. 교성을 연기하던 자신의 모습을 떠올리다가 피식 웃고 말았다.

"뭐가 그렇게 좋아?"

"좋은 게 아니라 내가 우스워서 그래."

"뭐, 내가 우습다고?"

"너, 사케 몇 잔에 취한 것 같다."

"네가 취한 것 같다."

"이젠 그러지 말고 벗어나야 하는데, 벗어나지 못하는 내가 우스워서 그런다."

"무슨 소릴 하는 거야?"

"술이나 마셔."

옆에서 술을 마시는 손님들의 웃음소리가 커졌다. 강경국이 스마트폰을 꺼내서 이어폰을 끼우고 그녀에게 건넸다.

"물북소리를 녹음했어. 기쁜 소식을 알리는 물북소리와 위험을 알리는 물북소리와 어슴푸레한 물북소리와 또렷한 물북소리의 대비로 음악을 만들어 봤어."

물북소리였다. 가깝고 먼 울림이 교차되면서 줄타기를 하는 듯한 긴장감이 흘렀다.

"이게 그 물북소리야?"

"여러 가지 북소리가 섞인 거야."

"작품에 사용할 거야?"

"아니 뭔가 시작할 때, 의지를 다질 때 듣는 배경 음악이야."

언젠가 정명지가 섹스할 때 들으면 분위기가 잘 잡히고 집중이 잘 된다는 음악이 있었다. 그녀는 그게 무엇이었는지 생각나지 않았다. 오늘 밤은 그런 음악을 틀어 주고 교성은 생략하고 싶었다. 강경국은 어떤 취향인지 궁금해졌다. 그녀는 술잔을 비우고 그에게 물었다.

"너는 섹스할 때 배경 음악이 있으면 좋니?"

"클래식, 재즈, 아냐 다 필요 없어. 여자의 숨넘어가는 목소리."

"여자들은 남자의 교성을 좋아할 것 같지 않은데 남자들은 여자의 교성을 좋아하나 봐."

"오늘 분위기 좋은 데로 가 볼까?"

"섹스의 단계에 알맞은 음악을 설정해 놓는 것도 재미있을 것 같아. 전희에 맞는 음악 서서히 고조될 때의 음악, 절정을 이룰 때의 음악, 후희에 어울리는 음악."

"오늘은 어떤 음악을 깔고 해 볼까?"

"오늘은 별로 당기지 않는데."

정명지가 그녀에게 보고 싶다는 문자 메시지를 보냈다. 그녀는 조금 더 지체할 생각으로 이야기의 화제를 자신의 작품으로 바꿨다. 작품의 중요한 설치물인 확성기와 개구리 울음소리의 연출에 대해 이야기를 나누었다.

초밥집에서 나와 수제 맥줏집으로 가려던 강경국은 그녀가 가 봐야 할 곳이 있다고 하자 무척 서운한 표정이었다.

"애인, 맞구나?"

"아니야 외삼촌이 집에 좀 들르라고 해서."

"확성기, 스피커 얘길 더 해야 하는데."

"오늘만 날인가, 여기 또 한번 오자."

그녀는 강경국을 먼저 택시에 태워 보내려고 했는데 그는 친구를 불렀다고 했다. 친구 집에 가서 한잔 더 할 생각인 것 같았다. 택시를 잡으려고 큰길가로 걸어가는데 파도 소리가 들렸다. 이곳은 바닷가와 멀지 않은 곳이었다. 파도 소리를 듣다가 작곡가처럼 파도 소리와 개구리 울음소리를 합성해서 즉흥곡을 만들어 허밍으로 발성했다. 들릴 듯 말 듯 작게 시작하는 하나의 멜로디, 하나의 박자 하나의 가락이 겹쳐지면서 파도가 높이 이는 것처럼 고조된다. 그러나 거센 파도는 바위 앞에 산산이 부서져 버렸다.

정명지는 호텔에 있다가 성산 초등학교 부근 고깃집으로 갈 거라며 혜원에게 주소를 보냈다. 얼마 전 유적 답사하러 둘러본 지역이었다. 그녀는 고깃집을 찾아 들어가기 전에 주변을 다시 둘러보았다. 고문에 견디지 못하고 까무러치는 비명이 끊이지 않았던 성산 초등학교 옛터에는 당시 악명 높은 서북 청년회를 중심으로 구성된 특별 중대가 약 삼 개월 정도 주둔했던 곳이다. 많은 사람의 비명이 아직도 이곳을 맴돌고 있는 것 같았다. 그녀는 성산 앞바다를 멀리 바라봤다. 밤바다의 무심한 물결은 그때를 잊은 것 같았다. 이곳은 주민들이 끌려가 감자 공장 창고에 수감됐다가 총살당했던 학살 터였다. 꿈틀거리는 시신을 향해서도 계속 쏘아 대던 총소리를 상상해 보면서 비극적 상황을 어떻게 예술적으로 포장하면 좋을지 생각했다.

달빛이 아름다웠다. 달을 자꾸 쳐다보며 걸었다. 달빛을 받은 한적한 길이 아름다웠다. 그동안 세상에 푹 빠져 허우적거리느라 아름다움을 느끼지 못하고 살아온 것 같았다. 달에 취해 길을 잃은 것 같아서 주위를 둘러보니 골목이 출렁이는 듯했다. 위치를 검색하려고 스마트폰을 꺼냈다. 배터리 잔량 표시가 빨간색이었다. 비상 상황이 발생했을 때를 대비해서 배터리를 아껴 두고 자신의 감각을 믿어 보기로 했다. 그녀는 다시 돌아 나갈까 하다가 계속 가면 큰길이 나올 것 같아서 계속 걸었다. 누군가 자신을 따라오는 것 같아 천천히 뒤를 돌아보았다. 담벼락에 비친 그림자를 보니 자신 같기도 하고 자신이 아닌 것 같기도 했다. 치한이 따라오는 게 아닐까. 경찰에 전화할까. 그래서 경찰이 출동하면 치한은 사라졌는데 또 나타날지 모르니 목적지까지 데려다 달라고 해 볼까. 그런 용기는 나지 않았다. 걷다가 무슨 소리가 나면 바로 뒤를 돌아보았다. 조심스럽게 자신의 뒤를 밟는 존재에 소름이 돋았다. 골목을 빠져나와 계속 걸었다.

오토바이가 가로등 불빛 때문에 생긴 그림자를 밟고 다가왔다. 헬멧을 쓰고 뒤에 앉은 사내가 그녀를 돌아보는 순간 오토바이는 요란한 폭발음을 내면서 사라졌다. 순간 정신이 혼미해져서 오토바이를 잘 인식하지 못했다. 그녀는 오토바이가 다시 나타날까 봐 겁이 났지만 태연하게 걸었다. 걸음을 재촉해서 사거리를 지나자 벌판으로 이어졌다. 귀뚜라미 울음소리가 정겹게 들렸다. 최근에 잡초 정리를 했는지 바닥에 베어진 잡풀이 어지럽게 흩어져 있었다. 쌉쌀한 풀 냄새가 바람을 타고 날아왔다. 조금 더 걸어가자 물비린내도 났다. 연못에 떠 있는 물풀 냄새 같았다. 그렇게 풀 냄새를 맡으며 계속 걷다 보니 풀 냄새가 사라지고 저 멀리 주택의 불빛이 보여서 안심이 되었다.

벌판은 끝나고 세 갈래의 골목이 나타났다. 첫 번째 골목의 입구에는 고목이 장군처럼 서 있어서 동양적인 분위기였다. 두 번째 골목의 입구는 나무 울타리가 길게 이어지고 넝쿨장미가 어우러져 있어서 서양적인 분위기였다. 벌판의 가장자리 세 번째 골목의 입구에선 희뿌연 빛이 나오고 있었다. 세 갈래의 골목이 시작되는 지점에서 마을의 불빛을 바라보고 나서 길을 결정했다. 세 번째 골목이 지름길일 거라는 생각이 들었다. 세 번째 골목으로 들어서는 순간 눈앞에 한기를 머금은 하얀 덩어리들이 나타나 뛰어 다녔다. 멀리서 개구리 울음소리가 났다. 다리가 후들거렸다. 발소리가 났다. 누군가 자신을 잡으려고 달려오는 것 같았다. 그녀는 어지러워서 주저앉고 말았다. 꿈을 꾸는 것 같았다. 사람들이 스쳐지나가는 동안 그녀는 꼼짝할 수 없었다.

정신이 들었을 때 팔다리를 조금씩 움직여 보았다. 온몸에 힘이 빠져 일어나지 못했다. 바닥에 누워 그물에 걸린 물고기처럼 몸부림치다가 겨우 일어나 핸드백을 챙겼다. 그녀는 불빛을 바라보며 걸었다. 길이 출렁거렸다. 불빛이 가까워지자 마을로 가는 길목이 보였다.

힘들게 찾아간 고깃집엔 제임스도 같이 있었다. 그는 그녀를 보자 반갑게 손을 흔들어 주었다. 그녀는 그를 보고 가볍게 고개를 끄덕여 주었다. 정명지는 저녁을 안 먹어 배가 고프다면서 소갈비를 게걸스럽게 뜯고 있었다. 드럼통으로 만든 화로 테이블은 원형이었고 의자는 없었다. 서서 먹는 고깃집이었다. 가게는 작았지만 원형 테이블에 여섯 사람은 거뜬히 달라붙어 오십 명 정도가 고기를 구워 먹고 있었다. 왁자지껄한 소리에 말소리가 잘 들리지 않아 악을 쓰듯이 말해야 했다. 정명지가 그녀의 잔에 소주를 따르고 고기를 권했다.

"먹어 봐, 입안에서 살살 녹아."

"많이 드세요. 저녁을 많이 먹어서 별로."

정명지는 며칠 굶었던 것처럼 고기를 먹었고 제임스는 고기를 잘게 잘라 한 점씩 음미하듯 먹었다. 정명지가 소주잔을 들고 말했다.

"제임스와 내가 투자한 호텔이 들어설 자리를 보고 서귀포로 가서 말을 타다 왔어. 제임스는 승마 실력이 대단해."

"급한 일이 있던 것 같았는데 그게 말 타는 거였어?"

"너 다른 사람하고 있을 땐 존댓말 좀 쓰면 안 되냐?"

"뭐 어때, 제임스도 우리 사이 알 거 아냐?"

제임스가 그녀를 보고 웃었다. 정명지가 소주잔을 비우고 말했다.

"골치 아픈 일이 있었지 그래서 스트레스 좀 풀고 왔지."

내부 철거를 끝낸 점포처럼 아무런 마감이 없는 고깃집이었다. 이곳은 성산동 초등학교의 옛 건물 일부였다. 블록 공장 창고로 이용하다가 몇 년 전에 고깃집이 되었다. 멀쩡한 것은 유리창인데 활짝 열고 영업을 하니 있으나마나 했다. 고깃집인데 손님 회전이 빨랐다. 비싼 한우 쇠갈비는 숯불에 빨리 익었다. 서서 먹어서 맛이 더 좋은지 테이블마다 살점 하나 없이 발라먹고 남은 하얀 뼈가 금방 쌓였다. 메뉴는 한 가지 양념갈비 구이였다. 밑반찬도 단출했다. 마늘, 풋고추, 고추장, 양념 소스가 전부였다. 실내에는 숯불에 익는 갈비가 내뿜는 매캐한 연기가 자욱했다. 연기는 기본양념이었다. 정명지는 연신 손부채질을 하며 갈비를 뜯었다.

"내년엔 제임스 고향 집에 가서 말을 타기로 했어."

"이사장님이 말을 좋아하는지 몰랐네."

"제주도에 승마 클럽을 만들려고 했는데 땅이 문제가 돼서 무산됐어."

정명지는 속이 타는지 소주를 연거푸 마셨다. 제임스가 정명지의 어깨를 툭 치더니 자신의 목장에 와서 말을 실컷 타라고 정명지를 위로했다. 이야기 화제는 제임스의 콜로라도 목장으로 이어졌다. 그녀는 제임스에게 어떻게 돈을 벌어 대목장을 소유하게 되었는지 물어보았다. 제임스는 말이 없었고 정명지가 대신 이야기 했다.

"대목장은 대대로 물려받은 것이야. 제임스의 선조는 건국 공신이지."

제임스가 어깨를 으쓱거리며 힘을 줬다. 정명지는 이야기를 이어나갔다. 감리교 목사 출신의 제임스의 선조가 콜로라도 방위군 지역 사령관이었을 당시 그가 하나님 왕국을 건설하기 위해 인디언을 몰아냈던 전투 장면을 마치 자기가 겪은 일처럼 실감 나게 이야기했다. 그녀는 그가 선조들이 인디언을 학살하고 땅을 차지한 역사를 자랑스러워하는 것 같아 최근 기사로 발표된 연구 논문에 대해 제임스와 눈을 마주치며 말했다.

"십육칠 세기 소빙하기 원인이 뭔 줄 아세요? 유럽인들의 아메리카인 대학살과 유럽에서 넘어온 전염병으로 원주민 인구 구십 퍼센트가 줄어든 바람에 경작지가 감소했고 이산화탄소가 줄어 기후 변화가 생긴 거래요."

정명지가 술잔을 내려놓으며 말했다.

"그게 근거가 있는 이야기야?"

"그럼요, 제임스가 잘 못 알아들은 것 같으니까 통역 좀 해 줘."

제임스가 무슨 말을 하나 기다리는데 정명지가 소주 한 병을 더 시키더니 잔을 전부 채웠다.

"제임스, 건배하지 우리 우정과 그리고 작가님의 프로젝트 선정을 축하!"

소주잔의 소주에는 기름이 떠 있었다. 정명지는 소주잔을 비웠고 제임스와 그녀는 소주잔에 입만 댔다 내려놓았다.

"제임스, 한국이 좋은가요? 두 분의 우정이 돈독해도 이렇게 오래 체류하면서 이사장님을 도와주기 쉽지 않을 텐데요?"

제임스는 연기를 피해 뒤로 물러서서 눈을 찌푸렸다. 정명지가 집게로 고기를 뒤집었다. 고기가 반쯤 새카맣게 타들어가 있었다. 정명지가 가위로 탄 부분을 잘라내며 말했다.

"제임스는 우리나라를 사랑하지. 집안 대대로 우리나라를 위해 일했어. 돌아가신 제임스 하우스만 할아버지는 맥아더 장군을 따라 서울에 들어와 이승만 대통령 고문을 시작으로 1980년대까지 이 땅의 자유 민주주의를 위해 헌신하신 분이지."

할아버지가 우리나라 현대사에 공헌했다는 이야기를 정명지가 꺼내자 제임스는 속내를 가늠할 수 없는 미소를 지었다. 정명지가 빈 소주잔을 들어 보였다. 그녀는 그의 잔을 채웠다.

손님들이 빠져나가면서 술집의 소음도 잠잠해졌다. 정명지가 그녀의 어깨를 툭 치면서 말했다.

"제임스는 우리나라 작가들을 미국에 소개하는 사업을 추진하고 있어. 무슨 말인지 알지?"

"아주 훌륭한 일을 하시네요."

정명지가 그녀의 허리에 팔을 둘러 끌어당겼다. 그녀가 그의 손을 잡아 내리자 그는 그녀의 어깨를 감싸 안았다. 그녀는 잔을 비우고 말했다.

"다 드셨으면 그만 나갈까요?"

고깃집 입구에서 재킷을 벗어들고 섬유 탈취제를 뿌렸지만 고기 냄새는 그대로였다. 다시 섬유 탈취제를 뿌리고 재킷을 허공에 터는데 제임스가 재미있다는 표정으로 그녀를 봤다. 뭔가 끈끈하게 달라붙은 느낌이었다. 계산하고 나온 정명지가 그녀와 제임스의 팔짱을 끼며 말했다.

"목이 컬컬한 데 맥주 한잔 어때?"

택시를 타고 간 곳은 정명지가 묵고 있는 중문 호텔 근처 바였다. 중앙에 사각형 바가 있었고 실내는 어두웠다. 작은 테이블마다 작은 장식 조명이 희미하게 발광했다. 손님이 많아서 작은 박스에 들어온 느낌이 들었다. 바에 서서 잔을 기울이는 손님들은 활짝 핀 꽃에 잔뜩 달라붙은 진드기 같았다. 혼자 온 손님들이 많았는데 자연스럽게 옆 손님과 이야기를 나누면서 술을 마셨다. 경계가 풀어져 편안해 보이는 광경은 관광지이기에 볼 수 있는 모습 같았다. 바는 자리가 없어 테이블에 자리 잡고 그녀는 마티니를 정명지와 제임스는 맥주를 주문했다. 마티니를 한 모금 마시자 취기가 올라왔다. 제임스는 발포 비타민 같은 것을 물에 넣었다. 노랑 알약이 기포를 내면서 녹는 것을 보자 이번에는 갈증과 피로가 몰려왔다. 그녀가 노랑 알약을 쳐다보자 제임스는 알약을 꺼내서 정명지와 그녀에게 하나씩 건넸는데 그녀의 것은 주황색이었다.

"내 것은 오렌지 맛인가요?"

"피로가 풀리고 예뻐지는 약입니다."

주황색 알약을 물컵에 넣고 녹기를 기다리는데 정명지가 그녀의 물컵을 가로채려고 했다.

"나도 예뻐지고 싶어."

제임스가 웃으면서 정명지를 말렸다. 셋은 알약이 녹은 물로 건배했다. 그녀는 마티니를 한 잔 더 마셨다. 정명지가 자기 컵을 들어 흔들면서 말했다.

"이 위스키는 향이 진해서 좋아."

유리잔 속에서 달그락거리는 얼음덩어리가 점점 커졌다 작아졌다. 정명지가 고개를 들이밀고 그녀의 머리카락 냄새를 맡았다. 제임스가 그녀를 바라보며 웃었다. 그녀는 어깨로 정명지를 밀쳐 버렸다. 그녀는 취기가 더 올라 정신이 몽롱해졌다. 더는 술을 시키지 않겠다고 마음먹고 잔을 기울였다. 거의 빈 잔이었다. 머리를 뒤로 젖히고 입을 벌렸다. 한두 방울이 굴러들어 왔다. 혀를 내밀어 잔을 날름거리며 내려놓는데 정명지가 그녀에게 키스했다. 그녀는 입술 감촉이 이상했다. 몸이 팽팽히 긴장되었다가 다시 몽롱한 상태가 되었다. 칵테일 잔을 내려놓는데 생각지도 않게 큰소리가 났다.

"바람 좀 쐬야겠어."

그녀가 밖으로 나가려고 일어나자 제임스가 정명지 옆으로 넘어와 정명지의 목에 팔을 두르고 키스했다. 그녀는 나가려다 말고 키스하는 장면을 관찰했다. 둘은 볼이 홀쭉해지도록 입술을 빨았다. 그녀는 테이블의 장식 조명을 들어 두 사람의 얼굴을 비추면서 말했다.

"어쩐지 두 사람 분위기가 끈적끈적하더라."

그녀는 바에서 나와 공원 벤치를 향해 휘청거리며 갈지자로 걸었다. 부드러운 이끼를 밟는 기분이었다. 벤치에 앉았는데 자신도 모르게 몸이 늘어지면서 벤치에 누웠다. 하늘엔 설탕 알갱이 같은 별들이 뿌려져 있었다. 잠시 후 그녀를 내려다보는 두 사람의 얼굴이 별들을 가렸다.

"난 여기서 술 좀 깨고 가야겠어."

그녀는 눈꺼풀이 내려앉는다. 제임스가 속삭이는 소리가 들린다. 그것은 치밀하게 지시를 내리는 말투다. 누가 자신을 들쳐 업으려고 한다. 그녀는 뭔가에 맞은 느낌이다. 정신은 희미하게 살아있지만 몸은 자기 의지대로 움직이지 않는다. 허연 덩어리들이 나타나 주위를 맴돈다. 개구리 울음소리가 난다. 그녀는 물에 빠져 허우적거리듯이 몸부림친다. 몸에 불이 난 듯 뜨겁다.

누군가에게 업혀 호텔로 가는데 웅얼거림 웃음소리가 얽혀 있다. 누가 웃으면서 스마트폰으로 발버둥 치는 자신의 모습을 촬영하는 것 같다. 그녀는 침대에 뻗는다. 손이 안으로 미끄러져 들어온다. 몽롱한 상태라 사내를 밀어내고 비명을 질렀는데 비명이 제대로 나왔는지 알 수 없다. 그녀는 문어처럼 흐느적거린다. 무슨 일이 일어나고 있는지 이게 무슨 상황인지 알 수 없다. 누군가 자신을 내려다본다. 그는 아주 진지한 표정으로 스마트폰으로 그녀를 촬영한다. 마치 확대경을 들고 잡은 벌레를 관찰하는 것 같다. 그녀는 뒤집힌 벌레처럼 버둥거릴수록 정신이 혼미해지고 숨이 차오른다. 눈이 뜨거워진다. 머리에 몰린 피가 눈을 통해 뿜어져 나올 것 같다. 온몸이 땀으로 범벅된다. 땀이 한바탕 쏟아져 나오자 몸이 떨린다. 떨리는 손을 올리면 그가 얼른 잡아 내린다. 몸을 꼬아 옆으로 돌리면 그가 잡아당긴다. 그녀는 침대에서 물에 빠진 것처럼 허우적거린다.

그녀는 심장이 마치 온몸에서 뛰는 듯하다. 그가 들고 있는 스마트폰이 날이 선 칼처럼 번득거린다. 공포의 전율이 머리끝에서 발끝까지 지나가자 수치감이 모여든다. 그녀의 몸이 발작하듯이 뒤틀린다. 그녀는 도살당하는 돼지처럼 경련한다. 누군가 그녀를 누르고 또 누가 다가와서 스마트폰을 들이댄다.

"변태 새끼들 다 죽여 버릴 거야!"

누군가 그녀의 얼굴에 베개를 덮는다. 그녀는 깜깜한 바다에 빠진 것처럼 발버둥 친다. 누군지 모르지만 칼을 꽂듯이 그녀의 몸으로 들어간다. 불이 온몸으로 번진다. 타들어 가는 고통에 몸부림치자 베개가 옆으로 떨어진다. 그녀는 불빛에 앞이 제대로 보이지 않는다. 불빛을 피해 고개를 돌린다. 꿈틀거리는 그림자 때문에 벽이 살아 있는 것 같다. 그림자는 하나였다가 두 개였다가 그녀는 초점이 맞지 않은 영상을 보다가 정신을 잃는다.

　혜원이 아침에 일어났을 때 정명지는 옆에서 자고 있었다. 그녀는 머리가 쪼개질 듯이 아팠다. 악몽이었을까. 악몽이길 바라면서 그를 당장 깨워 어젯밤 있었던 일에 관해 물었다. 눈을 반쯤 뜬 그가 협탁에 벗어둔 손목시계를 보며 말했다.

　"오전에 약속이 있는데 깨워 줘서 고마워."

　그녀는 이불을 끌어당겨 가슴을 덮고 말했다.

　"어제 어떻게 된 거야?"

　"네가 술 마시고 뻗은 건 처음 봤다."

　"내가 어디서 정신을 잃은 거야?"

　"바에서 위스키 마시고. 내가 그만 마시라고 했는데 기어코 마시더니."

　"그래서?"

　"그래서라니. 제임스는 바에 있다가 일찍 들어가서 너를 업고 호텔까지 오느라 얼마나 힘들었는데."

"어제 나한테 이상한 약을 먹인 거지?"

"약? 무슨 약?"

정명지는 무슨 소리를 하는 거냐는 표정을 지었다.

"제임스가 나에게 비타민 같은 약을 줬잖아?"

"우리 다 같이 물에 타 마셨잖아."

"내 것은 색깔이 달랐어."

"색깔만 다르지 다 같은 거야. 피로할 때 가끔 얻어먹는 비타
민이라고."

정명지는 얼굴색 하나 변하지 않고 시치미를 뗐다.

"변태 새끼들 미리 다 계획한 거지?"

"변태?"

"나를 서로 번갈아 가며 강간하고 제임스는 동영상을 찍었
어."

"말조심해. 제임스는 너를 여기다 내려놓고 맥주 한 캔 마시
고 갔어."

"내가 집에 쳐들어간다고 했을 때부터 복수할 생각을 하고 있
었지?"

"네가 술이 아직 덜 깼구나. 비싼 양주만 잘도 처먹더니."

"정신이 멀쩡했어. 어제 일을 다 기억하고 있어."

"나도 기억난다. 네가 제임스를 바라보는 그윽한 눈빛."

"그건 분명 마약 같은 것이었어."

"넌 앙큼한 년이야. 제임스가 우리나라 작가들을 미국에 소개하는 사업을 추진한다고 했더니 바로 작업에 들어갈 줄이야."

그녀는 시트를 끌어당겨 몸을 감싸면서 일어났다.

"말도 안 돼……. 어젯밤에 일어난 일을 똑똑히 기억한다니까!"

정명지가 일어나 그녀에게 얼굴을 들이대고 말했다.

"매력 발산을 확실히 하던걸. 내가 질투가 나서 술을 엄청 마셨지."

정명지가 혀를 끌끌 차더니 벗은 몸으로 그녀를 톡치고 지나갔다. 그의 늘어진 뱃살이 그녀의 옆구리를 스쳤다. 그녀는 역겨워 그를 쳐다보고 싶지 않았지만 눈을 뗄 수가 없었다. 분노와 수치심이 깊은 곳에서 울컥 올라왔다. 그녀가 떨리는 목소리로 물었다.

"땅 때문에 나에게 복수를 한 거야?"

"알 수 없는 헛소리만 내는군."

"네 땅이 날아가게 생겼다고 들었어."

"날아가지도 않을 뿐더러 날아가 봤자 얼마나 된다고."

"너희 할아버지가 훔쳐간 땅이라고 들었어."

"먼저 씻을게."

그가 화장실에 들어갔을 때 그녀는 옷을 주섬주섬 입고 호텔

방을 나왔다. 제임스는 호텔 로비 창가에 앉아 커피를 마시고 있었다. 아침 햇살에 비친 피부는 투명에 가까운 분홍색이었는데 배가 터지도록 피를 빨아먹고 나서 벽에 달라붙어 쉬고 있는 모기 같았다. 제임스는 정명지의 피를 빨아먹고 산다. 정명지는 제임스에게 피를 내주기 위해 몸집을 불린다. 그녀는 제임스와 눈이 마주치는 순간 바로 고개를 돌리고 호텔을 빠져나왔다.

그녀는 숙소로 돌아와 욕조에 물을 받고 머리카락을 틀어 올리고 거울을 봤다. 거울 속 여자는 자신이 아닌 것 같았다. 얼굴을 더듬어가며 일그러진 자기 모습을 감상했다. 거울 속에서 튀어나올 듯이 자신을 노려보는 뻥 뚫린 동공은 카메라 렌즈 같았다. 욕조에 들어가 몸을 불린 다음 어제 기억을 씻어 내듯이 때를 벗기는데 무성 기록 영화의 영상이 떠올랐다. 그녀는 아무리 생각해도 흑백 무성 필름 영상을 어디서 봤는지 기억이 나지 않았다. 어렴풋이 떠오른 내용은 제주 현지 상황과 미군정, 경찰의 토벌 모습을 담은 내용이었다.

온몸이 벌겋게 변하도록 때를 벗겨도 개운하지 않았다. 그녀는 샤워를 하고 나와서 침대에 쓰러졌다. 머리가 터질 듯이 아팠다. 아무리 생각해도 어젯밤 이상한 약을 먹은 것은 분명했다. 한참을 그렇게 머리를 쥐어뜯다가 정신을 차렸다. 정명지에게 전화했다. 그는 전화를 받지 않았다. 그녀는 자신이 할 수 있는 복수 방법을 생각하는데 잘 떠오르지 않았다.

제4부

개구리 울음소리

혜원은 하루 동안 멍하게 호텔에만 있었다. 다음 날 몸과 마음을 정화하고 싶었다. 그녀는 강경국의 작업실에서 피요테 의식을 거행했다. 인디언들이 사용했다는 선인장에서 채취한 피요테는 구할 수 없어서 대신 빈속에 위스키와 맥주로 폭탄주를 만들어 연거푸 마시고 철제 캐비닛에 들어갔다. 그녀는 바닥에 쪼그리고 앉아 래틀을 흔들었고 강경국은 상자를 깔고 앉아 물북을 두드렸다. 둘의 피요테 의식은 추상 표현주의 회화 작업 같았다. 그가 하얀 캔버스에 물감을 뿌리면 그녀가 그 위에 물감을 뿌려 색색의 선이 겹겹이 씌워져 추상 세계가 드러날 것 같았다. 또한 물북과 방울 소리에 취해 가는 과정은 가학적이고 고통이 따르는 시간이겠지만 고통스런 고비를 넘으면 겹겹이 싸여 있던 틀이 해체되고 환상이 펼쳐질 것 같았다.

물북소리가 점점 커졌다. 그녀는 방울을 흔들어 댔다. 방울을 흔들어 대면서 몰입하려 했는데 잘 되지 않았다. 가슴이 답답해졌다. 강경국의 떨리는 몸이 자기 살갗을 스칠 때마다 그녀는 소름이 돋았다. 그와 같이 의식을 거행하면 더 잘될 것 같았는데 아니었다.

"잠깐만, 몰입이 되지 않아."

"조금 더 집중해 봐."

"아니야, 이건 아닌 것 같아."

"그럼 다음에 하자."

"저번처럼 혼자 해 볼게."

강경국이 철제 캐비닛에서 나가고 그녀는 북채를 잡았다. 캐비닛 문이 닫혔다. 암흑 속에서 잠시 숨을 가다듬고 물북을 두드리기 시작했다. 물북소리가 커졌다. 심장이 터질 듯이 울렸다. 온몸이 울리는 심장의 방망이질에 아무런 감각이 없어지고 몸이 가벼워졌다. 바람을 타고 평원을 날아갔다. 들판에 사뿐히 내려앉자 영상이 점점 선명해졌다.

언젠가 봤던 영화 장면과 자료에서 읽었던 장면이 영상으로 재생되는 것 같았다. 아직 동이 트지 않은 새벽이다. 수백 명의 병력이 요새를 빠져나가기 시작한다. 백인과 인디언 혼혈 안내자가 선두에서 길을 안내한다. 한참을 달려 도착한 곳은 인디언 캠프다. 미군 대령이 언덕에서 깊은 잠에 들어 있는 인디언 캠프를 망원경으로 살펴본다. 대령이 공격 명령을 내린다. 북소리가 더 커진다. 공격 나팔이 울린다. 언덕 밑에 숨어 있던 군대는 총을 쏘며 진격한다. 자다 일어난 수백 명 인디언이 달아나기 시작한다. 젊은 남자들은 거의 다 사냥을 나가고 없다. 노인과 부녀자 그리고 어린아이가 대부분이다. 군인들은 달아나다 시체에 걸려 넘어진 어린아이에게도 총을 쏜다. 북소리에 고막이 터질 것 같다. 그녀는 북채를 내려놓고 북소리를 멈추려고 손을 휘휘 저어 본다. 북을 두드리지도 않는데 북은 계속 울린다. 인디언 캠프는 전멸이다. 일부 미군들은 시신에서 전리품을 챙긴다. 남녀를 가리지 않고 시신에서 성기를 도려내어 늘어놓거나 모자에 장식품으로 꽂고 말안장에 걸친다. 미군의 사상자도 수십 명이다. 수백 명의 병력이 새벽에 무방비로 잠에서 덜 깨어난 인디언에게 무차별적으로 총격을 가했음에도 미군의 사상자가 난 것은 미군들이 행군 도중 술을 많이 마셔 저희끼리 총을 쏴댄 탓이다. 군인들이 성기를 목에 걸고 그녀에게 달려온다. 그녀는 비명을 지르다 정신을 잃는다.

아침에 눈을 떴을 때 그녀는 침대에 강경국과 누워 있었다. 포근한 침대가 숙취 때문에 늪처럼 여겨졌다. 그녀는 몸을 일으켰다. 그의 자는 표정이 평화로워 보였다. 같이 폭탄주를 마셨는데 그는 멀쩡해 보였다. 그녀가 그를 한참 바라보고 있자 그가 눈을 가늘게 뜨고 의아한 표정으로 그녀를 보았다. 그녀는 돌아누워 이불을 끌어당겼다. 그가 그녀의 어깨를 어루만지며 말했다.

"어제 밤에 물북소리에 흠뻑 취했던 걸?"

"멀리 다녀왔어"

"좋았겠네. 잠든 너를 끌어내고 들어가 물북을 두드렸어. 나는 태곳적 신비가 살아 있는 숲에 다녀왔어. 그곳 정령에게 인생 경영에 대해 답을 구했지."

"물북이 마법을 부리나 봐."

"꿈을 꾸는 것 같은 현상일 거야."

그녀는 일어나서 화장실에 들어갔다. 샤워기에서 쏟아지는 뜨거운 물소리를 들으면서 이번 작품에 대해 생각을 정리했다. 샤워를 하고 나오자 그가 커피를 건네면서 말했다.

"점심 먹으러 나가자."

"작품에 대해 할 말이 있어."

"나는 약속이 있어서, 나가 봐야 해."

"중요한 약속이야?"

"지금 얘기해야 돼?"

"저번에 말한 내 작품, 대북 확성기를 모티브로 한 거 말이야."

강경국의 표정이 진지해졌다. 그녀는 그가 자신이 기획한 작품의 아이디어를 탐낸다는 것을 알고 있었다.

"응 그래, 아주 매력적인 생각이었어."

"내가 기획한 거 너에게 줄게."

"왜 갑자기 그래, 네 인생의 대표 작품이 되고도 남을 텐데."

"내가 그런 기술적인 면이 부족하잖아."

"그건 내가 도와준다고 했잖아."

"네가 하면 더 멋있게 뽑아낼 수 있을 거야. 넌 나보다 뛰어난 예술가야."

그의 표정이 밝아졌다. 그녀는 그의 작업실을 들락거리면서 최근 그가 기획한 팽나무와 돌담을 통해 제주의 바람을 포착하고 제주에서 사라지는 것을 되살려서 제주 4·3의 발생 원인을 은유적으로 표현하려는 시도가 실제로는 구현하기 힘들다는 것을 알고 있었다.

"그럼 너는 더 좋은 걸 생각한 거야?"

"생각한 게 있어. 대북 확성기보단 덜 매력적이지만 나한테 아주 잘 맞는 소재야."

그는 전화를 해서 약속 시간을 변경하고 나서 그녀와 작품 이야기를 계속했다.

"아깝지 않아? 후회하지 않겠어?"

"대신 조건이 있어. 우리 외할아버지 이야기를 대신해 줬으면 좋겠어."

그녀는 그에게 정명지와 정용원에 관한 이야기와 얼마 전 외삼촌이 정명지를 상대로 낸 소유권 보존 등기 말소 소송에서 일부 승소 판결이 내려졌다는 것까지 말했다.

"외할아버지 이야기는 네가 직접 하는 게 낫지 않을까?"

"그럼, 감정이 앞서서 작품의 질이 떨어질 거야."

"물론 그런 측면이 있지만 어떻게 표현하느냐 문제겠지."

"내가 능력이 안 돼서 그래."

"한번 생각해 볼게."

"그리고 조건이 하나 더 있어. 물북이 필요해."

"물북은 내 작품이라니까."

"물북을 오브제로 쓰려고."

"어떤 구상인데?"

"내 작품에는 친할아버지 이야기를 하고 싶어서 그래. 친할아버지도 억울하게 희생당했거든."

"너랑 어울리지 않게 왜 그러는 거야?"

"이번 심사 위원이 역사적인 사건에 관심 있는 것 같아서,"

"누군데? 그건 어떻게 알았어?"

예전에 정명지가 같이 점심을 먹었다는 심사 위원이었다.

"그냥 어떻게 하다보니까 알게 됐어."

"그런 정보는 어디서 얻은 거야?

"아니야, 그냥 내가 추측한 거야."

"아무튼 진지하게 고민해 볼게."

그는 샤워하고 외출 준비를 했다. 잠시 후 현관문이 잠기고 대문이 닫히는 소리가 들렸다. 이곳은 조용한 동네였다. 귓전에 들리다 말다 하는 곤충이 윙윙대는 소리, 멀리 개 짖는 소리가 자장가처럼 들렸다. 그녀는 잠이 살짝 들었는데 강경국이 전화했다. 그녀의 제안을 받아들이겠다고 했다. 자존심이 강한 그가 이렇게 빨리 결정할지 몰랐는데 놀라웠다. 그녀는 그에게 강정 마을에 가서 채집한 것도 달라고 했다. 잠시 머뭇거리더니 흔쾌히 주겠다고 했다. 그는 그동안 그녀가 발굴한 모티브가 탐났던 것이 분명했다. 작가들은 다른 작가들의 매력적인 발상을 맞닥뜨렸을 때 내가 하면 더 잘할 수 있을 텐데 하는 욕망에 사로잡히는 경우가 많다.

그녀는 자기 기획이 아까워 잠시 후회했지만 구상 단계일 뿐이고 자신이 다루기 어려운 소재였다. 스피커가 많이 모이면 심리적이면서 청각은 물론 촉각까지 건드리는 장치가 된다. 소리가 원격적으로 촉각을 건드린다. 소리의 근원에서 시작한 공기 진동이 멀리 떨어진 사람의 고막을 건드려 소리를 듣게 하고 결국 사람의 마음과 신체에 작용한다. 강경국이 수십 개의 스피커를 통해 전달하는 개구리 울음소리에 사람들은 어떤 반응을 보일지 의문이었다.

혜원은 선정된 작품 기획 제작 준비를 위해 서울에 올라왔다. 선정 작가의 전시회 순서를 추첨한 결과 강경국이 제일 먼저고 그 다음 순서가 그녀였다. 오픈 행사와 더불어 자신이 기획한 그의 작품이 전시되는 것이다. 그녀는 처음 테이프를 끊는 것은 더 주목 받을 수 있는 장점이 있어 혹시 강경국이 대상으로 뽑히면 어떻게 하나 걱정되었다.

그녀는 저녁 늦게 서울 집에 도착해서 짐을 풀지도 못하고 잠들었다. 편안한 잠자리에서 눈을 뜨니 블라인드 틈새로 비쳐 든 아침 햇살이 방바닥에 날카로운 선을 그렸다. 그 햇살이 선명해서 칼로 종이를 잘라 놓은 것 같았다. 창가로 가서 블라인드를 내리고 강경국에게 받은 강정 마을에서 촬영한 동영상 복사본을 보면서 작품을 구상했다.

강정 마을 구럼비 바위가 폭파되면서 제주 해군 기지 공사가 본격적으로 시작되었다는 몇 년 전 뉴스가 짤막하게 나왔다. 사이렌이 울린다. 주민과 활동가들이 발파를 막아 보려고 철조망을 넘어가려다 경찰에 연행된다. 해상으로 진입하는 활동가를 해경이 잡아 보트에 끌어 올린다. 발파 카운트다운이 끝나자 땅이 흔들렸다. 구럼비 바위는 흙먼지로 뒤덮였다. 제주를 방문한 해군 참모 총장을 위해 열네 차례 축포가 터졌다.

그녀는 구럼비 바위 폭파 장면을 보고 나서 작품에 대해 생각이 바뀌었다. 사이렌이나 총소리가 모티브였는데 바위를 깨는 굴착기 소리를 모티브로 작품을 만들기로 했다. 작품 제작을 위해 자료를 정리하고 추가 조사를 시작했다. 여수 지역 사회 연구소에 들어가 할아버지의 흔적을 찾았으나 없었다. 경찰 측 자료에는 할아버지 이름이 있었다. 죄목은 좌익 활동이었고 광천다리 밑에서 총살되었다고 나와 있었다. 당시 진압군은 여수와 순천 지역을 탈환한 후 항거했던 군인에 협조했다고 지목된 사람들을 무차별적으로 연행하여 재판도 열지 않고 총살했다. 인터넷을 검색하다가 국회 앞에서 '여순 사건 특별법 제정하라'라고 쓰인 피켓을 목에 걸고 일인 시위를 하는 사람을 발견했다. 관련 인터뷰 기사를 읽어 보니 그는 여순 사건을 여순 항쟁으로 바로 잡기 위해 명예 투쟁과 인정 투쟁을 하고 있었다. 그의 할아버지가 희생당했다고 하는 전라남도 승주군과 그녀의 할아버지가 희생당한 곳이 같았다. 인터뷰 기사를 낸 인터넷 방송국에 연락하여 그의 이메일 주소를 알아냈다. 그녀는 할아버지에 관해 얘기했고 당시 상황에 대해 알고 싶다고 했다.

그를 만나러 여수에 갔다. 그는 초등학생 대상으로 영어 학원을 하고 있었다. 그의 강의가 끝날 동안 상담실에서 차가운 캔을 목에 굴렸다. 에어컨을 세게 틀어도 유리창으로 쏟아지는 햇살과 노란색 벽지의 따뜻한 느낌에 후덥지근했다. 강의를 끝내고 나타난 그는 피곤해 보였다. 살짝 처진 눈초리에 두 볼이 옴폭하였고 주름이 또렷한 중년이었다. 그는 두 시간 후에 강의가 있다고 해서 바로 할아버지 이야기로 들어갔다.

"아버지는 기억을 못 합니다. 일부러 안 하는 겁니다. 아버지가 술을 드시면 그날 주무실 때 이를 갑니다. 옆에서 자는 사람 귀가 아플 정도로 이를 갈아요. 아버지가 올해 여든넷입니다. 그동안 무서워서 얘기를 못 했습니다. 아버지는 기억을 단편적으로 하는데 당시 처형장에서 할아버지 시신을 어떻게 모시고 왔는지 얘기한 적이 있는데 가마니에 싸서 왔다고 했다가 대발로 감아서 왔다고 했다가 시신을 집 안 마당에 며칠 두었다고 했는데 아마 그때 장례도 마음대로 치를 수 없었나 봅니다. 작년에 겨우 할아버지 흔적을 찾았습니다. 아버지는 국가에서 조사 용역을 받은 여수 지역 사회 연구소에서 나왔을 때도 무섭다며 조사에 응하지 않았습니다."

"무엇 때문에요?"

"말 잘못했다가 혹시 자식들에게 피해가 가지 않을까 걱정되셨던 거지요."

"그렇겠지요. 한평생 아무 말도 못하고 살아오셨을 테니까."

"나중에 여순 지역 희생자 신원 자료에서 할아버지 이름을 찾았습니다. 여순 항쟁 세력이 빨치산으로 정착하기 직전 할아버지가 그들의 짐을 들어 줬다고 해서 좌익 활동 단순 동조자로 분류되어 처형당한 것입니다. 하도 어이가 없어서 수소문 끝에 당시 악랄했던 황용환이라는 주암 지서장의 부하를 만난 적이 있습니다. 어깨에 몽둥이를 들고 다니던 그놈은 경찰 밑에서 청년회 활동을 했었습니다. 할아버지 이야기를 물어보니 언급을 회피하면서 지방 좌익이 악독했다며 근거 없는 얘기만 늘어놓더군요. 그래서 나는 너에게 원한이 있어서 온 게 아니다 할아버지가 어떻게 돌아가셨는지 정확히 알고 싶어서 그런 거라고 했더니 당시 상황을 얘기했습니다."

"저희 할아버지도 좌익 활동 가담자로 분류되어 총살당했는데 도대체 뭘 가담했다는 건지 알 수가 없어요?"

"그냥 농사밖에 모르는 사람들이 뭘 안다고 좌익 활동을 했겠습니까. 당시 할아버지가 살던 마을은 빨치산들의 본거지로 올라가는 길목에 있어서 항상 식량과 물자를 빼앗기는 피해를 보았습니다. 총을 들이대고 뺏은 식량과 물자를 지게에 지고 끌고 갔는데 어쩔 수가 없었겠지요. 그런 것이 빌미가 돼서 마을 사람들이 경찰 놈들한테 끌려가게 됩니다. 경찰은 마을 사람들을 학교 운동장에 모아 놓고 빨갱이를 색출하기 위해 서로 고자질 시켰습니다. 마을 사람들은 자기가 살기 위해 저 사람이 빨치산을 위해 일하는 것을 봤다. 저놈이 빨치산에게 쌀을 주는 걸 봤다. 그렇게 과장되면서 바로 손가락 재판이 시작되는 것이죠. 그때 손가락질당한 사람들을 표시하기 위해 지서에서 가지고 온 물감 같은 것을 붓으로 옷에 발랐다고 합니다. 사람들은 자기 옷에 물감이 먹구름처럼 퍼질 때 이게 무슨 의미일까 하면서 벌벌 떨었을 겁니다. 옆에 있다 물감이 옷에 살짝 튄 사람들은 불똥이 튄 것처럼 놀랐다고 합니다. 옆에 있다 물감이 튄 사람들은 봉변을 당할까 봐 겉옷을 벗어던지거나 침을 뱉어 비벼서 물감 자국을 지웠다고 합니다. 경찰은 손가락 재판이 끝나고 옷에 물감으로 표시한 사람들을 한쪽으로 몰았습니다. 그때 옷에 물감 세례를 받은 사람들은 빨갱이가 아니라고 발버둥 쳤을까요?"

"억울해서 필사적으로 발악하지 않았을까요?"

"그러지 못했습니다. 너무 놀라거나 무서우면 몸이 마비됩니다. 경찰은 물감으로 표시한 사람들을 가축처럼 밧줄로 묶어 골짜기로 끌고 가 즉결 처형했습니다. 그런데 그 물감이 무슨 색인지 아십니까?"

"그때부터 빨갱이 프레임이 시작되었으니까 빨간색이었을 것 같아요."

"그건 물감이 아니라 서류 작성에 사용하던 파란색 잉크였습니다. 빨갱이를 색출하는데 아이러니하게 파랑 잉크가 사용된 것이지요."

그녀는 순간 총소리가 들리는 것 같았다. 갑자기 몸이 움츠러들면서 소름이 끼쳤다. 아버지 유품이 떠올랐다. 캔버스에 붙은 무명 저고리에 파랑 잉크가 떨어졌다. 파랑 잉크는 점점 퍼지면서 빨갛게 변했다. 그는 스마트폰을 기사를 검색해서 그녀에게 보여 주며 말했다.

"경찰은 파란색 잉크를 여순 항쟁부터 사용했고 지난 광복 육십삼 주년 백 차 촛불 집회 때 파란색 색소를 사용한 살수차를 동원해서 평화적 시위자에게 색포를 쏘아댔습니다. 그날 경찰 사복 체포조는 파랑 색소가 묻은 시민들을 검거하기 위해 인도까지 밀고 올라왔습니다."

그녀가 스마트폰으로 검색한 기사를 보는 동안 그는 시선을 내리깔고 있다가 시계를 쳐다보고 나서 말했다.

"한번 빨갱이로 낙인찍히면 지워지지 않습니다. 여기 사람들은 지역 기반으로 먹고 살기 때문에 빨갱이가 되면 살기 어렵습니다. 여순 사건을 항쟁이라고 했다가도 돈 때문에 변절합니다. 사회 운동하는 사람들도 서울 가서는 항쟁이라고 하고 여기서는 사건이라고 합니다."

"도와주는 사람이 없어 힘드시겠어요."

"내가 혼자 시위하고 그러는 게 억울하게 처형당한 할아버지 때문만이 아닙니다. 제주 도민을 학살하라고 하는 부당한 명령을 거부한 것에서 시작한 여순 사건은 항쟁입니다."

"돌아가신 아버지가 여순 항쟁에 관해 그림으로 남기셨거든요. 오늘 얘기 들어보니 왜 그러셨는지 알 것 같아요."

"우리 아버지는 아무 말도 못하고 살아온 세월에 분노하십니다. 반드시 항쟁으로 명예 회복이 되어야 편하게 눈을 감으실 겁니다. 항쟁이 아니라 일방적으로 당했다고 주장하는 사람들이 있습니다. 피해 보상만 받으면 된다는 생각이죠."

"빨갱이는 철저히 기획이었을까요?"

"그건 잘 모르겠습니다만 자각하지 못했기 때문에 어느 순간부터 스스로 노예가 된 것입니다."

그는 할아버지를 생각할 때마다 자신이 그런 상황이 되었을 때를 유추해 본다고 하면서 강의실로 들어갔다.

혜원은 여수에서 인터뷰했던 자료를 정리하고 나서 작품을 다시 점검했다. 작품에 오브제로 사용할 하얀 저고리 제작을 맡기고 북한산 자락 봉우리에 올라섰다. 산 정상에서부터 쏟아져 내리는 듯한 바람소리가 났다. 갑자기 자신이 서 있는 봉우리가 솟아오른 기분이었다. 그녀는 봉우리에 앉아 눈을 감고 숨을 길게 들이마셨다. 전사로 살아갈 인디언 청년이 행하는 '비전 탐구' 의식이라 생각했다. 광야의 외딴곳에서 홀로 그들의 정령에게 기도하며 자기 길이 무엇인지 응답을 구하는 의식이다. 인디언이 정령의 가르침을 얻기 위해서는 단식이 필수다. 그녀는 아침을 일부러 먹지 않았다.

대단위 아파트 단지 터파기 공사 현장이 봉우리에서는 한눈에 내려다보였다. 굴착기가 바위를 쪼아 대고 한쪽에선 덤프트럭이 흙을 실어 날랐다. 현무암 깨는 소리와 화강암 깨는 소리는 아주 다르겠지만 할 수 없었다. 녹음 장비를 내려놓고 휴대용 등산 방석을 평평한 곳에 깔고 앉았다. 오늘 새로 부활한 것 같은 해는 기분이 좋아 보였고 어제 내린 비로 나무는 한껏 부풀어 올랐고 빗물에 씻긴 바위들은 매끄럽게 보였다. 굴착기 소리가 맑게 들렸다.

그녀는 눈을 감고 천천히 숨을 길게 들이마시고 조금씩 내뿜으면서 관심 없는 소리를 하나씩 지워 나갔다. 풀벌레 소리를 지우고 새가 지저귀는 소리를 지웠다. 조금 더 멀리 자동차 소리를 지우고 굴착기 소리만 남겼다. 굴착기에 달린 해머가 바위를 깨는 소리를 감상하다가 이 소리마저 지워 보려고 시도했는데 되지 않았다. 이 소리의 배경은 거대 자본이므로 그녀의 집중력으로는 어림도 없을 것이다.

산에 오르면 눈을 감고 관심 없는 소리를 하나씩 지우는 훈련을 했다. 마음먹기에 따라 존재하는 모든 소리를 지울 수 있다. 소리를 모두 지우고 나면 망막을 자극하는 어떤 이미지가 아른거렸다. 균열하는 희미한 빛의 문양이 나타나면 조금 전까지 들리던 소리가 이미지로 변주된 것 같았다. 자신이 해 오고 있는 이미지 자체를 반복하면서 거기에 소리를 입히는 작업들은 이렇게 영감을 끌어내는 야외 명상에서 출발했다. 소리를 지우는 명상을 할 때 이미지로 넘어가지 않을 때도 있다. 뜬금없이 과자 봉지가 바스락거리는 소리가 들리기도 한다. 그런 경우는 특정한 기억에 다다른 것이다. 뜬금없이 나타나는 소리는 매력적이다. 우연한 효과로 나온 돌연변이 같지만 들을수록 재미있는 작품의 요소이다.

큰 효과는 없겠지만 지향성 마이크를 굴착기를 향해 길게 뻗었다. 그녀는 녹음하면서 망원 렌즈로 굴착기 해머가 바위를 쪼는 장면을 촬영했다. 굴착기 기사가 점심 먹으려고 소리가 멈췄을 때까지 한 시간가량 바위 깨는 소리를 녹음했다. 산에서 내려오는데 돌 깨는 소리를 녹음해서 그런지 배낭이 무거웠다. 전철역으로 가는 큰길에 모델 하우스가 있었다. 구경하고 싶었는데 문이 잠겨있고 '분양 완료 성원에 감사드립니다'라는 현수막이 크게 걸려 있었다.

그녀는 집에 와서 굴착기가 북한산 자락 바위를 깨는 소리를 반복해서 들었다. 녹음 상태는 좋았다. 주변 소음이 거슬릴 줄 알았는데 오히려 현장감을 살려 줘서 괜찮았다. 사운드의 편집은 타이밍과 간격이 중요하다. 인생도 그렇지만 적절한 시기에 변화를 주는 것, 그 간격을 잘 조절하는 것이 중요하다. 편집하면서 힘들었던 것은 불필요한 소음을 제거하는 작업이었다. 굴착기 옆에서 흙을 퍼서 덤프트럭에 싣는 소음을 가려내는 게 만만치 않았다. 굴착기가 바위를 깨는 영상과 사운드를 편집한 것을 엮어 보았다. 굴착기가 바위를 깨는 영상은 작품에 사용할 것은 아니었다. 영상과 사운드를 비교하면서 해머의 타격 리듬을 연구했다.

그녀가 좋아하는 미디어 아트 작가는 영화에서 총소리만 골라내서 춤과 연결한 작품도 있다. 무용수와 협업하여 열 차례 총을 맞고 죽는 춤을 연출했다. 춤추는 장면을 고속 카메라로 촬영하여 보여 주는 영상에서는 천천히 죽게 했다가 거꾸로 돌려 천천히 살아나게 했다. 작가는 무용수를 계속 죽였다가 다시 살려 내는 상황에 의미 부여를 한 것 같았다. 총소리를 활용한 것은 전쟁에서 죽은 개인을 살려 내는 의미라고 할 수 있다. 한 프레임 한 프레임 합쳐져 비디오가 만들어지는 비디오 매체의 특성처럼 개인의 희생이 쌓여서 전쟁이 된다는 의미로 확장하는 것이다.

이미지와 소리가 어우러진 시너지 효과를 내고 의미를 담아 내는 것. 그녀는 이번 작품에 두 가지 소리를 사용하기로 했다. 상처를 상징하는 바위 깨는 소리와 상처를 치유하는 물북소리다. 그녀는 굴착기가 바위를 깨는 소리를 편집한 사운드를 다시 손봤다. 이펙트를 주고 찌그러뜨려 의미를 부여했다. 물북소리는 잔향을 넣어 공감각을 연출해 보았다. 소리가 은은하게 멀리 퍼지게 했다.

잉크가 번지는 영상은 한지와 먹물을 사용해서 촬영했다. 한지에 물을 흠뻑 적셔 먹물을 떨어뜨리기도 하고 아교 물을 사용하기도 하고 했는데 먹물 농도를 조절해서 번지게 하는 것이 깔끔하고 느낌이 좋았다. 사운드에 맞춰 의도한 대로 잉크가 퍼지게 하려면 사운드의 볼륨과 음의 지속과 소멸에 변화 값을 줘서 자연스럽게 넘어가게 해야 했다. 이것은 그녀가 할 수 있는 영역이 아니었다. 그녀의 의뢰를 받은 그래픽 디자이너는 먹물을 파란색으로 바꿔 주었고 영상편집 프로그램으로 소리와 영상을 연결했다. 바위를 깨는 사운드에 따라 파란색이 번지고 파란색은 다시 빨간색으로 변한다. 사운드는 물북소리로 바뀐다. 빨간색은 점점 옅어 지다가 사라진다.

사운드와 영상은 화면으로 봤을 때는 그럴듯했다. 제작 의뢰한 무명 저고리가 완성되면 걸어 놓고 프로젝터로 영상을 쏴 봐야 한다. 올이 성긴 평직물로 제작하기 때문에 스크린의 역할을 제대로 할지 의문이었다. 구상할 때는 무명 저고리를 간격을 두고 여러 개 걸어 영상의 빛이 천을 통과하여 여러 개 층을 만들어 어슴푸레한 분위기를 연출하는 것이었다. 완성된 영상을 보니 맨 앞에서 영상을 받는 무명 저고리의 색감은 선명하게 뒤로 갈수록 약해지는 효과가 실제 어떤 느낌으로 나타날지 의문이었다.

그녀는 컴퓨터와 프로젝터로 영상을 점검하고, 컴퓨터와 스피커를 연결해서 사운드를 점검했다. 컴퓨터와 조명을 조정하는 프로그램을 점검하고 나서 전시장 디스플레이 도면을 그리는데 철제 캐비닛이 자꾸만 생각났다. 처음 환청이 시작된 곳이었고 물북소리를 통해 환상 여행을 떠나는 정거장이었다. 처음엔 스피커 케이스로 활용해 볼까 생각했다. 캐비닛 문을 열고 십이 인치 스피커를 채우는 것도 재미있을 것 같았다. 그런데 이미지가 대북 확성기 같아서 강경국의 작품과 겹치는 것 같았다. 캐비닛 내부를 다 뜯어내고 물북소리를 증폭시키는 울림통으로 연출해 볼까 생각도 했다. 그럴 경우엔 실제로 철제 캐비닛 안에서 물북을 두드려야 하는데 퍼포먼스로는 가능하지만 전시 작품에는 맞지 않았다.

강경국은 작품 제작을 위해 평택 미군 기지 주변 아직 철거하지 않은 폐사를 작업장으로 삼 개월 간 임대했다. 강경국의 작업을 옆에서 지켜보면서 도와줄 것은 도와주고 그녀도 도움을 받기로 했다. 그녀는 강경국을 한 주 만에 평택에서 만났다.

"왜 평택까지 온 거야?"

"여기는 미군 기지가 들어와 삶의 터전을 잃고 떠나야 했던 지역 주민과 시민 단체가 세계 최대의 미군 기지를 허가한 국가와 첨예한 갈등을 벌였던 곳이잖아. 이곳에서 수행한 작업 진행

과정을 담은 기록도 같이 전시할 작정이야."

"그러니까 평택이 무슨 관련이 있냐고?"

"친구가 옆에 있어서 도움받기 쉬운 점도 있고, 미군 기지가 있는 곳이라는 의미도 있고."

"제주 4·3에 관한 작품에 미군정 이야기도 집어넣을 거야?"

"아니 그냥 의미를 부여해 본 거야."

먼저 이곳 폐사를 작업장으로 사용하고 있는 강경국의 조각가 친구는 이곳에 소귀신이 자주 나타난다고 겁을 줬다. 몇 년 전 길 건너에 있는 축사에서 기형 소가 사산되고 난 뒤 밤마다 소 울음소리가 난다는 것이었다. 강경국은 이곳에서 조각가 친구의 도움으로 죽은 동물의 몸을 부패가 진행되기 전에 고스란히 합성수지로 떠내는 작업을 연습했다. 화학 물질이 틀에서 굳을 때 열이 나서 균열이 많이 생기고 가스가 나와서 고생했다. 그렇게 떠낸 덩어리를 절단하거나 기하학적으로 변형하여 초현실적인 존재로 탈바꿈해 보기도 했다. 한번은 죽은 돼지의 배를 갈라 떠내어 내장이 그대로 드러난 덩어리가 너무 직설적이어서 은유적으로 표현하기 위해 어떻게 전환해야 할지 한동안 고민했다. 죽은 동물로 연습한 것은 극사실주의적으로 인체를 표현하려고 시도한 것이라고 했다.

그녀는 외사촌에게 작품 모델이 되어 달라고 했다. 외사촌을 영매로 외할아버지를 불러낼 작정이었다. 그는 그녀의 작품에 대해 설명을 듣고 머뭇거렸다.

"누드모델을 하라고요?"

"그게 뭐 상관이야. 할아버지 넋을 위로하려는 건데."

"근데 왜 저예요?"

"네 나이가 그때 할아버지 나이거든."

고민해 보겠다던 외사촌은 자신이 고깃덩어리처럼 혐오스럽게 형상화되는 것을 용납할 수 없다고 했다. 나이가 비슷한 다른 모델을 구할 수도 있지만 작품에서는 손자가 직접 참여했다는 의미가 중요했다. 그녀는 그에게 높은 모델료를 제시하면서 표현 기법을 실제 인물을 파악할 수 없게 변형하겠다고 설득했다. 그는 승낙했고 표현 방식을 연구하는데 외삼촌이 전화해서 난색을 표명했다.

"도대체 무슨 짓거리를 하는 거냐?"

"짓거리라니. 과거사를 작품에 반영하라고 할 때는 언제고 그딴 소리를 해?"

"네가 내 아들 장래를 망칠 셈이냐!"

"그럼 외삼촌이 모델 해? 희생자 아들 김범원은 분노에 휩싸여 평생 제대로 된 직업도 가지지 못하고 오직 잃어버린 땅을 찾기 위해 투쟁 중이다."

"과거사를 꼭 그런 식으로 반영해야 되냐?"

"그럴 만하고 의미가 있으니까."

"그러면 네 친할아버지 얘기를 하지 그러냐?"

"친할아버지 얘기도 할 생각이야."

그녀는 외삼촌과 말다툼을 하고 나서 작품 내용을 변경해야 하나 고민하다 외삼촌의 큰아들에게 다시 전화했다. 그는 모델료를 더 달라고 했다.

"나도 모델료를 더 주고 싶어. 하지만 지금은 돈이 없어. 그냥 날 도와준다고 생각하면 안 되겠니?"

"그게, 사실은 아버지가 더 받으라고 해서……."

"외삼촌이 왜 그러는지 모르겠구나?"

"실명이 거론되는 거라서 더 받아야 한대요."

그녀는 모델료를 올려주기로 하고 외삼촌의 큰아들을 파주로 불러 폐사에서 그의 전신을 떠냈다. 강경국과 그의 친구는 큰아들의 몸을 떠냈을 때 표면이 현무암 구멍 같은 느낌을 내기 위해 발포 석고를 사용했다. 거푸집을 뜯어냈다. 시대 한편에 묻혔던 외할아버지가 스스로 무덤을 헤치고 나온 것 같은 효과를 노렸는데 약간 모호한 형상이었다. 합성수지로 사실적으로 뽑아냈다면 조각상 이면에 숨겨진 아픔이 더 잘 드러났을 것 같아 아쉬웠다. 조각상의 표면을 다듬고 나서 검정에 가까운 회색으로 착색했다. 천으로 눈을 가리고 옷을 입혀 보고 가슴에 과녁을 새겨 보면서 효과를 내 보았다.

총살당한 모습을 연출한 조각상을 전시장에 배치하기로 했다. 작품 제목은 '우리 할아버지의 부활'이었다. 조각상 앞에 놓을 작품 설명도 제작했다.

"고 김남수는 1921년 애월읍 납읍리에서 태어나 노형 초등학교 교사로 재직했다. 1947년 3·1절 기념식 발포 사건 이후 제주도는 총파업에 들어갔다. 모든 학교가 휴교되고 교원들 대부분 가담자로 잡혀갔다. 1948년 12월 29일 조작된 군법 회의에 회부되어 1949년 2월 제주시 화북에서 집단 총살되었다. 육 개월 후 시신 수습이 허락되었다. 시신 주머니에서 찾은 목도장으로 그를 확인할 수 있었다. 이 조각상의 모델은 고 김남수의 손자 김선두 씨이다. 김선두 씨는 아버지 김범원 씨가 오십이 년 전 연좌제에 걸려 공무원 임용에 떨어진 것에 항의하는 의미로 모델이 되었다. 김선두 씨는 현재 중등 임용 고시 준비 중이다."

그녀는 전시회 전날 제주로 내려가서 강경국과 같이 디스플레이를 했다. 전시장에 대북 확성기처럼 수십 개의 스피커를 좌우로 설치했다. 큐레이터는 그가 제출한 기획서를 훑어보면서 내용이 많이 바뀐 것 같다고 했다. 그는 조각상이 추가된 것 말고는 달라진 것이 없다고 얼버무렸는데 내용에 대해 문제 삼을 생각은 아닌 것 같았다.

해오름 뮤지엄의 중앙 홀 천장은 유리였다. 로비로 빛이 쏟아져 들어왔다. 빛을 반사하는 바닥은 거울처럼 매끈했다. 전시장으로 가는 통로에는 가느다란 빛줄기들이 들어와 공기 중 먼지를 후광처럼 만들었다. 그녀는 후광을 통과하여 전시장 입구에 설치한 간이 무대에 올라 연주 준비를 했다.

전시회 오픈을 알리는 사이렌이 울렸다. 테이프를 끊은 초청 인사와 관람객은 사이렌이 어떤 의미인지 궁금한 표정이었다. 그녀는 사이렌이 사라졌을 때 오프닝 이벤트로 전자 음악을 작곡하는 친구가 만들어 준 '19480403'을 연주했다. 컴퓨터로 만들어내는 리얼타임 인터랙티브 이벤트 컴퓨터 음악 공연이다. 작곡가는 숫자에 음과 소리를 입력하여 멜로디를 만들어내는 프로그램으로 작곡해 주었다. 관람객은 악기가 아니라 노트북 앞에 앉아 자판을 두드리는 색다른 라이브 공연을 보면서 그 의미를 파악하려 애썼다. 친구는 자기 작품을 직접 연주하기 전 작곡을 위해 코딩하는 작업을 카메라로 공연장에서 보여 주었다. 관객과의 소통하려는 소리의 시각화 연출이었다. 그녀는 '19480403'의 코딩 과정을 보여 주는 대신 유적지를 촬영한 영상을 띄웠다.

작곡가 친구는 이번 전시회를 위해 1, 9, 4, 8, 0, 4, 0, 3 여덟 개의 숫자에 각기 다른 개구리 울음소리를 부여하고 그것을 상엿소리처럼 만들었다. 수백 마리 개구리들의 구슬픈 합창 같은 전자음이 퍼져 나갔다. 작곡가는 한 무리의 개구리울음이 끝나기 전에 다시 시작되어 겹치는 부분의 소리에 포인트를 두고 편집했다. '19480403'가 연주되는 동안 강경국이 만든 배경 영상이 계속 이어졌다. 개구리들이 놀라 물속으로 숲으로 도망가는 영상이 잘리고, 합쳐지면서 새로운 이미지로 변신하면서 전자음과 어우러졌다.

전시장 입구는 깊이를 알 수 없는 동굴 같았다. 관람객은 검은 천으로 둘러싼 통로로 들어갔다. 그곳은 컴컴한 동굴이었다. 동굴의 등장은 그때 아픔을 채우기보다는 비워 내려는 목적이었다. 토벌대가 굴속으로 불어넣은 연기처럼 전시장에도 연출된 연기가 자욱하게 퍼지면서 동굴 입구에 연출한 총살당한 조각상이 모습을 드러냈다. 동굴 벽면에 세 개의 영상이 엇갈리게 펼쳐졌다. 사내들이 하얀색 가면을 쓰고 움직이면 쓰러질 듯한 팽나무가 일어나려고 꿈틀거리는 영상, 무속인이 딸랑이를 흔들며 굿을 하고 망자의 사주를 적은 한지를 태우는 영상, 칠흑 같은 어둠 속을 랜턴 불빛에 의지해 산을 타고 내려오는 영상에 이곳에서 수집한 소리를 입혀 연출했다.

동굴 안으로 더 깊숙하게 들어갈수록 개구리 울음소리가 점점 커질 것이다. 그녀는 개구리 울음소리만은 자신이 쓰려고 했는데 구상한 작품과는 맞지 않았다. 강경국에게 제공하길 잘한 것 같았다. 그는 개구리 울음소리를 위해 수십 개의 스피커를 쌓아 대북 확성기처럼 만든 장벽을 설치했다. 그와 작업하면서 콘크리트 장벽처럼 만든 구조물 안에 스피커를 은폐시켜 보았는데 소리 질이 좋지 않았다. 소리가 왜곡되지 않고 전달되기 위해서는 스피커를 전면에 설치해야 했다. 수십 대의 스피커에 드러난 진동판의 동그라미들은 거대한 괴물의 눈 같았다. 수십 개의 스피커에서 나오는 개구리 울음소리를 처음 들었을 때는 사람에 따라 시골 풍경이나 어린 시절 추억을 떠올릴 수 있을 것이다.

그녀는 그가 개구리 울음소리가 소음으로 들리길 원해서 그렇게 연출하라고 했다. 소음 과잉으로 동굴은 위협이 가득한 공간이 되었다. 소음 과잉은 폭력을 유발했다. 폭력은 관람객의 신체를 괴롭히고 무력하게 만들었다.

수십 개의 스피커는 심리적인 공포는 물론 촉각까지 건드리는 장치로 존재했다. 그의 기술력은 대단했다. 개구리 울음소리가 원격으로 촉각을 건드리는 것이다. 소리의 근원에서 시작한 공기 진동이 관람객의 고막을 건드리고 마음을 흔들어 댔다. 스피커를 통해 자신이 그동안 시달린 환청을 사람들에게 들려주고 싶었는데 그는 그녀의 의도를 완벽하게 소화했다.

관람객이 동굴을 빠져나갈 즈음 청각적으로 불쾌하고 공격적인 개구리 울음소리는 차츰 음악으로 변했다. 그는 이런 변화를 위해 관람객 동선을 따라 어떻게 스피커를 설치해야 할지 연구했다. 처음엔 아예 전시 공간을 나누는 것을 생각했는데 그러면 흐름이 단절되는 단점이 있어 연구하다가 스피커를 세 단계 덩어리로 묶기로 했다. 첫 번째는 아련한 개구리 울음소리를 내는 스피커 덩어리, 두 번째는 공포에 질린 개구리 울음소리가 소음으로 변하여 관람객의 촉각까지 건드리는 스피커 덩어리, 세 번째는 소음이 제어되어 서정적인 곡으로 변하는 스피커 덩어리. 이렇게 관람객 동선을 따라 세 단계로 사운드를 연출할 것이다. 관람객이 전시장을 빠져나왔을 때는 아름다운 개구리 울음소리가 가슴에 남을 것이다. 세 번째 단계에서는 그때의 아픈 역사가 세월이 흐르면서 아름다운 풍경에 묻혀가고 있다는 의미를 전달했다. 이곳의 모든 유적지가 그랬다. 역사를 되짚어 보지 않으면 오랫동안 관리하지 않아 잡초로 뒤덮인 부모의 묘지를 겨우 찾아낸 듯했다.

전시장 밖 벤치에 앉아 피사체가 초점에 들어오기를 기다리는 사진가처럼 혜원은 망원 렌즈를 끼운 카메라를 들이대고 있었다. 뷰파인더에 역광을 받아 신비롭게 보이는 강경국이 들어왔다. 그의 그림자가 길게 뻗어 나갔다. 강경국이 전시장을 두리번거리면서 그녀에게 전화하는 것 같았다. 그녀는 스마트폰을 꺼 두었다. 작품이 마음에 들어서 심란했다. 만일 그가 대상에 뽑힌다면……. 하지만 강경국이 작품을 멋지게 연출해서 고마웠다. 그녀는 스마트폰을 켜고 강경국에게 전화했다.

"너 참 대단해. 생각했던 것 이상으로 멋지게 만들어 냈어."

"이젠 속이 후련해?"

"모르겠어. 정명지 그 자식은 작품을 보면서 무슨 생각을 했을까?"

"글쎄, 그런 족속들이 작품 의미를 파악이나 할 수 있을까?"

"좀 더 직접적으로 표현했어야 했어."

"그건 아니지."

강경국의 격양된 목소리를 들을수록 가슴이 답답해졌다.

"나중에 또 얘기하자."

그녀는 통화를 종료하고 다시 카메라를 들었다. 동굴에서 탈출한 사람들은 무표정한 얼굴로 전시장을 떠났다. 사람들은 무엇을 채우고 무엇을 비워 냈을까. 동굴 속에서 어떤 판타지를 느꼈다면 그것으로도 충분할 것이다. 한 무리의 사람들이 빠져나간 다음 정명지와 제임스가 나타났다. 망원 렌즈로 두 사람의 표정을 읽었다. 아무런 감흥이 없는 무표정한 얼굴이었다. 외할아버지에 대해선 아무런 관심도 없는 듯했다. 작품은 그냥 작품으로 끝나는 것일까. 그녀는 사람들이 모두 빠져나간 것 같아 카메라를 챙겨 일어났다. 해가 지고 있었다. 갤러리 전면 유리창은 붉게 물들고 있었다. 얼마 후 눈부신 석양빛은 사라졌다. 어둠이 찾아왔지만 세상은 여전히 붉게 느껴졌다.

그녀는 사람들과 어울리기 싫었다. 강경국에게 몸이 안 좋다는 메시지를 보내고 주차장으로 갔다. 파도 소리를 들으며 해변을 걷고 싶었다. 바닷가를 향해 달렸는데 도착한 곳은 외할머니 집이었다. 집 앞 공터에 렌터카를 주차하고 주변을 둘러보았다. 마을 입구를 지키는 휘어진 팽나무 사이로 굴착기가 보였다. 괴물 같은 중장비를 향해 무거운 발걸음을 옮겼다. 굴착기 뒤로 폐자재를 잔뜩 실은 트럭이 있었다. 대문 한 짝이 바닥에 누워 있었다. 트럭은 외할머니 집 마당에 들어가 있었다. 폐자재가 바닥을 뒹구는 외할머니 집은 반쯤 허물어져 있었다. 내일 철거 작업이 진행되면 흔적도 없이 사라질 것 같았다. 외할머니 집은 한옥이었다. 칠십년 가까이 이 자리를 지킨 귀신같은 존재였다. 뼈대를 최대한 살려 게스트 하우스로 리모델링한다고 들었는데 워낙 낡아 여의치 않았던 모양이었다. 트럭에선 고약한 냄새가 났다. 땔감으로도 쓰기 힘들 것 같은 나뭇조각들 사이로 나무뿌리가 내장처럼 삐져나온 진흙 덩어리가 가득 차 있었다.

바람이 불었다. 현무암 돌담을 넘어온 바람이었다. 돌담 앞으로 가서 현무암을 쓰다듬었다. 길을 넓힌다고 이 담을 허물어 버릴지도 모를 일이었다. 그녀는 귀가 먹먹했다. 아무 소리도 들리지 않았다.

집 앞 공터로 걸어가서 외할머니 집을 돌아다보았다. 한참을 서서 골목을 바라보다 하늘을 봤다. 별은 반짝였다. 어디선가 벌레 우는 소리가 났다. 오랫동안 주위 어둠을 살펴보았다. 모든 것이 아무런 움직임 없이 정지해 있었다. 소리가 점점 커졌다. 처음엔 벌레가 우는 소리 같았는데 아니었다. 귀 기울여 들을수록 무슨 소리인지 알 수 없었다. 녹음하고 싶었지만 장비를 가지고 있지 않았다. 그 소리를 잃어버릴까 봐 움직이는 게 두려워서 꼼짝 할 수 없었다. 그 소리는 그녀 안에 점점 쌓여갔다. 그것은 그녀 안에 들어와 확대되었고 다른 모든 것을 밀쳐 내고 있었다. 그녀는 그것이 자기 몸 안에 퍼지도록 내버려 두었다.

얼마나 지났을까. 다리가 저릴 정도로 서 있었다. 그녀는 어지러워 차에 잠시 앉아 있다 시동을 걸었다. 차를 몰고 숙소로 달렸다. 별빛을 가릴 만큼 환한 달이 밤하늘을 밝히고 있었다. 해안 도로를 달리는데 옅은 안개가 서리처럼 가라앉기 시작했다. 밤안개 사이로 작은 집들의 창이 밝아졌다. 안개가 덧없는 연기처럼 하얗게 흩어지는 을씨년스러운 밤이었다. 이곳은 여전히 낯선 땅이었다.

한 주간 강경국의 전시가 끝나고 안혜원의 작품 전시가 시작되었다. 화려한 오픈식은 없었다. 그녀는 일반 관람객의 뒤를 따라 들어갔다. 전시장은 내부 조명을 일정하게 유지하기 위해 영화관처럼 복도를 만들었다. 복도를 지나자 암흑 속에 희붐한 스모그 조명이 허공에 떠 있는 하얀 저고리를 비추고 있다. 사각의 공간 구석마다 스피커 한 개씩을, 전면 벽에 우퍼 스피커 하나 그렇게 총 다섯 개의 스피커로 음향을 연출했다. 우퍼 스피커가 설치된 맞은편에는 물북이 박물관 진열장의 보물처럼 스폿 조명을 받고 있다.

시작을 알리는 소리는 숨소리다. 하얀 저고리에 희미한 영상이 나타난다. 가파른 정상에 올라섰을 때 숨소리가 난다. 쉬지 않고 산을 타고 올라오느라 심장이 요동치는 소리다. 하얀 저고리에 펼쳐지는 영상이 흔들린다. 그리 높지 않은 산이라 만만하게 보고 쉬지 않고 올라왔다. 가쁜 숨소리 사이로 새가 날아다니는 소리, 풀벌레 소리, 바람 소리가 난다. 소리가 하나씩 사라지면서 멀리서 들리던 굴착기가 굴러가는 소리가 점점 가까워진다. 하얀 저고리 영상이 점점 선명해진다. 굴착기가 엔진 소리를 크게 내고 해머를 바위에 갖다 댄다. 해머가 바위를 깬다. 다른 소리는 나지 않는다. 오직 바위가 부서져 내리는 소리만 들린다. 해머가 바위를 쪼개는 소리가 폭발이 연속적으로 일어나

듯 울린다. 굴착기의 영상이 사라진다.

　연속적이던 폭발음과 바위가 쪼개지는 소리가 이어질 때 전시장 중앙에 떠 있는 하얀 저고리에 파랑 물감이 한 방울 두 방울 튄다. 하얀 저고리는 어깨와 팔에 대나무를 끼워 와이어로 천장에 매달았다. 여러 개를 겹치게 매달아 수십 명이 허공에 떠 있는 모습이다. 하얀 저고리는 올이 성긴 평직물이라 뒤가 훤하게 비친다. 굴착기 해머가 바위를 깰 때마다 천장에 달린 프로젝터에서 쏘는 파랑 불빛이 하얀 저고리를 통과하면서 넓게 번진다. 굴착기 해머가 바위를 깨는 소리가 더 커진다. 하얀 저고리에 번진 파랑 물감이 보라색으로 바뀌더니 빨간색으로 변한다. 굴착기 해머가 바위를 깨는 파열음의 간격이 좁아진다. 하얀 저고리의 절반을 물들인 빨강 얼룩이 새빨갛게 변한다.

　하얀 저고리에 파랑 잉크가 번진 사람들이 오라에 묶여 대나무 숲으로 끌려간다. 사람들이 대나무 숲속으로 사라진다. 대나무 숲을 벗어나자 동백나무가 길게 이어진다. 바위를 깨던 굴착기 해머가 아주 단단한 바위를 만나 미끄러지는 파열음이 난다. 굴착기 소리가 점점 작아진다. 동백꽃이 핏방울처럼 떨어진다.

　하얀 저고리마다 번진 새빨간 얼룩이 앞에 걸린 몇 개의 저고리에 집중되면서 더 선명해진다. 희미한 배경 영상이 새빨간 얼룩이 번지지 않은 하얀 저고리에 투영된다. 사람들이 움막에 기어들어 오는 영상이다. 움막 안에서는 쑥을 태우고 향을 피운

다. 연기가 움막 안에 퍼진다. 움막 한가운데 파 놓은 둥근 구덩이에 뜨겁게 달군 돌이 있다. 그 위에다 물을 끼얹자 뜨거운 김이 순식간에 일어난다. 수증기가 움막 안에 가득 찬다. 사람들이 노래한다. 증기를 들이마시며 기도한다. 뜨거운 열기 속에 웅크리고 앉아 명상하고 물북을 두드린다. 물북이 울린다. 인디언의 움막 영상이 사라진다. 물북소리가 점점 커진다. 하얀 저고리마다 번진 새빨간 얼룩이 조금씩 옅어짐과 동시에 물북소리의 파동이 전시장 가득 묵직하게 퍼진다. 새빨간 얼룩이 말끔히 사라진다. 하얀 저고리가 강렬한 조명을 받아 눈부시게 빛나는 순간 모든 조명이 꺼진다.

다시 시작을 알리는 소리는 숨소리다. 하얀 저고리에 희미한 영상이 나타난다. 숨소리가 점점 커진다. 하얀 저고리에 펼쳐지는 영상이 흔들린다. 가쁜 숨소리 사이로 새가 날아다니는 소리, 풀벌레 소리, 바람 소리가 난다. 소리가 하나씩 사라지면서 굴착기가 굴러가는 소리가 점점 가까워진다. 하얀 저고리의 영상이 점점 선명해진다. 굴착기가 해머를 바위에 갖다 댄다. 해머가 바위를 깬다. 해머가 바위를 쪼개는 소리가 폭발처럼 꽝하고 터진다. 관람객이 깜짝 놀라 귀를 손으로 막는다. 그녀는 달려가서 스피커를 점검했다. 장비를 여러 가지 쓰다 보니 선이 하나 빠져 있는 줄도 몰랐다. 복잡한 세팅을 하나하나 점검하지만 원인을 알 수가 없었다. 전시 첫날부터 대형 사고였다. 다양한 기계가 동원되는 사운드 아트 전시장에서 일어나는 사고에 관해 너그러운 편이지만 관람객 중에는 심사 위원도 있었을 것이다. 스피커 터지는 소리에 깜짝 놀란 관객은 일찌감치 전시장을 빠져나갔고 새로 들어온 관객은 아무 소리가 나지 않는 전시장에서 영상을 감상했다. 귀가 먹은 듯했다. 침묵 속에서 하얀 저고리에 파랑 물감이 한 방울 두 방울 튄다. 천장에 달린 프로젝터에서 쏘는 파랑 불빛이 하얀 저고리를 통과하면서 넓게 번진다. 그녀는 허둥대며 원인을 찾아보려 했지만 알 수 없었다. 하얀 저고리에 번진 파랑 물감이 빨간색으로 변하고 빨강 얼룩이 새빨갛게 변하는 영상을 넋 놓고 바라보았다.

사운드 아트 예술가를 지원하는 다랑쉬 문화 재단의 '파장, 보이지 않는 흐름' 프로젝트의 대상작은 안혜원도 강경국도 아니었다. 제주의 사계절 소리를 채집하여 오케스트라처럼 연출하고 소리를 자연과 어울려진 햇살로 보여 준 작품이 대상으로 선정되었다. 그녀는 발표가 난 날 마음이 불편해서 대상작의 심사평도 보지 않았고 강경국의 전화를 받을 수도 없었다.

그녀는 분노가 끓어올라 가만히 있을 수 없었다. 술은 아니었다. 취해 쓰러지면 내 몸만 망가질 뿐이다. 묘한 감정은 그동안 작품을 위해 유적지를 돌아다니며 느꼈던 감정, 지주 같은 제임스를 향한 감정, 마름 같은 정명지에게 품었던 감정 그런 것들이 하나로 꿰어진 감정이었다. 그 꿰어진 감정의 줄을 대들보에 묶고 목을 맸다. 밟고 올라선 의자를 옆으로 차 버렸다. 순간 죽는 것이 겁나 줄을 잡고 몸부림치다 줄이 끊어진 꼴이었다.

시간이 지날수록 분노는 커졌다. 화를 어쩌지 못해 소리를 지르고 화가 나서 잠 못 이루고 화를 삭이지 못했다. 분노는 참 다루기 힘든 감정이었다. 앙갚음과 단죄는 시작하는 순간부터 눈덩이처럼 불어나 더 큰 비극을 초래한다는 것을 알면서도 치밀하게 준비했다. 누군가 자기 뒤에 달라붙어 자신을 막다른 길로 나아가라고 속삭였다.

그녀는 예전부터 해 보고 싶은 운동이 있었다. 딱하고 시원스레 소리를 내는 야구다. 여자 축구팀은 있는데 여자 야구팀이 없는 건 이상하다. 딱 하는 단절음 뒤로 이어지는 함성도 좋은 작품의 재료로 활용할 수 있을 것이다.

제주시 용담동 베이스볼 클리닉을 찾아갔다. 낡은 야구복을 입은 코치는 그녀를 보고 놀란 표정을 지었다.

"야구를 배우시려고요?"

"아니요, 방망이질만 잘할 수 있으면 돼요."

"어쨌든 잘 오셨습니다. 군살 제거에 야구만큼 좋은 게 없습니다."

"지치지 않고 휘두르고 싶어요."

"무슨 운동이든 자세가 중요합니다.

코치는 그녀를 데리고 다니면서 실내 야구 연습실을 보여 줬다.

"팔십 평에 높이도 오 미터나 돼서 캐치볼 연습하기에도 좋습니다."

이삿짐 업체에서 쓰는 노랑 바구니와 쇼핑 카트에 가득 담긴 야구공이 새것이었다. 아직 홍보가 안 되어 회원이 얼마 없는 모양이었다. 중학생으로 보이는 아이가 그물이 쳐진 방에서 타격 연습을 하고 있었다. 코치가 야구공을 피칭 머신에 넣으면 야구공이 통하고 날아갔다. 아이는 유려한 자세로 배트를 휘둘렀다. 통~탁크, 통~퍽, 통~탁크, 통~탁 소리가 변화가 재미있고 경쾌했다. 그런데 알루미늄 배트의 속이 빈 듯한 소리는 아니었다.

"나무 배트로 연습하고 싶어요."

"배트가 중요한 게 아니라 먼저 폼을 잡아야 합니다.

그녀는 먼저 야구공을 파이프 같은 기구에 올려놓고 배트를 휘둘렀다. 가만히 있는 공을 때리기도 쉽지 않았다. 공은 날아가지 못하고 파이프 기구가 계속 넘어졌다. 배트를 어떻게 잡아야 하는지 배트를 휘두르기 전에 한쪽 발을 살짝 들었다가 내려놓으면서 배트를 휘두를 때 엉덩이를 얼마만큼 돌아가야 하는지부터 발을 벌리는 폭과 중심을 어떻게 잡아야 하는지 몇 시간 동안에 다 익힐 수는 없었다. 배트를 휘두르는데 분노가 끓었다. 배트를 크게 휘두르다 중심을 잃고 넘어졌다. 그녀는 인조 잔디에 누워 뚫어져라 천장을 응시했다. 눈물 한줄기가 관자놀이를 타고 흘러내리더니 걷잡을 수 없이 눈물이 쏟아졌다.

"안 좋은 일을 겪으신 것 같은데 함부로 배트를 휘두르면 큰일 납니다."

그녀는 팔꿈치가 뻐근하고 온몸이 쑤셨다. 숨을 크게 들이마셨다가 내쉬었다. 눈을 깜박였다. 더는 눈물이 나지 않았다. 천천히 일어났다.

"오늘 얼마예요?"

"돈 안 받을 테니까 다시는 오지 마세요."

혜원은 저녁에 서울 집에 도착해서 짐을 풀고 바로 스피커를 알아보러 용산 전자 상가를 둘러보고 세운 상가에 갔다. 미세 먼지가 햇살을 차단하고 있었다. 길가에 세워 놓은 검은 차들의 보닛 위에 꽃가루와 먼지가 잔뜩 앉아 있었다. 사거리를 건너는 여자가 눈에 들어왔다. 여자는 쇼핑 카트를 끌고 직진 신호를 받은 차량 행렬과 사거리를 유유히 건넜다. 교통 체증 때문에 꼬리를 문 차량 행렬은 느릿하게 교차로를 통과하고 있었다. 여자가 몰고 가는 쇼핑 카트는 무빙워크용 바퀴였는데 바퀴가 아스팔트를 구르는 소리가 크게 들렸다. 여자는 무빙워크에 올라탄 쇼핑객처럼 사거리를 유유히 통과해 어느 빌딩 앞에 멈춰 섰다. 조그만 체구에 두 갈래로 땋은 긴 머리를 하고 있었고, 억세 보이는 팔과 다리를 가진 여자였다. 여자가 그녀를 보고 싱긋 웃을 때 입술이 말려 올라가면서 누렇고 튼튼한 이가 드러났다. 이는 입에 비해 큰 편이었는데 그래서인지 제법 천진한 인상을 주었다. 여자는 쇼핑 카트에서 전단을 꺼내고 준비한 피켓을 사람들이 잘 보이게 쇼핑 카트에 묶었다. 피켓에는 커다랗게 '그들이 내 머리를 조종한다.'라고 적혀 있었다. 예사롭지 않은 분위기가 풍기는 여자였다. 피켓 문구를 보자 문득 자신도 누군가에 조종당하고 있는 것은 아닐까 하는 생각이 들었다. 그녀는 쇼핑 카트 앞으로 다가가 여자가 나눠주는 전단을 받아 들었다. 지나가던 사람들은 여자가 나눠 주는 전단을 거들떠보지도 않고 지나쳤지만 그녀는 멈춰 서서 그 여자가 떠드는 소리를 주의 깊게 들으며 메모했다.

"마인드 컨트롤 전파무기는 원격 무선 전파를 이용하여 사람을 조종하는 것입니다. 이 무기는 주파수를 이용합니다. 인간의 두뇌는 삼십 헤르츠 미만의 주파수로 운영됩니다. 정상적인 사람의 두뇌에 삼십 헤르츠 이상의 주파수를 쏘면 이상 증상이 나타납니다. 이유 없이 아프거나 화를 내면서 남과 다툰다거나 자신의 의지와 상관없는 돌발적인 행동을 보이죠. 심하면 자살 충동까지 느끼게 됩니다. 전파무기의 피해자는 정상적인 생활을 할 수 없고 정신병자로 몰리게 되면서 사회에서 격리됩니다. 무고한 피해자가 생기지 않도록 전파무기 금지법 제정을 위해 서명 운동에 동참해 주시기 바랍니다."

그녀는 커피숍에 들어가서 그 전단을 꼼꼼하게 읽었다. 전단은 '마인드 컨트롤 전파무기' 피해자들 모임에서 제작한 호소문이었다. 정부 지원을 받는 어떠한 세력이 최첨단 전파무기를 이용해 자신들의 삶을 파괴하고 있다고 주장하는 모임이었다. 피해자들의 주장에 따르면 최첨단 전파무기의 위력은 상상을 초월했다. 그들은 사람에게 지문처럼 특정한 뇌파 특유의 코드가 있다고 했다. 백 미터 내에서 수신기로 공격 대상의 머리 부분을 맞히면 그 사람의 뇌파 특유 코드를 얻을 수 있는데 그 코드를 컴퓨터에 입력해서 코드 부호 소프트웨어로 해석할 수 있다는 것이다. 소프트웨어는 뇌파 신호 중에서 각종 신경 활동 신호를 구분해 내며 이미지와 문자 방식으로 분석한 다음 필요한 뇌파 코드에 따라 코드와 부호를 편집하여 명령어를 만들어 발신기로 공격 대상의 뇌에 입력할 수 있다는 주장이었다. 공격당한 사람은 외부로부터 입력된 명령을 자신이 자각한 것처럼 느끼게 된다는 것이다. 말하자면 '마인드 컨트롤 전파무기'는 공격 대상의 시각, 청각, 촉각, 미각, 후각에서부터 언어, 감정, 잠재의식, 꿈 심지어 사랑을 향한 반응까지 모두 원거리에서 읽어낼 수 있고 제어할 수 있는 무기인 셈이다. 전파무기로 사람들을 공격하는 세력의 목적은 리스트에 오른 사람을 정신병자로 만들어 사회적으로 매장시키기 위해서라는 내용까지 읽었을 때, 제주도에서 벌어졌던 초토화 작전이 떠올랐다. 어떻게 수만 명이 넘는 무고한 생명을 죽일 수 있었을까. 그런 집단 광기는 무엇 때문에 일어난 것일까. 당시 접촉 흔적을 남기지 않고 심리적, 물리적으로 작용하는 무기가 존재하지 않았을까? 전쟁 중에 무고하게 처형을 당하는 사람들과 처형을 하는 사람들의 정신을 마비시키는 장치로 음악이 사용되었던 일이 있었다고 한다.

오랜만에 집에 오니 내 집 같지 않았다. 거실 장식장에서 위스키를 꺼냈다. 과자를 넣어 두던 수납장에서 안주가 될 만한 것들을 찾다가 그만두고 식탁에 앉아 한 잔 마셨다. 독주가 목구멍에 뜨겁게 머물다 흘러내렸다. 연거푸 두 잔을 마시니 몸이 뜨거워졌다. 집 안이 물에 빠진 것처럼 고요하더니 위층에서 세탁기 돌아가는 진동이 느껴졌다. 잠시 후 또 다른 진동이 느껴졌다. 냉장고 소리였다. 냉장고를 열었다. 칸마다 가득 들어차 있는 음식물이 생기가 없었다. 거의 다 버려야 할 것 같았다. 냉장고 소리라도 없었으면 너무 적막했을 것이다. 또 한 잔을 마셨다. 냉장고에서 꺼낸 오이, 당근 씹는 소리가 머릿속에서 울렸다.

반 병 정도 남아 있던 위스키를 다 비우고 샤워했다. 샤워하다 욕조를 보니 따뜻한 물에 몸을 담그고 싶었다. 욕조에 들어가 따뜻한 물을 받고 누우니 침대처럼 편안했다. 따뜻한 물이 이불처럼 느껴져 몸을 물속으로 낮췄다. 가만히 있으니 귀가 멍해지면서 마음을 편하게 해 주는 소리가 들렸다. 욕조에서 이는 잔잔한 파도 소리, 물방울 떨어지는 소리였다. 주문 외우듯 중얼거리자 목소리가 매끈한 타일을 타고 은은하게 퍼졌다. 욕조에 누워 울림을 연구했다. 욕실같이 밀폐된 공간에서 마음이 편해지는 물소리를 들으며 물소리에 색을 입힌다면 어떨까. 물소리에 맞춰 색이 변한다면 어떨까. 소리와 색과의 관계를 생각하다 보니 뱃속에 가득 찬 위스키가 출렁거리며 잠이 밀려왔다. 잠이 들었다가 추워서 잠이 깼다. 물이 다 식어 있었다. 수건이 없어서 안방으로 뛰어가서 침대로 뛰어들었다.

아침에 일어나니 귀가 먹먹했다. 골목길 소음이 하나도 들리지 않았다. 걷는데 균형 감각이 사라져 어지러웠다. 그동안 쌓인 피로가 한꺼번에 밀려오는 듯했다. 하품을 하듯이 입을 벌려 보고 귀를 움켜쥐고 마사지를 했다. 집 안이 꿉꿉해서 문이란 문은 전부 열고 대청소를 했다. 구석에 숨어 있는 먼지를 찾아 말끔히 닦고 철 지난 옷을 정리하다 잘 입지 않는 옷을 버렸다. 유리창으로 쏟아지는 따갑고 날카로운 햇살 때문에 숨이 답답할 정도로 후덥지근했다. 에어컨을 세게 틀고 정명지에게 안부 전화를 했다. 자다 일어난 목소리였다. 스마트폰에서 시트 스치는 소리가 들렸다. 그의 품 안에서 몸을 동그랗게 말고 있던 여자가 샤워하려고 깔깔한 침대 시트를 걷어 내는 소리 같았다.

"지금 통화할 수 있어요?"

"응, 통화할 수 있으니까 받았지. 그런데 왜 갑자기 존댓말이야?"

"그동안 무례했던 것 같아서 예의를 갖추기로 했어요."

"무슨 일 있어?"

"집은 아닌 모양이네요?"

"어떻게 알았지?"

"자다 일어나 내 전화를 받았으니까요."

"잠깐만. 전화가 와서."

잠시 후 그는 목청을 가다듬고 말했다.

"별일 없지?"

"별일 많았죠."

"나에게 따질 생각 마. 내가 뽑는 것도 아니고, 나는 그냥 한 표 행사했을 뿐이라고."

"그것 때문에 전화한 거 아니에요."

"알아 맞춰 볼까?"

"무슨 생각이 들었는지 궁금하네요."

"작업실, 그거 때문에 전화했지?"

"아니에요. 지금 당장 작업실이 필요하지 않아요. 해외에 나가는 친구 작업실을 쓰기로 했어요."

"그건 그렇고 술 한잔해야지?"

"서울에서 제임스와 같이 만나요."

"제임스?"

"제임스가 우리나라 작가들을 미국에 소개하는 사업을 한다고 했죠?"

"으음, 좋은 생각이야. 너는 성격이 쿨 해서 영국보다 미국이 더 맞을 거야."

"날 잡아서 연락해 주세요."

정명지는 음악회 표가 들어왔다며 제임스와 같이 가지고 했다. 한 주 후 예술의 전당에서 만났다. 그녀는 콘서트홀의 장엄한 분위기에 압도되었다. 다른 공연장에 비교해 마감재 나무가 짙은 색이라 분위기가 무거웠다. 정명지의 연인 같은 제임스는 황금색 머리와 카키색 셔츠가 비싼 나무로 마감한 콘서트홀과 아주 잘 어울렸다. 제임스는 오늘따라 혈색도 좋아 보였다. 제임스가 가운데 앉았는데 몸을 움직일 때마다 비릿한 냄새가 뇌를 자극했다. 특이한 향수를 뿌린 모양이었다.

연주가 시작되었다. 그녀는 좌석이 무대와 가까운 가장자리라 자연스럽게 제임스의 옆모습을 보면서 연주를 감상했다. 그의 볼은 오동통했고 옆모습에서도 음흉한 표정이 엿보였다. 그를 위해 준비한 퍼포먼스를 어떻게 요리할 것인지 머릿속으로 여러 가지 조리법을 작성하고 맛을 보았다. 어느 것도 입맛을 당기는 것은 없었다.

첫 연주는 '상념'이었다. 소나기가 앞이 안 보일 정도로 심하게 내리는 유럽의 작은 도시 느낌을 모티브로 했다고 정명지가 아는 척을 했다. 제임스의 머리가 그녀 쪽으로 기울고 입술은 살짝 벌어졌다. 제목처럼 고민이나 고뇌가 느껴지지는 않았고 작곡가가 유학 중에 느꼈을 고국을 그리는 향수나 그리움은 상상이 갔다. '상념'이 끝나갈 즈음 찬바람이 부는 것 같아 뒤를 돌아보았다. 검은 머리에 찰흙 같은 피부색의 얼굴 수천 개가 일제히 자신을 노려보았다. 사람들의 눈에 그림자가 드리워 눈이 움푹 파인 수천 개의 미라가 앉아 있는 것 같아 섬뜩했다. 모두 상념에 빠진 것 같았다.

제임스는 옆에서 봐도 연주에 푹 빠진 모습이었다. 음악에 취한 그의 영혼이 육신을 빠져나와 선율을 타고 돌아다니는 듯했다. 국악 관현악 여러 작품 중 향비파가 등장하는 '학을 탄 선인'은 옷을 신선같이 차려입은 연주자가 등장해서 눈길을 끌었다. 연주자를 바라보다가 고개를 돌린 제임스와 눈이 마주쳤다. 제임스는 미소 지었고 그녀는 주먹을 불끈 쥐었다. 연주자의 새하얀 의상은 바람이 불면 날아갈 정도로 가벼워 보였다. 하늘거리는 의상 때문에 작은 움직임도 춤을 추는 것처럼 아름다워 보였다. 그녀는 자기 작품이 생각났다. 하얀 무명 저고리에 번지는 파란색과 새빨갛게 변하는 얼룩들. 향비파가 연주되는 동안 전시했던 작품을 떠올리자 몸이 살짝 떨렸다. 향비파의 팽팽한 현의 느낌을 그대로 느낄 수 있었다. 하지만 자기 작품은 얼룩이 새빨갛게 번지는 느낌이 그대로 전달되지 않은 모양이었다. '학을 탄 선인'의 연주는 다른 작품보다 길었고 연주자의 향비파 연주 마무리도 강렬해서 여운이 오래갔다.

국악 관현악의 마지막 곡은 '진혼'이었다. 죽은 사람의 넋을 달래는 가락은 용솟았다가 해맑게 퍼졌다. '진혼'의 레퀴엠을 든든하게 받쳐 주는 합창단의 웅장한 합창은 '학을 탄 선인'에 나왔던 향비파 연주의 여운을 시원하게 날려 주었다. '진혼'에 등장한 소리꾼이 부르는 진도 씻김굿은 가슴을 흔들어 댔다. 그녀는 순간 깊숙한 곳에서 꿈틀거리는 덩어리가 목구멍으로 역류해 불을 뿜을 것처럼 뜨거웠다. 씻김굿을 따라 가며 마음을 가라앉혔다. 가락에서 파도 소리가 들렸다. 혼란스러웠고 두려웠다. 그를 위해 퍼포먼스를 하고 나면 분노가 어느 정도 사라질는지 모르지만 더 큰 비극을 불러올 것이다.

연주가 끝나자 객석에서 박수가 터져 나왔다. 박수는 그칠 줄 몰랐다. 제임스는 국악의 여운에 싸여 있는지 꼼짝하지 않았다. 박수가 수그러들고 사람들이 객석을 거의 빠져나갔을 때 밖으로 나왔다.

정명지는 제임스에게 기발한 저녁 메뉴를 제안했다. 한국 서민 식에 소주를 먹기 위해 서초동 뒷골목으로 들어갔다. 김치찌개, 된장찌개, 제육볶음, 삼치구이 그리고 소주를 시켰다. 셋이 먹는데 이렇게 푸짐하게 주문하긴 처음이었다. 다 같이 소주로 건배하고 반찬으로 나온 달걀말이를 안주로 집어 먹었다. 정명지가 잔에 소주를 따르며 말했다.

"오늘 국악을 감상하고 백반을 먹으니까 제대로 코스를 잡은 거지."

제임스가 소주잔을 비우고 엄지를 추켜올렸다. 그러자 정명지가 말했다.

"한국 가정식 식당이 처음이래. 이 차도 한국식으로 가야지."

"주점에 가서 막걸리를 먹어요?"

운이 좋았는지 방금 한 밥을 먹을 수 있었다. 정명지가 제임스를 위해 찌개를 조금씩 덜어 주고 나서 그녀에게 말했다.

"제임스에게 미국에 적극적으로 소개해 달라고 했어."

그녀는 밥을 먹다말고 도도한 표정을 지으며 제임스를 노려보며 말했다.

"알아서 척척 밀어주시네요."

"우리 여행 한번 다녀올까? 제임스네 목장에 가서 말도 타고, 뉴욕 아트 페어도 리서치하고."

"내년에 가요. 올해는 작업할 게 몇 가지 있어요."

"독이 바짝 올랐어. 이번에 대상을 못 받은 게 자극이 됐나 봐."

그녀는 서툰 젓가락질로 콩나물을 걷어 올리는 제임스를 보며 말했다.

"시간 내서 제주에 오세요. 작업실에서 구상한 작품을 퍼포먼스로 보여 드릴게요."

정명지가 입을 오물거리며 말했다.

"기대되는데, 날 잡아서 보러 갈게."

"오셔서 소리의 파장을 느껴 보세요. 파장이 변주되어 알 수 없는 형태로 다가오고, 서로 영향을 주고받으며 형성한 보이지 않는 흐름을 들려 드릴게요."

"이사장님은 배우의 역할을 해 주셔야 해요."

"내가?"

"이사장님이 출연하고 내가 연출하는 퍼포먼스에요."

"뭔지 모르지만 재밌겠군."

정명지는 밥 한 공기를 더 주문해서 절반을 덜고 나머지를 그녀에게 건넸다. 그녀는 식욕이 돌아 남은 된장찌개 국물을 전부 밥에 부어 비벼 먹었다.

강경국은 파키스탄으로 떠나기 전날 그녀에게 자기 소울 푸드를 만들어 주었다. 그는 자신이 없는 동안 작업실을 잘 부탁한다는 의미였고 그녀는 몇 달 동안 작업실을 공짜로 쓰게 된 것을 고마워하는 파티였다.

그는 진행하는 작업이 있었다. 작년에는 중국 자금성 앞에서 제식 훈련하는 군화 발소리를 녹음했다. 이번에는 파키스탄과 인도 국경에서 국기 하강 식을 할 때 서로 크게 함성을 지르려고 악을 쓰는 소리를 녹음하고 이스라엘과 팔레스타인 사이 장벽 밑에 쓰레기들이 바람에 휘날리는 영상과 소리를 담아오는 여행을 다녀오기로 했다. 그는 영상과 소리를 반복하는 방식으로 편집하여 작품을 만들 계획이다. 작년에 녹음해 온 군화 발소리는 반복하는 방식에 따라 우스꽝스럽게 들리다가 리듬감이 느껴지고 경쾌하게 들렸다가 안쓰럽게 마무리되면서 중국의 현실을 생각하게 했다. 이미지가 소리와 어우러질 때의 시너지를 최대한 뽑아낸 느낌이었다.

강경국의 예술적인 감각은 요리에서도 유감없이 발휘되었다. 예술가들 중엔 미식가가 많다. 자기만의 창조적인 요리를 하는 것이다. 그녀가 현관으로 들어설 때 강경국은 삼베 보자기에 두부를 넣고 물기를 짜내고 있었다. 물기를 짜낸 두부를 그릇에 담아 놓고 나서 그는 셔츠 소매를 걷어붙였다. 그는 티브이TV를 보면서 편하게 있으라고 했지만 그녀는 기대감과 설렘으로 편하게 앉아 있을 수가 없었다. 그는 냉장고에서 숙성시킨 밀가루

반죽을 꺼내 나무 도마 위에 올려놓고 얇게 밀었다. 그녀는 가만히 있을 수 없어서 그가 돼지고기와 부추, 파, 양파를 다지는 동안 컵으로 만두피를 만들었다. 원형으로 떠진 만두피에 되직하게 버무린 만두소를 넣고 맞붙인 다음 양 귀를 오므려 둥글게 빚었다. 그는 메추리알만 한 작은 만두도 빚었는데, 그 작은 만두를 가득 집어넣어 알집 모양의 큰 만두를 만들었다. 둘은 알을 품은 만두를 보며 아이처럼 쿡쿡 웃었다. 그는 커다란 냄비에 맑은장국으로 만둣국을 끓였다. 알집 같은 만두를 먼저 건져 내 껍질을 터뜨려서 작은 만두를 하나씩 꺼내 먹었다. 그것은 둘이 만든 거대한 알이었다. 처음엔 파충류의 알을 삶아 먹는 것 같아 망설였지만 맛은 있었다. 개구리는 투명한 젤리 같은 덩어리 안에 수천 개의 검은 알을 담아 물가에 산란한다. 옛날에는 경칩이 지나면 몸보신을 위해 개구리 알을 건져 먹는 풍속도 있었다. 그녀는 지난여름 그와 갔던 어느 산사의 연못에서 청개구리들이 짝짓기 하던 모습이 떠올랐다. 암놈 등에 올라탄 수놈이 덩치가 작았는데 앞다리로 암놈 몸통을 꽉 누르며 찰싹 달라붙어 있었다. 그는 듬직한 암놈에 올라탄 수놈이 행복해 보인다고 했다. 왜 행복해 보이는지 의문이 들었지만 물어보지는 못했다. 수놈이 암놈 등에 올라탔다고 교미하는 게 아니라 자기 것을 지키는 것이라고 하면서 개구리는 암놈이 알을 낳으면 수놈이 그 위에 정자를 뿌리는 체외 수정을 한다고 했다.

음식을 함께 만들어 먹는 행위는 성적인 긴장감을 높여 줬다. 성적 욕구를 강렬하게 만들 뿐 아니라 생리적 반응을 일으키는 짜릿한 전희나 다름없었다. 어쨌든 알집 만두 요리는 창조적인 행위였고, 오감을 거듭나게 했다는 점에는 의심의 여지가 없다. 둘은 배부르게 만두를 먹었다. 둘의 식사는 단순히 끼니를 때우는 데 있지 않았다. 그동안 무심코 먹어온 음식에 새로운 맛이 숨어 있음을 그제야 알아차린 그녀는 색다른 잠자리를 기대했다. 식탁을 치우다 눈이 마주친 두 사람은 누가 먼저랄 것 없이 서로를 뚫어지게 쳐다보았다. 마치 접시에 남은 마지막 음식을 두고 눈치를 보는 사람들처럼 도전적으로. 그가 먼저 손을 뻗어 자기 앞에 놓인 음식의 질감을 음미했다. 그리고 냄새를 맡아 후각을 깨웠다. 둘은 조심스럽게 음식 껍질을 벗겼다. 음식을 조금씩 입안에 넣고 천천히, 아주 천천히 나눠 씹었다. 그는 주어진 음식을 감사히 여기고 천천히 음미할 줄 아는 사람이었다. 맛을 음미할 때는 몸 구석구석 반응에 집중했다. 얼마 후 경쾌하게 씹는 소리가 서로 청각을 자극하고, 씹으면 씹을수록 미세하게 달라지는 맛이 혀와 잇몸과 입천장을 건드렸다. 그녀는 오랜만에 개구리들의 울음소리를 들었다. 오케스트라 단원이 연주 전에 악기를 조율하는 소리 같았다. 조율이 끝나자 그가 먼저 옷을 벗고 그녀의 옷을 벗기기 시작했다. 그녀는 침대에 누워 눈을 감고 감미로운 애무를 기대했는데 그는 그녀를 발딱 뒤집더니 개구리처럼 그녀의 등에 달라붙어 그녀를 어루만졌다. 그런데 한참이 지나도 그의 그것은 단단해지지 않았다. 그녀가 몸을 돌리려 하자 그는 손에 힘을 주었다. 상황이 어떻게 벌어질지 알 수 없었다. 그녀는 몸을 꼬면서 어떤 색다른 체위가 등장해도 받아들일 준비를 하는데 그는 아무런 반응이 없었다. 그녀는 아무렇지 않은 듯 말했다.

"우리 이러고 있으니까 꼭 개구리 같다."

그는 그녀의 뒤통수에 코를 박은 채 말했다.

"이사장이 떠올라서 오늘은 안 되겠어."

"그게 무슨 말이야?"

"네가 이사장과 그렇고 그런 사이라는 것을 알았을 때 혼란스러웠어."

"어떻게 알았어?"

"서류 심사에 떨어졌는데 바로 다음 날 다시 붙는다는 게 이상했어."

"붙을 만하니까 붙은 거지."

"인터뷰하러 정용원 정원에 갔을 때 두 사람이 서로 바라보는 눈빛이 이상했어. 그래서 의심을 하고 있었지. 그러다가 내 눈으로 직접 봤어. 네가 정명지를 만나는 장면을."

"언제, 어디서?"

"초밥집에서 술 마신 날. 너는 외삼촌을 만나러 간다고 했지.

그날 친구가 오토바이를 타고 나를 데리러 왔어. 오토바이를 타고 가다가 네가 택시를 기다리는 모습을 보고 호기심이 발동했어. 너를 미행했어. 혹시 눈치챌까 봐 친구 점퍼를 입고 있었는데 아무리 그래도 그렇지 얼마나 푹 빠졌기에……."

"날 미행했단 말이야?"

"멀찍이 떨어져 앉아서 너를 관찰했어. 너는 그 사람들과 즐겁게 마시더니 택시를 타고 중문으로 가더군. 그날 친구가 나 때문에 술도 못 마시고 고생했지. 너를 끝까지 쫓아갔어. 바에서 정명지가 너에게 키스하는 걸 봤어."

그녀는 가슴에 총을 맞은 기분이었다. 순식간에 온몸의 피가 총 맞은 구멍으로 뿜어져 나오는 것 같았다. 순간 제임스가 준 알약이 떠올랐다.

"언제까지 나를 지켜봤던 거야?"

"정명지가 너에게 키스하는 걸 보는 순간 더 지켜보고 싶지 않았어."

그녀를 뒤에서 안고 있던 그의 손에 힘이 빠졌다. 그는 뒤로 물러났다. 그 틈으로 바람이 들어왔다. 그녀는 분노가 터져 나오지 않게 잘 다독거렸다. 숨을 크게 들이마시고 천천히 내쉰 다음 그에게 물었다.

"그런데 뭐 때문에 혼란스러웠어?

"작품에 외할아버지 이야기를 반영해 달라는 사람이 이사장과 가깝게 지낸다는 사실이 이해가 안 됐어."

"몰랐었어, 처음부터 알았다면 그러지 못했을 거야."

"질투가 났었는데 감정을 정리했어. 넌 그냥 좋은 친구야."

"그래 우리는 어려울 때 서로 돕는 좋은 친구지."

그가 그녀를 다시 어루만질 때 그녀의 배에서 꼬르륵 소리가 났다. 그는 벌떡 일어나서 프라이팬을 꺼내고 기름을 두르고 남은 만두를 구웠다. 그녀는 침대에 엎드린 채 다리를 이리저리 움직여 보다가 옷을 입었다. 그가 잘 구워진 만두를 접시에 담아 왔다. 고소한 냄새가 방 안에 가득 찼지만 그녀는 하나도 먹고 싶지 않았다.

혜원은 강경국이 취재 여행을 떠나자 작업실을 정리하고 퍼포먼스를 준비를 했다. 제일 먼저 야구 배트를 새로 샀다. 나무 배트와 알루미늄 배트 하나씩. 소리가 어떻게 다를지 궁금했다. 쇠사슬과 자물쇠도 샀다. 퍼포먼스 공연 관객은 제임스였다. 공연장은 강경국 작업실 뒤뜰이었다. 그런데 공연을 하루 앞두고 맥이 빠져 버렸다. 정명지는 제임스와 같이 오려고 했다가 미술 잡지 인터뷰가 잡혀서 못 온다고 했다. 지주는 제임스고 마름은 정명지였다. 지주 앞에서 마름을 흠씬 나게 두들겨 패는 공연을 하려고 했는데, 그를 위해 배트를 휘두르는 연습을 했는데 그가 없다면 극적 긴장감이 없는 공연이 될게 뻔했다.

단층 개인 주택을 개조한 강경국의 작업실 뒤뜰에 무대를 만들었다. 뒤뜰은 주로 오브제를 갈아 내고 조립하는 작업을 했다. 햇빛을 가리려고 나무 기둥을 세우고 검은 차광막을 쳐 놓았다. 작업 테이블이 가운데 자리 잡고 있었다. 어지럽게 널려있던 짐들을 모두 구석으로 치웠다. 부근에 주택이 몇 채 있어 밤에 퍼포먼스를 하면 소리가 들릴 것 같았다. 마을 사람들도 하루 정도는 괜찮을 것 같았다. 철제 캐비닛을 중앙에 놓고 좌우로 스피커를 설치하고 강경국의 작품 '정적이 보이는 스피커'에 사용했던 음향 시스템을 축소해서 연출했다. 스피커는 좌우에 하나씩만 설치했다. 추억이 아련한 개구리 울음소리, 공포에 질린 개구리 울음소리, 울음소리가 소음으로 변했다가 서정적으로 변화는 과정에서 관객이 느끼는 소리의 촉각은 자신이 직접 행위로 느끼게 해줄 것이다.

개구리 울음소리만 등장하면 강경국의 작품을 따라한 것 같아서 총소리를 추가했다. 개구리 울음소리가 점점 커지면 총소리가 난다. 총소리를 폭탄이 폭발하는 것처럼 길게 늘였다. 듣는 사람에 따라서는 누군가 개구리 울음소리가 듣기 싫어 총을 쏜 것처럼 느낄 수 있다. 총소리가 끝날 무렵 공포감을 증폭시키고 임팩트를 주기 위해 자신이 행위로 소리를 내기로 했다. 마치 총소리가 계곡에서 메아리치는 것처럼 들릴 것이다.

영상을 생각했는데 다큐멘터리 같은 장면밖에 떠오르지 않
았다. 직접적인 장면을 상징적으로 함축해서 보여주면 좋겠는
데 영상에 시간을 투자하고 싶지 않았다. 관객의 상상력을 위해
영상은 생략하고 대신 음파의 파동 이미지를 띄우기로 했다. 그
래프처럼 보이는 이미지는 사운드의 주파수를 시각화하는 것이
다. 그래프의 진한 덩어리나 뾰족한 가시 같은 부분이 많이 나
타날수록 관객은 소리의 촉각을 느낄 것이다.

정명지가 빠지고 제임스만 관객이 되었던 날 별은 반짝였다.
반짝이는 별이 그녀를 지켜봤다. 별빛은 안으로 들어와 다른 모
든 것을 밀쳐 내고 그녀의 몸을 달구었다. 그녀는 철제 캐비닛
안으로 들어가 물북을 두드렸다. 물북의 울림과 캐비닛의 울림
그리고 마이크를 통해 스피커로 나오는 물북소리는 웅장했다.
물북의 울림이 온몸을 때리는 것 같았다. 그때 문이 열리고 불
빛이 들이닥쳤다. 뭉뚝한 덩어리 형상과 뾰족한 형상이 그녀를
때리고 찔러 댔다. 그동안 그녀를 따라 다니던 덩어리들이 놀라
달아났다. 그녀는 몸이 접히고 쪼그라들어도 북채를 놓지 않았
다. 물북소리가 더 커졌다. 심장이 터질 듯 울렸다. 울림이 연기
처럼 날아올랐다. 그녀는 울림을 타고 날아갔다. 숨죽여 울고 있
을 때 캐비닛이 열렸다. 그가 순식간에 안으로 들어왔다. 개구리

울음소리가 점점 커졌다. 총소리가 길게 이어졌다. 개구리 울음소리가 아니라 웃음소리 같았다. 하지만 그녀는 퍼포먼스 공연을 위해 모든 것을 참았다. 그를 유혹해 캐비닛 안에 가두고 물북을 두드리게 했다. 그는 신이 났는지 물북을 힘차게 두들기기 시작했다. 그녀는 스피커 볼륨을 올렸다. 그녀는 울어 대는 개구리들에게 속이 꽉 찬 소리를 들려줬다. 총소리가 났다. 그녀는 캐비닛 옆에 서서 총소리가 끝날 무렵 배트를 휘둘렀다. 나무 배트가 부러졌다. 알루미늄 배트로 캐비닛을 때렸다. 개구리들이 소리 높여 응원했다. 누군가가 어깨에 올라 앉아 자신을 조종하는 것 같았다. 프로젝터에서 나오는 음파의 파동 이미지가 미러볼처럼 점멸했다.

순백의 빛이 자신을 향해 퍼져 왔다. 찬란한 빛의 에너지가 머리부터 들어와 온몸으로 퍼져 나갔다. 빛은 온몸을 휘감으며 발바닥을 통해 빠져나가지만, 정수리에는 스펙트럼의 마지막 색인 보라색 빛줄기만 남았다. 보랏빛을 느끼며 깊은 호흡을 여러 번 반복하고 나서 보라색 빛줄기를 갑상샘이 있는 목으로 옮겨 고요한 파란색 영역으로 들어가 깊은 호흡을 했다. 파란색 빛줄기를 흉선 부분으로 옮겨 신선하고 활기찬 청록색 영역으로 들어가 깊은 호흡을 하면서 청록색 빛줄기를 심장으로 살짝 옮겨 놓았다. 빛줄기가 자신도 모르게 청록에서 평화로운 초록색으로 이동하여 몸이 차분하게 가라앉는 것을 느낄 수 있었다.

잠시 후 초록색 빛줄기를 복부로 옮겨 황금빛 노란색 영역으로 들어갔다. 그녀는 황금빛 덕분에 황홀한 기분을 맛볼 수 있었다. 깊은 호흡을 반복하면서 노란색 빛줄기를 아랫배로 옮겨 생동감이 넘치는 주황색 영역으로 들어가서 깊은 호흡을 했다. 주황색 빛줄기를 골반으로 옮겨 힘찬 에너지를 발산하는 빨간색 영역으로 들어갔다. 빨간색 에너지는 다리를 통해 나무의 뿌리가 되어 땅을 뚫고 들어갔다. 그녀는 땅과 하늘을 연결하는 우주수가 되었다. 깊은 호흡을 하면서 다시 순백의 빛이 들어왔다. 찬란한 빛 에너지가 머리부터 들어와 온몸에 흘러넘쳤다.

그녀는 캐비닛 뒤로 가서 분노에 몸을 떨다가 달려가서 캐비닛을 들이받았다. 캐비닛이 앞으로 넘어지면서 땅이 울렸다. 속이 후련했다. 어깨에서 팔에서 피가 났다. 그제야 알몸으로 퍼포먼스를 하고 있다는 것을 알았다. 그녀는 캐비닛에 올라서서 캐비닛을 때렸다.

개구리 울음소리가 들렸다. 개구리 울음소리가 점점 커졌다. 그녀는 비명을 질러 댔다. 누가 온몸을 바늘로 찔러 대는 것 같았다. 순간 찌지직거리는 이명이 들리더니 아무 소리도 들리지 않았다. 정적이 찾아왔다. 아주 편안했다. 그녀는 계속 아무 소리도 들리지 않길 바랐다.

제5부

인디언 피요테 의식

정명지의 변호사는 열심히 뛰어 다니며 안혜원을 구했다. 그러지 않았으면 그녀는 제임스를 성폭행범으로 고소했을 것이다. 변호사는 제임스의 주장대로 살인 미수가 아니라 예술 행위 도중 그녀가 지나치게 감정 이입하여 발생한 해프닝으로 사건의 성격을 바꿔 버렸다. 그녀가 풀려나오자 정명지는 변호사를 통해 더는 만나고 싶지 않다고 했다.

　그녀는 그동안 작업실에 틀어박혀 밖으로 나가지 않았다. 외삼촌의 전화만 한번 받았다. 그는 진상 규명 및 희생자 명예 회복 단체에서 자신을 중요한 자리에 앉혔다고 했다. 그녀는 외삼촌에게 과거의 악몽이 떠올라 괴로우니 전화를 걸지 말라고 했다. 강경국과 이메일을 주고받는 게 유일한 소통이었다. 그녀가 퍼포먼스 공연을 통해 분노를 표출한 얘기를 들은 강경국이 남은 일정을 줄이고 예정보다 빨리 돌아왔다.

그는 그녀를 위해 서울 나들이를 다녀왔다. 그가 그녀의 정신적인 치유를 위해 전시회와 힐링 프로그램을 알아 본 것이다. 설치 미술을 하는 후배의 기획 전시장은 여의도 지하 비밀 벙커에서 문화 전시 공간으로 변신한 곳이었다. 지하 비밀 벙커는 2013년 그 역사적 상징성을 인정받아 서울시 미래 유산으로 선정되었다. 설치 미술 작가는 사십 년 넘게 묻혀 있던 대통령의 공간이 국민의 공간으로 바뀐 것에 영감을 받아 재난 시 국민 대피 요령에서 모티브를 얻었다. 그곳엔 대통령 경호 목적으로 만들어진 벙커의 정체성을 예술로 다시 정립하는 회화, 설치 미술, 동영상 작품들이 전시되고 있었다. 기획 전시 오픈 기념행사 퍼포먼스는 '무단 점유하기'였다. 퍼포먼스는 전시 공간에 관람객이 자기 은신처를 설정하는 행위로 관람객도 작가가 되는 소통 방식이었다. 퍼포먼스에 참여하기를 원하는 관객에게 방석, 종이테이프, 얇은 비닐 재질의 비상 담요가 주어졌다. 관객은 전시장 어느 곳에라도 전시된 작품을 건드리지 않는 범위에서 비상 담요로 은신처를 만들 수 있었다. 후배는 관객과 천장 구석에 비상 담요를 새둥지처럼 설치했다. 그녀는 은신처를 색다르게 연출하고 싶어서 고심하다가 벽 아래 단자함을 발견했다. 단자함 덮개를 열고 그것을 뼈대 삼아 비상 담요를 이글루 입구처럼 만들어 벽에 종이테이프로 고정했다. 조금 떨어져서 보니 벽에 쥐구멍이 난 것 같기도 했고 벽 너머 환상의 세계로 건너가는 입구 같기도 했다. 은신처는 온전한 프라이버시 공간이고 재난, 전쟁에서 살아남을 수 있는 벙커였다. 후배는 퍼포먼스의 의미가 은신처를 통해 관객들은 일상의 일단을 감추고 싶은 욕망을 발산하고 참여하는 것이라고 했다. 그녀는 전시장에 연출된 은신처가 젠트리피케이션 때문에 서식지를 잃은 예술가들의 집 같다는 생각이 들었다.

그는 그녀를 위해 '조용한 축제Hush Festival'를 예약했다. 주최 측에서 정한 대상은 스스로 정신적 이민자라고 생각하거나 어느 쪽에도 속하지 않고 양쪽 사이 어딘가에 부유한다고 느끼는 사람이었다. 그녀는 예술가로서 자유로운 영혼을 갈망하지만 사회 시스템에 따라 정체성을 잃어버리곤 했기에 자신을 위해 마련한 축제라 생각하고 참여했다. 그녀는 축제의 고정 관념을 바꾼 참신한 프로그램 덕분에 엉킨 생각을 정리하고 실마리를 찾을 수 있었다. 축제 장소는 상암동 문화 비축 기지 티원T1 파빌리온에서 진행되었다. 석유 비축 기지 시절 휘발유를 보관했던 거대한 탱크의 윗면을 해체하고 유리로 된 벽과 지붕을 얹어 원형 공연장으로 변신한 곳이다. 영양분을 뽑아 먹고 자란 독버섯 같은 석유 탱크에 문화가 채워지니 새로 돋아난 순 같았다. 조용한 축제는 청정 자연의 이미지로 눈을 정화하고 대금과 피리 연주로 귀를 정화하고 명상으로 심신을 정화하는 프로그램이었다. 그녀는 슬라이드 쇼로 진행된 청정 자연 이미지를 보면서 눈을 정화하고 귀를 정화하는 시간에는 신청자가 오지 않아 혼자 대금과 피리 연주를 듣는 호사를 누렸다. 티원T1 파빌리온의 원형 공간은 스피커가 없어도 울림이 좋아 연주가 가슴으로 파고들었다. 그녀는 대금 연주를 듣고 나서 이어진 명상 시간에 마음을 가라앉힐 수 있었다. 진행자가 켜 놓은 생수병 뒤에 작은 랜턴의 은은한 불빛 때문이었다. 그녀는 물을 통해 발광한 불빛을 봤을 때 컴컴한 동굴 안에서 출구를 발견한 것 같았다.

강경국은 제주로 돌아와 자신이 주체한 파티에 혜원을 초대하면서 피요테 퍼포먼스 공연을 같이 하자고 했다. 그녀가 초대받은 에멘탈 치즈 파티는 치즈를 먹는 파티가 아니라 내 안에 가득한 쥐를 잡는 파티라고 하면서 초대한 사람들은 경제 자본이 없어 영원히 떠돌아다녀야 하는 제주의 가난한 예술가들이라고 했다.

그는 몇 년 전 미국 여행을 갔을 때 인디언 마을에서 피요테 의식에 참석했다. 인디언 천막 티피 안에는 모닥불이 일렁거렸다. 그는 사람들과 반원형의 둔덕 앞에 둘러앉은 사람들은 먼저 종이에다 담배 가루를 말아서 불을 붙였다. 담뱃불이 꺼지지 않도록 가끔씩 빨아 주면서 피요테를 조금씩 씹어 먹었다. 담배를 피우고 피요테를 씹어 먹는 동안에 로드맨으로부터 시작하여 두 사람씩 짝이 되어 한 사람은 물북을 두드리고 또 한 사람은 래틀이라고 불리는 방울을 흔들면서 기도문을 독특한 음률에 맞추어 읊조렸다. 그러한 기도 순서가 새벽까지 계속 이어지는 동안 참가자들은 피요테를 씹었다. 피요테는 멕시코 선인장을 말린 것으로 환각 성분을 포함한 일종의 마약이지만 몸과 정신을 깨끗이 정화시켜 주는 치료제였다. 그는 이번 파티에서 그녀가 제작했던 영상과 물북과 래틀만 사용하여 참가자들의 영혼을 맑게 해 주는 퍼포먼스 공연을 하기로 했다.

혜원은 며칠 동안 속이 메스꺼워 입맛이 전혀 없었다. 샤워하면서 오늘은 밖에 나가 뭘 좀 제대로 먹어야겠다고 마음먹었다. 일어나서 파티 초대장을 확인했다. 오늘은 파티에 가서 몸이 망가지도록 놀고 나서 내일부터 적당한 병원을 찾아보기로 마음먹었다.

혜원과 강경국은 아홉 시쯤 김녕 미로 공원에 도착했다. 건너편 숲에서 멀지 않은 곳은 밤에도 불을 밝히고 호텔 공사가 한창이었다. 공사장 펜스에는 정명지의 아버지가 창업한 그룹 건설사 로고가 선명했다. 강경국이 도로 쪽으로 갔다 와서 말했다.

"또 호텔이 들어설 모양이야."

굴착기에 달린 해머가 바위를 깨는 소리가 이어졌다.

"빨리 가자, 저 소리가 머리를 때리는 걸어."

그녀는 며칠 전 이곳 공사장에서 발생한 폭발 사고가 상수도관 파열로 이어졌다는 뉴스가 떠올랐다. 경찰은 용단 작업에 사용하는 엘피 가스LP gas 폭발 원인으로 발표했다. 안전 관리가 문제였다. 용단 작업을 종료하면 가스통과 가스 호스, 가스 절단기를 수거하여 위험물 저장소에 보관하고 엘피 가스LP gas통과 산소통의 밸브를 잠가야 하는데 그런 안전 조치를 하지 않아 폭발 사고의 원인이 되었다. 공원 앞까지 온통 물바다였고 도로 곳곳에 땅 꺼짐과 큰 구멍이 뚫렸다. 사람들은 구멍이 만장굴과 연결되어 있을 거라고 했다. 최근 제주시 도로 곳곳에 땅 꺼짐과 큰 구멍이 뚫렸다. 길 한복판에 검은 구멍이 늘어나도 사람들은 동네가 개발되기 위해 거쳐야 하는 홍역이라 생각했다. 사고가 나든 말든 신축 건물들은 쑥쑥 자랐다. 땅을 파는 걸 보니 호텔이 크게 들어설 모양이다. 이곳은 본래 지하수가 많고 지반이 연약하다. 공사 관계자는 터를 파면서 콘크리트 벽을 두껍게 세워 지하수 유입을 막았다고 했지만 믿을 수 없었다.

김녕 미로 공원 입구에 별도로 세워진 쇠기둥에 시시 디브이CCTV가 설치되어 있었다. 주차장을 감시하던 카메라가 천천히 회전하다가 그녀와 눈이 마주치자 멈추는 것 같았다. 공원 가로

등 불빛이 유난히 밝았다. 음영이 뚜렷한 나뭇가지의 그림자가 촘촘하게 뭉쳐 보였다. 그녀와 그는 가방을 열고 가면과 팔찌를 꺼낸 다음 야광 가죽 팔찌를 차고 공원 벤치에 앉아 있었다. 벤치 옆에 있는 가로등에 나방 몇 마리가 파닥거리며 맴돌았다. 나방은 가로등 램프에 앉지 못하고 미끄러지면서도 램프 주위를 떠나지 않았다.

잠시 후 사방에서 형광색의 동그라미가 모여들었다. 안내자 두 명은 등산화를 신고 검은색 양복에 나비넥타이를 하고 나타났다. 그녀와 그는 팔찌를 찬 오른손으로 머리를 쓸어 올렸다. 안내자가 다가와서 그녀에게 암호를 대라고 했다.

"쥐를 잡자. 쥐를 잡자. 찍 찍 찍."

안내자는 그녀를 못마땅한 표정으로 바라봤다.

"뭐, 잘못됐어요?"

"율동은?"

그녀가 무슨 뜻인지 못 알아듣자 안내자가 피우던 담배를 바닥에 떨어뜨려 발로 비벼 끄더니 그에게 시범을 보이라고 했다. 그러자 그가 그녀에게 말했다.

"네가 처음 왔다고 장난하는 거야."

그는 일어나서 안내자와 시범을 보였다. 두 팔을 앙증맞게 올리고 몸을 좌우로 흔드는 볼썽사나운 동작이었다. 안내자는 뒤돌아 사람들에게 율동을 요구했다. 다들 난감해 했고 몇몇은 실소하기도 했지만 곧 체념한 듯 따라했다.

"힘차게, 진지하게!"

그녀도 반쯤 포기한 사람처럼 율동을 따라했다.

"좋아. 그 정도는 돼야 마음속에 있는 쥐를 잡지. 자, 그럼 쥐 잡으러 가 볼까요?"

안내자는 공원 울타리 쥐구멍을 통해 일행을 이끌고 매점 뒤편으로 이동했다. 안내자가 쇠 파이프로 만든 지렛대로 맨홀 뚜껑을 들어 올려 옆으로 밀었다. 맨홀로 내려가는 통로에는 절단된 통신용 케이블이 피복을 벗은 채 촉수를 세우고 있었다. 안내자가 먼저 복잡하게 얽힌 전선을 손으로 밀치며 사다리를 타고 내려갔다.

숲의 향기가 비릿한 흙냄새로 바뀌었다. 일행이 모두 내려오자 안내자가 사다리에 걸터앉아 맨홀 뚜껑을 끌어당겼다. 맨홀 뚜껑은 묵직한 마찰음을 내면서 이내 지상의 공기를 차단했다. 쿵 하는 소리와 맨홀 뚜껑이 홈에 완벽하게 들어맞는 순간 모든 것이 사라지고 시간이 멈춘 듯했다. 시간이 지나자 조금씩 어둠이 눈에 익었다. 맨홀 벽에는 물때 자국 같은 얼룩이 이끼처럼 번져 있었다. 안내자가 이마에 야간 산행용 전등을 착용하고 사람들을 하나하나 비추었다. 그녀는 갱도에 갇혀 있다 구조내에 발견된 광부처럼 손으로 눈을 가렸다. 맨홀에서 동굴로 이어지는 입구에서 비릿한 이끼 냄새가 났고 동굴에는 불규칙한 용암 기둥이 곳곳에 솟아 있어 그것을 이리저리 돌아서 나아가야 했다. 일행은 모두 스물일곱이었다. 그들 중 다정하게 손을 잡은 연인이 있었는데 초행은 아닌 듯했다. 그들은 기묘하게 연결되는 동굴을 익숙하게 통과해 빠르게 걸어갔다. 일행이 착용한 야광 팔찌가 동굴 안에서 공처럼 굴러 갔다. 야광 팔찌는 나비 문양의 가죽 팔찌와 엮여 있었는데 그 작은 팔찌가 지하 세계로 들어갈 수 있는 유일한 표식이었다. 일행 뒤에서 또 다른 안내자가 손전등을 바닥으로 비추면서 따라왔다. 바닥은 마른 흙이었다가 차츰 진창으로 변하면서 부패한 냄새를 풍겼다. 그녀는 천장에서 떨어진 물방울이 어깨에 떨어지자 온몸에 소름이 돋으면서 긴장이 되었다. 질퍽한 바닥에 운동화가 미끄러질 때마다 누군가 오래전에 뱉어 놓은 토사물을 밟는 것처럼 꺼림칙했다. 공기가 희박해질수록 바깥공기가 그리웠다.

일행은 바다를 유영하는 심해의 물고기처럼 유유히 움직였다. 아가미로 칠흑 같은 어둠을 들이마시며 촉수를 밝히는 한 마리 물고기가 된 기분이었다. 바닥이 단단해지면서 발걸음 소리가 커지자 흙먼지가 뿌옇게 일었다. 앞서가던 연인은 맨홀을 내려올 때부터 물고기 모양의 가면을 쓰고 있었다. 남자는 상어 가면을 쓰고 여자는 복어 가면을 썼다. 지하 깊숙한 곳에서 누가 누군지도 모르는 익명성을 전제로 파티를 벌이면서 꼭 가면까지 써야 할까. 문득 그런 의문이 들었다. 그들이 가면으로 자신을 감추려는 것인지 아니면 가면을 무기로 타인의 관심을 받고자 하는 것인지 확신이 서지 않았다. 그녀는 다음에 다시 오게 된다면 수컷 사자 가면을 준비해야겠다고 생각했다. 일행은 계속 안내자의 불빛을 따라갔다.

지하의 서늘한 공기가 천장에서 뿜어져 나올 때쯤 주위가 서서히 밝아졌다. 음악 소리가 점점 커졌다. 록밴드의 연주 소리가 들리자 연인은 통로를 달려갔다. 긴 동굴의 어둠에서 해방되자 방공호 같은 공간이 펼쳐졌다. 그가 그녀에게 공간에 관해 설명해 주었다.

"일제 강점기 때 일본군이 비밀리에 만든 벙커야."

"엄청나게 넓어 보이는데."

"한 이백 평 정도? 화장실과 침실도 있어."

"왜 이렇게 어둡지?"

"훔쳐 쓰는 전기라 그래."

일행은 지하 광장 입구에서 심호흡을 하고 준비해 온 가면을 꺼냈다. 그녀 옆에 있던 연인의 가면은 나비 모양으로 눈만 가릴 수 있게 제작된 것이었다. 벙커에 모인 사람들은 하나같이 얼굴을 가리는 요상한 가면을 쓰고 있었다. 그녀는 주위를 천천히 둘러보고 나서 손에 들고 있던 가면을 눌러썼다. 붉은 조명이 은은하게 깔린 무대에서 밴드가 음을 조율하고 있었다.

"우리 퍼포먼스는 언제 하는 거야?"

"모든 공연이 끝나고 피날레로."

드럼 연주자가 심벌즈를 앞으로 당기고 베이스 드럼 페달을 여러 번 밟았다. 베이스 기타도 현을 조절했다. 점점 굵어지는 베이스 소리에 자신도 모르게 긴장됐다. 드럼의 누런 심벌이 조명에 반짝이면서 박자에 포인트를 넣었다. 기타가 불협화음을 내자 잠시 후 한쪽 벽면에 단을 높인 무대에 가수가 올라와 마이크 높이를 조절했다. 얼마 전에 데뷔한 인디 밴드라고 안내자가 속삭였다. 가수가 마이크 테스트를 했다.

"아, 아, 준비됐습니까?"

사람들이 기다렸다는 듯 손뼉을 치며 함성을 내질렀다.

"정말입니까? 오늘 암호는 무엇입니까?"

사람들이 주먹 쥐고 함성을 내질렀어요.

"쥐를 잡자. 쥐를 잡자. 찍 찍 찍."

"반응이 형편없네요. 구호는 그렇다 치고 율동은 확실하게 해야 합니다."

가수가 먼저 율동 시범을 보였다. 두 팔을 앙증맞게 올리고 몸을 좌우로 흔들자 사람들이 유쾌하게 따라했다. 이어서 신나는 연주가 시작되었다. 밴드의 연주는 공격적이었고 화음이 변화무쌍하게 바뀌는 열정적인 음악이었다. 음악이 흥을 더해가며 정상을 향해 올라가다가 찢어질 듯한 고음으로 돌변했다. 사람들은 눌러 왔던 가슴속 응어리가 터진 듯 갈라지는 목소리로 노래를 따라 불렀다.

무대 앞에서 춤을 추는 사람들은 가면을 쓰고 엉킨 머리칼을 풀어헤치듯 머리를 돌렸다. 연주는 쉬지 않고 이어졌다. 그녀는 분위기에 동화되지 못한 채 굳은 몸으로 사람들을 구경하기 바빴다. 가수의 티셔츠가 땀에 흠뻑 젖었을 때 귀청을 때리는 빠른 박자의 전자음이 지나가고 잔잔하게 바이올린 연주가 진행되면서 휴식 시간을 알렸다.

그녀는 구석 테이블에 자리를 잡고 가면을 살짝 들고 생수를 마시면서 새로운 세상을 만난 것처럼 벙커 안을 두리번거렸다. 테이블마다 사람들이 모여 건배했다. 안내자들이 테이블 사이를 물고기처럼 유영하며 주문을 받고 술과 음료를 날랐다.

다시 록밴드가 무대 위로 등장하자 복잡한 생각이 달아나면서 억눌렸던 몸이 꿈틀거리기 시작했다. 콘크리트 벽을 타고 흐르는 서늘한 공기가 알코올 분자와 담배 연기를 희석시켰다. 사람들은 점점 흥분에 휩싸였다. 그가 손을 들어 검은색 민소매 원피스를 입은 여자를 불렀다. 여자는 가면을 쓰지 않고 인디언 문양으로 페이스 페인팅을 했다. 긴 머리를 세 가닥으로 땋은 모양이 매력적이었다. 그는 맥주를 주문했다. 잠시 후 여자가 맥주를 테이블에 내려놓았고 그가 그녀의 잔에 맥주를 따랐다.

"한잔 쭉 들이켜고 신나게 춰."

공중에서 떨어지는 현란한 조명은 없었지만, 천장에 매단 희미한 백열등이 사람들 윤곽을 신비하게 비춰 주었다. 벽을 따라 놓인 작은 나무테이블 위에서 촛불이 운치 있게 흔들렸고 촛농이 용암 동굴의 기둥처럼 녹아 흘렀다. 겹겹이 눌어붙은 촛농에서 예술가들이 벙커를 파티 장소로 사용한 시간을 가늠할 수 있었다. 사람들은 춤을 추면서 에너지를 분출할수록 지치기는커녕 에너지가 충전되는 듯했다.

어느 순간 무대 앞에서 춤추던 사람들이 사라지고 여자 하나만 남았다. 록밴드는 어쿠스틱 기타와 드럼만으로 신비한 곡을 연주했다. 기타는 풀을 뽑듯이 소리를 뜯었고 드럼은 해머로 벽을 무너뜨리는 소리를 창조했다. 여자는 천천히 흐느끼듯 춤을 추다가 상체를 숙이고 원을 그렸다. 여자의 머리칼이 바닥을 쓸었다. 붉은색 랩스커트가 엉덩이를 팽팽하게 감싸면서 갈라졌다. 여자의 허벅지가 드러났다. 은은한 백열 조명을 받은 살구색 허벅지는 스타킹을 신지 않아 더욱 아름다워 보였다. 여자는 머리칼로 바닥을 쓸면서 한 바퀴 돌았다. 여자의 춤사위가 사람들의 시선을 단단하게 붙들었다. 그녀는 붉은색 랩스커트의 잔상을 보면서 타오르는 횃불이 신명나게 춤을 추는 것 같아서 어떤 제례 의식에 참여한 기분이었다. 그는 잔을 비우고 맥주를 추가 주문한 다음 그녀에게 귓속말로 속삭였다.

"여기 모인 사람들은 마약 중독자들이야."

"거짓말. 다들 멀쩡해 보이는데?"

붉은 랩스커트의 여자가 그를 정면으로 쏘아 보았다. 가면 속에서 눈을 부릅뜨고 그를 바라보는 듯 눈빛이 아주 강렬했다. 여자는 몸을 비틀며 계속 춤을 췄다. 음악이 멈추는 것과 동시에 여자가 붉은 스커트를 펼치며 바닥에 주저앉았다. 그러자 사람들이 환호성을 지르며 손뼉을 쳤다.

바이올린 연주가 흥겹게 시작되자 누군가 향을 피웠다. 안내자들은 작은 잔에 누런 원액을 따라서 사람들에게 돌렸다. 그가 그녀에게 잔을 권했다.

"술이야?"

"광대버섯을 즙내 만든 환각제야. 광대버섯을 먹은 사람의 오줌을 받아서 만들지."

"오줌?"

안내자는 고개를 끄덕이며 잔을 들어 한입에 털어 넣으라는 시늉을 했다.

"광대버섯에서 무스카린을 추출해서 약초와 가공한 거야."

그녀는 잔을 들어 시큼한 냄새를 맡고는 이내 잔을 내려놓았다.

"마셔, 기분이 좋아져. 실은 오줌은 한 방울도 들어가지 않았어."

그녀는 환각제를 단숨에 들이켰다. 몽롱한 환각을 기대하면서 느리게 심호흡을 했다. 벙커 안에 사람과 사람이 엉키면서 화학 작용을 일으킨 마약 성분이 잔뜩 뿌려진 것 같았다.

그녀는 벌떡 일어나서 무대로 나갔다. 환각제 때문인지 초점이 흐려지면서 사물이 여러 개로 분열됐다. 정신을 차리려고 콘크리트 벽에서 나오는 서늘한 공기를 들이마셨다.

이번에는 록밴드가 빠른 박자의 댄스곡을 연주했다. 촛불이 유령처럼 일렁이고 사람들이 전부 무대 앞으로 나가 미친 듯이 몸을 흔들어 댔다. 안내자는 그녀의 손을 잡고 무대로 끌려 나갔다. 그녀는 무대에 무안하게 서 있다가 뻣뻣하게 굳은 몸을 앞뒤로 조금씩 흔들었다.

벙커 벽에 일렁이는 그림자 때문에 수많은 나방이 부연 가루를 날리며 백열 조명을 향해 날아오르는 것 같았다. 그녀가 무대 밖으로 나가려고 몸을 돌릴 때마다 사람들이 손을 잡아당기고 등을 밀어서 다시 무대로 올려놓았다. 춤추는 사람들에게 밀려났다가 무대 앞쪽으로 파고들어 오는 사람들에게 밀려들어 왔다. 그녀는 파도를 타듯 몸에 힘을 빼고 천장을 바라봤다. 백열 조명이 흔들렸다. 그러다 옆 사람 발에 걸렸는데 넘어지지 않으려고 그의 옷을 붙잡는 바람에 뒤엉켜서 같이 넘어지고 말았다. 사람들이 그녀를 일으켜 세웠을 때 그녀의 가면이 바닥에 떨어졌다.

붉은색 랩스커트를 입은 여자가 가면을 주워서 그녀에게 건넸다. 가면 속에서 반짝이는 여자의 눈을 봤다. 그녀가 테이블 쪽으로 빠져나와 가면을 쓰고 옷에 묻은 먼지를 터는 동안 여자는 가만히 서서 그녀를 주시했다. 멀리서 본 여자의 가면은 웃는 표정이었다.

그가 자리로 와서 테킬라를 주문했다. 그녀는 테이블에 앉아 단숨에 술잔을 비우고 춤추는 사람들을 바라보다가 테킬라를 마셨다. 화끈한 테킬라가 피를 뜨겁게 데워 주었다. 그는 다시 무대로 나가더니 벌레가 꿈틀거리듯 몸을 흔들었다. 벽에 비친 사람들의 그림자가 활활 타오르는 불꽃처럼 일렁거렸다. 그림자는 변신에 변신을 거듭했다. 뱀의 머리였다가 애벌레였다가 알 수 없는 파충류의 머리였다가 벽에 비친 그림자가 꿈틀거리다가 나방으로 변해서 날아다녔다. 한 마리, 두 마리, 세 마리……. 그녀는 나방을 잡으려고 손을 휘둘렀지만, 나방은 불규칙적으로 펄럭일 뿐 절대 잡히지 않았다.

록밴드 공연이 끝나고 암전 상태에서 그와 그녀는 무대에서 퍼포먼스 공연 준비를 했다. 천장에 달아 두었던 하얀 저고리를 내리고 프로젝터를 켰다. 스피커는 필요 없었다. 폐쇄 공간인 벙커 자체가 커더란 울림통이었다. 그녀는 무대에 앉아 눈을 감고 물북을 두드렸다. 약하게 두드리다가 점점 세게 두드렸다. 물북소리는 거칠어졌다. 하얀 저고리에 희미한 영상이 나타났다. 하얀 저고리에 파랑 물감이 한 방울 두 방울 튄다. 여러 개를 겹치게 매달아 수십 명이 허공에 떠 있는 것 같았다. 물북소리가 거칠어지자 그가 래틀을 흔들어 댔다. 천장에 달린 프로젝터에서 쏘는 파랑 불빛이 하얀 저고리를 통과하면서 넓게 번진다. 물북의 울림은 거침없이 증폭되었다. 사람들은 울림에 결박되어 자기 주먹으로 가슴을 치는 것처럼 심장이 요동쳤다. 하얀 저고리에 번진 파랑 물감이 보라색으로 바뀌더니 빨간색으로 변했다. 하얀 저고리 절반을 물들인 빨간색 얼룩이 새빨갛게 변했다. 물북소리가 더욱 웅장해졌다. 그녀는 물북의 울림에 고통스러웠으나 울림이 몸을 마구 때려 대더니 어느 순간 아무런 감각이 없어지고 몸이 가벼워지는 순간 전기기가 나갔다. 놀란 사람들의 짧은 비명이 맴돌았다. 그녀는 자신도 모르게 물북을 두드리던 손을 멈췄다. 테이블에 촛불만 켜져 있는 상태에서 몇 분 동안 침묵이 이어졌다. 그녀는 전기가 나갔을 땐 침묵해야 하는 규칙이 있나보다고 생각했다. 숨소리와 유리잔 부딪치는 소리만 간간이 들려왔다. 어디선가 물이 흘러가는 소리가 점점 커질 때 쿵 하는 소리와 지진이 난 것처럼 벙커가 심하게 흔들렸다.

전기가 다시 들어왔다. 사람들은 벽에 금이 간 것을 발견했다. 벽 틈으로 물이 흘러내렸다. 물은 소리 없이 벽을 따라 흐르다가 어느새 수압을 견디지 못하고 힘차게 쏟아져 내렸다. 사방으로 물이 튀었다. 개울물이 모여 강물을 만드는 것 같았다. 사람들의 그림자가 불처럼 벽에 일렁거렸다. 다시 쿵 하는 소리와 진동을 동시에 느꼈다. 정적이 감돌기 시작했을 때, 누군가 다급한 목소리로 외쳤다.

"지하수가 터졌다!"

바닥에서 물이 분수처럼 솟아 올라왔다. 동굴 벙커의 지상 건
너편 호텔 공사장에서 발생한 상수도관 파열 때문이었다. 물은
벽 틈에서도 뿜어져 나왔다. 몇 분 만에 발목까지 물이 차기 시
작했다. 이번에는 천장 가운데가 금이 가더니 돌조각들이 쏟아
져 내렸고 천장에서 물이 뿜어져 나왔다. 어떠한 재난에도 끄떡
없을 것 같던 벙커가 무너지기 시작했다. 사람들이 비명을 지르
며 출입구 쪽으로 달려가기 시작했다. 그러자 다른 사람들도 달
려갔다. 모두 비명을 지르며 출입구로 내달렸다. 용암 기둥이 무
너져 내려 출입구가 막혀 버렸다. 바위틈으로 물이 쏟아져 들어
왔다. 물이 무릎까지 올라왔다. 사람들은 넘어진 사람들을 밟고
가려다가 그 위에 또 넘어졌다. 사람들의 머리 위로 커다란 돌
이 계속 떨어졌다. 물은 순식간에 사람들의 가슴까지 차올랐다.
그가 다가와 그녀의 어깨를 잡았다. 화장기가 전혀 없는 그녀
의 얼굴은 창백할 정도로 하얬고 물북을 머리 위로 올리고 있었
다. 그는 그녀를 안고 마지막 희망을 찾으려 두리번거리다 의자
위로 발을 디뎠다. 사람들은 물이 목까지 차오르자 비명을 질러
댔다. 물은 계속 차올랐다. 그는 있는 힘을 다해 그녀를 안아 올
리며 말했다.

"물북을 버리고 천장 파이프를 잡아!"

그의 입으로 물이 들어왔다. 그녀는 그의 도움으로 가까스로

한쪽 팔로 천장 파이프를 잡을 수 있었다.

"너도 올라와서 파이프를 잡아."

의자를 딛고 있던 그는 물살에 미끄러졌다. 그는 최면에 걸린 듯 물속에 잠겨서도 그녀의 허리를 안고 있었다. 그녀가 수면 위에서 애타게 부르짖는 소리가 북소리로 들렸다. 점점 커지는 그녀의 심장 박동 소리와 수면 위의 북소리에 취해 움직일 수 없었다.

잠시 후 양수기 소리가 들리고 물이 빠지기 시작했다. 그녀는 물이 빠지는 동안 바닥에 주저앉은 그를 딛고 서 있었다. 물이 허리까지 빠졌을 때 구조대가 들어왔다. 비현실적인 어떤 장면이 자신의 경험 속으로 들어와 현실적으로 표현되는 듯했다. 사람들이 벗어던진 가면이 둥둥 떠다녔다. 구조대는 그를 일으켜 세웠지만 이미 숨을 거둔 상태였다. 물에 빠져 죽은 사람들은 살충제에 내장이 녹아 사지를 버둥거리다 뒤집혀 죽은 벌레 같았다. 목숨을 건진 사람은 갈라진 틈과 밑바닥에 득실거렸던 시커먼 벌레 같았다.

그녀는 구조대의 부축을 받으며 터널을 빠져나오자 비로소 정신이 들었다. 숲의 향기가 났다. 품에 안은 물북을 쓰다듬자 멀리서 희미한 빛을 내는 작은 덩어리가 나타났다. 덩어리는 차츰 선명해 지면서 커졌다. 환한 덩어리 형상이 할아버지였다가 할머니 형상으로 변할 때 개구리 울음소리가 났다. 🏃

후기

• 이 장편 소설은 많은 예술가가 창작 현장에서 겪은 일화를 인터뷰하여 각색하고 예술 창작 워크숍에 참여하여 미메시스하고 사운드 기술에 관해 전문가의 조언을 바탕으로 집필했습니다. 이재석 음향 감독, 전광표 사운드 디자이너, 사운드 아트와 작곡을 하는 김자현, 서혜민, 조은희 작가와 미디어 아트 안정주 작가, 특히 여순 항쟁 희생자 가족, 박금만 시각 예술가가 들려준 억울하게 총살당한 할아버지에 관한 증언으로 파랑 잉크와 빨간색 낙인이 등장하는 관련 장면이 나올 수 있었습니다.

• 제주 4·3 민주화 항쟁과 여순 항쟁으로 무고하게 희생된 분들의 영면을 기원합니다. 고통의 세월을 살아오신 생존자와 희생자 가족들에게 경의를 표합니다.

• 주인공 안혜원의 외가 마을에서 벌어지는 귀양풀이 장면과 제주 4·3 민주화 항쟁 관련 인물의 인터뷰 내용은 인홍순 감독의 디큐멘터리 『비념』을 참고하여 이야기로 만들었습니다.

• 안혜원이 기획한 대북 확성기를 소재로 한 사운드 아트 작품 일화는 사운드 설치 작가 김영은의 「총과 꽃」을 보고 영감을 받았습니다.

• 제4부 215쪽에 등장하는 예술의 전당 공연은 2017년 제9회 ARKO 한국 창작 음악제 KBS 국악 관현악단 연주를 듣고 묘사했습니다.

조현석 – 국악 관현악을 위한 '상념'

김현섭 –향비파와 국악 관현악을 위한 천장고임. '학을 탄 선인'

박병오 – 「위촉」 12현 소아쟁 협주곡 '진혼'

• 제5부에 나오는 '무단 점유하기' 장면은 2018년 5월 여의도 SeMA 벙커에서 열렸던 조각, 사진, 설치, 영상 전시인 「관객 행동 요령」에서 설치 미술가 김정모가 진행한 관객 참여형 퍼포먼스를 참고했습니다. '무단 점유하기'는 수동적인 관람이 보편화되어 있는 관객의 위치를 지배적인 위치로 역전시켜 관객이 보다 적극적인 역할을 수행할 것을 제안했고 퍼포먼스 참가자들은 점유 행위를 지시하는 매뉴얼 북과 도구들로 공간을 점거할 수 있었습니다.

'조용한 축제Hush Festiva'는 2019년 6월 서울시 문화 비축 기지에서 진행한 기획자이자 작가인 조아라가 진행한 휴식과 치유를 생각하는 예술 축제를 참고하였습니다. 스스로 정신적 이민자라고 생각하거나 어느 쪽에도 속하지 않고 양쪽 사이에서 어딘가를 부유한다고 느끼는 사람을 대상으로 눈, 귀, 코, 입, 생각을 정화하는 프로그램이었습니다.

[참고 문헌]

이산하, 『한라산』, 노마드북스, 2008.

김용옥, 『우린 너무 몰랐다』, 통나무, 2019.

이주빈 글, 노순택 사진, 『구럼비의 노래를 들어라』, 오마이북, 2011.

김철, 『인디언의 길』, 세창미디어, 2015.

여치헌, 『인디언 마을 공화국』, 휴머니스트, 2012.

허영선, 『제주 4·3을 묻는 너에게』, 서해문집, 2014.

제주 4·3 사건 진상 규명 및 희생자 명예 회복 위원회 편, 「제주 4·3 사건 진상 조사 보고서」, 2003.

정적靜寂과 정적政敵의 실체를
소리로 풀어낸 이야기

2017년 겨울, 오롯이 혼자가 되어 백련산 자락에 집필실을 마련하고 접촉의 흔적을 남기지 않고 심리적, 물리적으로 타격하는 '소리 무기'에 관한 단편 소설 초고를 완성했다. '소리 무기'를 예로 들자면 비무장 지대에서 활약했던 대남·대북 확성기다. 단편 소설의 이야기는 사운드 아트 작업을 하는 예술가가 소리라는 매체를 선전과 폭력의 도구로 사용하는 확성기를 소재로 자신의 환청을 시각적으로 표현하는 내용이었다. 그 이야기에 소리 자체가 지니고 있는 아름다움과 폭력의 아이러니를 구현하려고 여순 항쟁과 제주 4·3 민주화 항쟁을 배경으로 끌고 왔다. 그때 민주화 항쟁의 외침이 환청처럼 들렸다. 아름다운 공간에서 자행됐던 폭력의 아이러니 때문은 아닐까.

그동안 나에게 제주 4·3 민주화 항쟁은 길을 가다 맞닥뜨린 어느 일인 시위자의 아무도 쳐다보지 않는 피켓 같은 이미지였다. 얼마나 답답했으면 저렇게 나왔을까 하며 눈길을 주었을 뿐 관심이 없었다.

2018년 4월 1일 「제주 4·3 70주년 특집 제6회 독립영화, 시詩 봤다!」를 보았다. 일·이 부 프로그램이었던 조성봉 감독의 다큐멘터리 「레드 헌트」를 보면서 영화처럼 등장인물의 삶을 엿보며 감정을 대입하는 방식이 아니라 냉정하게 카메라를 따라가면서 과거와 현재를 인식하게 되었으나 제주 4·3 민주화 항쟁은 그저 가슴 아픈 역사일 뿐이었다. 3부 프로그램은 제주 4·3 항쟁 70주년 기념 복원판 시집을 들고나온 이산하 시인과의 대화였다. 그날 사회자 윤중목 시인은 "정치적 금기의 소재를 떠안으며 역사적 진실을 밝히는 저항의 최선봉에는 무엇보다 문학이 있었음을 주목하게 된다면서 거기에는 『한라산』의 시인 이산하가 있다."고 했다. 한국 현대사를 머뭇거림 없이 표현하는 시 속에 진실을 말하는 고통을 느꼈다. 우리에게 미국은 그저 친하게 지내면 좋은 나라일 뿐이라는 생각을 다시 확인했다. 또한 해방, 제주 4·3과 여순 민중 항쟁을 중심으로 가슴 아픈 역사의 실상과 배경을 일목요연하게 담아낸 도올 김용옥의 『우린 너무 몰랐다』에서 이야기의 맥락을 잡을 수 있었다.

이야기를 전개하면서 알레고리 형식을 시도하다가 사실에 기반을 둔 직접적 표현을 적극적으로 활용하기로 했다. 그것은 역사를 돌아볼 여유가 없는 사람들이 이 작품을 읽고 제주 4·3 민주화 항쟁에 조금이나마 관심을 두길 바라는 욕심 때문이었다. '소리 무기'에 관한 단편 소설 초고를 제주 4·3 항쟁이 배경인 장편 소설로 개작하면서 내가 무거운 주제를 다룰 능력이 있는지 계속 되물었다.

이 장편 소설의 초고를 완성하자 불안감이 엄습했다. 제주 4·3 민주화 항쟁이 시작된 지 칠십 년이 지난 지금 그 의미는 무엇인가? 거대 권력이 이데올로기 싸움으로 포장했지만 제주 4·3 민주화 항쟁은 제주도민과 외세의 싸움이었다고 생각한다. 아픈 역사를 공부하고 피해자, 희생자 가족의 고통에 동참하겠다는 마음으로 작품을 마무리했다.

아름다움과 폭력의 아이러니

이주현 · 출판 평론가

우리는 과연 완전한 정적을 경험해 본 적이 있을까? 의식하기 힘든 일상의 작은 소음과 공사장의 굉음, 연인의 속삭임 혹은 그가 거칠게 닫고 가 버리는 현관문 소리, 오랫동안 따라다니며 괴롭게 하는 환청. 고요하다고 느끼는 순간에도 소리는 '파동을 통해 뇌에 파고든다.' 사운드 아트 예술가 안혜원은 자신을 둘러싼 소리와 이미지를 결합한 작품을 구상하고 제주로 향한다. 여수에서 태어났으나 제주의 외할머니 집에서 자랐으므로 고향이라고 할 수 있는 곳에서 어쩐 일인지 그녀는 반가움과 낯섦을 동시에 느껴 혼란스럽다.

김주욱 장편 소설 『물북소리』는 소리에 관한 이야기인 동시에 폭력에 관한 이야기이다. 제주 다랑쉬 문화 재단의 전시 공모를 준비하는 주인공 안혜원은 재단 이사장 정명지와 연인 관계이다. 그의 집안은 4·3 항쟁 당시 토벌대의 밀정 노릇으로 부를 축적했으며 혜원의 외가는 학살과 약탈의 희생자였다. 그러나 정명지 집안에 뺏긴 땅을 돌려받기 위해 애쓰는 외삼촌과 달리 혜원은 과거사에 무관심한 태도를 보인다. 작가는 그러한 태도의 기원을 뿌리까지 파헤치며 이야기를 이끌어 나간다. 아이러니하게도 폭력과 전혀 어울리지 않는 사운드 아트라는 예술을 통해서. 사실 폭력과 소리는 파동을 가지고 있다는 점에서 닮았다. 한 점에서 시작하지만 형태가 변하지 않고 점차 영향을 미치는 범위를 넓혀가며 막거나 피할 수조차 없다. 이야기는 여순사건, 4·3 항쟁, 성폭행, 강정 마을부터 멀리 미국의 인디언 학살까지 권력 주체가 약자에게 행하는 다양한 폭력을 다루고 있다. 이는 시대와 개인, 사회를 막론하고 권력을 형성하고 유지하는 공통된 원리가 작동하고 있음을 의미한다. 역사의 나비 효과라 할 수 있다. 소리의 파동처럼 더 큰 사건으로 연결되면서 수많은 희생자를 만들어 낸다.

어느 곳에나 권력 관계는 존재한다. 심지어 연인 관계에서도 더 사랑하는 사람이 상대적으로 약자의 위치에 놓이게 된다. 그런 의미에서 우리는 모두 가해자이자 희생자인 셈이다. 다만 그러한 사실에 길들여져 의식하지 못하거나 애써 모른 척할 뿐. 4·3 항쟁과 여순 사건으로 학살당한 할아버지들과 아버지에 대해 무심한 안혜원의 태도에서 이를 알 수 있다. 아버지를 잃고 어린 시절 외삼촌으로부터 성폭행까지 당한 그녀는 과거를 전혀 기억하지 못한다. 게다가 원수 집안의 자식이라 할 수 있는 정명지와 내연 관계를 유지하며 그의 권력을 적절히 이용한다. 어쩌면 그녀의 행동은 가해자의 권력에 편승함으로써 피해자인 자신의 처지에서 벗어나고자 하는 발버둥처럼 보인다. 어린 시절부터 끊임없이 혜원을 따라다니며 괴롭히는 환청은 그녀의 노력을 무화시키고 피해 의식에 사로잡히게 한다. 소리 채집을 위해 제주에 온 첫날 혜원은 4·3 희생자 귀향풀이를 보고 작품 구상을 한다. 생존자의 증언을 듣고 학살 터를 찾아다니는 동안 환청은 점점 더 강하게 그녀의 내부로 파고든다. 수많은 개구리 울음소리와 이야기를 따라가다 보면 그날의 무자비한 총성과 비명, 삶의 터전이 허물어지는 파열음과 내몰리는 사람들의 외침이 귓가에 생생히 들리는 듯하다.

안혜원이 연출한 작품 속 파랑 잉크처럼 경계를 두지 않고 폭력이 퍼지는 동안 권력의 하위 층에 있는 약자는 그저 발버둥치다 허망하게 실패하고 만다. 혜원 역시 작품에서 미국의 인디언 학살을 떠오르게 하는 인디언 물북을 매개로 아픈 역사의 치유와 희망까지 표현하고자 하나. 하지만 스피커가 폭발음을 내며 터지는 바람에 자신의 의도를 온전하게 전달하지 못한다. 또한, 자신을 성폭행한 제임스에게 복수하기 위해 준비한 퍼포먼스조차 성공하지 못하고 해프닝으로 끝난다.

분노의 퍼포먼스를 끝낸 혜원은 자포자기 심정으로 제주의 가난한 예술가들 파티에 참석한다. 경제 자본이 없어 떠돌아다녀야 하는 그들은 일제가 강점기 때 만든 벙커에 숨어들어가 쥐잡기 파티를 연다. 실패는 여기서도 이어진다. 정명지가 투자한 호텔 신축 공사장 발파 때문에 혜원을 비롯한 예술가들은 물이 차오르는 동굴에 산 채로 잠기기 시작한다. 그 장면은 초등학교 운동장에 모여 죽음을 기다리는 사람들과 좁은 동굴에서 연기를 피해 더 깊이 안으로 피하는 사람들, 군인과 경찰에게 무차별적 폭행을 당하는 사람들뿐 아니라 삶의 터전을 빼앗기고 밀려나는 모든 사람을 한꺼번에 떠오르게 한다. 과거로부터 현재까지 이어지는 폭력 앞에서 언제나 약자는 사냥꾼에게 몰이를 당하는 작은 짐승에 불과하다.

결국 약자의 실패는 현재의 일이며 이야기는 그것을 과장 없이 솔직하게 드러낸다. 인정하고 싶지 않은 사실에 독자는 스스로 초라하다. 그러나 작가는 지나친 희망도 절망도 드러내지 않음으로써 오히려 독자가 냉정하게 현실을 인식하도록 한다. 바로 작가의 힘이다. 민감하고 아픈 문제일수록 대하는 사람의 마음은 쉽게 달아오른다. 그러나 오래 유지하기 쉽지 않다. 너무나 괴롭기 때문이다. 그런데도 우리가 현실을 끊임없이 돌아보고 예민하게 감각하도록 작가는 사운드 아트라는 매우 효과적

이고도 참신한 소재를 사용했다. 많은 예술가를 인터뷰하여 이
야기로 엮은 현장성과 무관하지 않다. 덕분에 새로운 감동을 주
는 예술 작품처럼 저고리에 퍼진 파랑 잉크와 개구리 울음소리,
온몸을 두드리는 듯한 물북소리가 매우 긴 여운을 남긴다.『물
북소리』는 줄곧 환청에 시달리면서도 정적靜寂 속에 있다고 여
기는 우리에게 과연 진정한 정적政敵이 무엇인지 오래 생각하게
한다.

물북소리

1판 1쇄 펴낸날 2021년 3월 15일

————

지은이 김주욱

————

펴낸이 이민호
펴낸곳 북치는소년
출판등록 제2017-23호
주소 10442 경기도 고양시 일산동구 일산로 142, 427호(백석동, 유니테크빌벤처타운)
전화 02-6264-9669 **팩스** 0505-300-8061
전자우편 book-so@naver.com

————

디자인 신미연
제작 두성 P&L

————

ISBN 979-11-971514-5-3 03810

————